万川
reflections

一
步
万
里
阔

Litmus:
Short Stories from
Modern Science

# 尤里卡时刻——
# 科学灵感的诞生

［英］拉·佩奇 编
间佳 译

Edited
by
Ra Page

中国工人出版社

# 目录

# Contents

# 序

# Introduction

20 世纪 90 年代初，我还是个物理学专业本科生。有一次，一位美国导师向我透露了一个“秘密”，那是他的教授告诉他的，我教授的教授亲身参与了“曼哈顿计划”。在这个故事里，有一天，一位年轻的物理学家（也就是我教授的教授的朋友）正在实验室工作时，突然注意到钚核靠近了实验箱的中子源，情况十分危险。年轻的物理学家意识到熔毁即将发生，他把同事们赶出了房间，不顾个人安危，打破了伽马射线防护玻璃罩，赤手移开了钚。这一举动挽救了整个曼哈顿计划，而这位物理学家却缓慢而痛苦地熬了两天才死去。

这个故事似乎立刻就能叫人信以为真。它蕴含着一种虚构不出来的自相矛盾的英雄主义，还有一种苦乐参半的讽刺感：一个人应该为了更伟大的“善”作出这样大的牺牲，尽管这种“善”从根本上就值得怀疑。过了近 20 年，在与一位物理学历史学家交谈时，我才终于驱散了这个谬论。洛斯阿拉莫斯国家实验室的确曾因为同一块钚发生过两起致命事故（所以这块钚被人叫成“恶魔之核”），上述英勇科学家的故事大概就是当时流传开来的（可能是为了鼓舞士气），但所有的证据都暗示它们是单纯的事故：物理学家意外掉落或不当处理了实验材料，后死于核暴露。没有牺牲，没有英雄，仅仅是失误。事后看来，也许我不应该被这个故事所欺骗。事实上，我应该早就察觉出，这个故事明显带有科学启示录的色彩。各种勇于牺牲的科学家故事渗透到流行文化里：从漫画书里的超级英雄“太阳博士”，到《星际迷航 2》里的斯波克之死。事实上，无辜科学家暴露在核辐射之下，是大多数地球超级英雄的常见“起源故事”（比如漫威漫画里的“浩克博士”，“蜘蛛侠”的真身彼得·帕克，DC 漫画里的“曼哈顿博士”）。

科学启示录有一种病毒般的特点。它们迅速在公众的想象之中赶走了研究论文和出版传记，以神话和夸张的修辞取代了复杂而微妙的历史事实。克里斯汀·波尔森的故事告诉我们，一段核苷酸能够搜索大量 DNA 链，挑选出与自己匹配的特定序列，然后，在某种酶的帮助下复制这些序列。公众的想象力也以同样的方式运作。它似乎沿着导致科学突破的庞大历史事件序列前进，但只挑选和复制那些自己认同的少数片段——一些讽刺性的转折，或是突然发生的戏剧性瞬间。它只复制历史的这一部分，丢弃其余部分。科学进程里更广泛的现实——失败的尝试、不同的方法、长长的实验目录——所有这些都被扔进了垃圾桶。

那么，我们的“神话核苷酸”是什么样的呢？我敢打赌，它包含至少两个关键要素。其一是一种几乎人皆有之的信念：科学承诺为我们提供无懈可击的答案，就像一块最权威的“试金石”，能一劳永逸地消除一切怀疑。我们向科学提出一个问题，答案“嘭”地一下就能跳出来，然后结束。构建神话的第二个要素仅仅是一幅画面：孤身埋头工作的科学家遇到了标志性的“尤里卡时刻”*，就像罗丹的“沉思者”，一颗灯泡突然在沉思者的头顶亮起。

这两个要素当然都是虚构的。任何科学史学家都会告诉你，其实并不存在那灵光一闪的瞬间。仔细地审视历史记录，或者进入当时科学家的视角，这种所谓的“尤里卡时刻”便会灰飞烟灭。取而代之的是，我们发现，一起重要事件由无数其他同样重要的事件所包围，每一起事件都有助于科学突破的实现。时间，更重要的是教育，将这座发生着无数实验和讨论的“动物园”提炼成了一个戏剧性的瞬间，它们为科学教师提供了一种宝贵的工具，让教师们快速地触探到传记之中，攫取少许理想化的科学片段。

同样地，任何科学家都会告诉你，从决定性证据的意义的角度而言，根本没有绝对的试金石。一如卡尔·波普尔所说的，科学的工具包里唯一拥有的证据就是反证。唯一能确定的，只有怀疑。

但如果这两个要素与科学的现实离得那么远，它们一

* Eureka，指灵感乍现获得重大发现的时刻。

开始是怎么广为流传的呢？答案必然与信仰存在部分关系。哪怕我们自己并不知道答案，但我们在本能上需要至少有一个答案来回答我们的问题。我们都喜欢天才科学家。一方面是为了取笑他们蹩脚的社交能力；另一方面，知道有人正在着手研究问题，也能让我们自己安心。问题是有限的——这是可知的未知。换句话说，知识和权力是等价的，所以，正如阴谋论者假设一定有人在幕后控制着一切，公众的想象力似乎坚持认为一定有人是“知情者”。我们需要天才科学家。

但答案也必然与以下事实有关：对科学发现的描述，与我们讲述各种故事的方式都相当契合。事实上，“发现故事”神奇地对应着经典短篇故事的结构。两者都会铺垫开始的紧张氛围（一个未解决的问题），接着，特定的压力（对科学家而言，这类压力包括学术竞争、科学失败和外部力量）将加剧这种紧张。由此，戏剧的前两幕——冲突和难题——便完成了。而当一个出人意料的背景故事（实际上也就是新的范式）突然闯进视线时，最终的解决之道就出现了，我们意识到前面的很多事情其实都是误导（无论是对读者还是对科学家来说）。短篇小说的读者称之为顿悟或启示，科学老师会称之为“尤里卡时刻”。在这两种情况下，新出现的事物向之前发生的一切投下一道新的光线，这道光线映衬出了此前本会被忽视的细节和异常。事实上，当一位科学家，比如里佐拉蒂教授，将自己的发现归功于“运气和时机”时（第16节），他或许是在用另一种语言谈论自决权与命运，或者说，“如有神助”（deus ex machina）。

但作家和科学家不同，无论他们的故事多么相似。作家有动机，科学家有方法论。对于前者，我指的是吸引、娱乐或引起读者共情的动机。当然，科学家也有动机，科学家也可能像我们之中的最恶劣者那样堕落（托马斯·库恩教我们要密切关注所有科学进步背后的主观和社会政治驱动因素）。但从作家发表的作品（比如小说）中，要比从科学家的作品（经同行审阅的出版物）中更容易看出动机的表现。

幸运的是，一些更严肃的作家已经开始超越科学的常见神话，将其作为一门有规律的学科来对待。伊恩·麦克尤恩等作家的杰出之处在于，他们愿意沉浸在研究之中，并将核心科学概念应用到自己作品的架构当中。但即使如此，我们也要小心。从什么时候开始，借鉴科学概念变成了滥用科学概念？（非科学家的）研究什么时候变成了挪用？作家常常告诉我们，他们写了一半才明确了小说的要点或架构（就像是科学家们在寻找其他东西时发现了宇宙大爆炸的回声）。但情况总是这样吗？更多的时候，作家还没动手写就知道自己要找的东西是什么了，不是吗？

本书以独特的方式，力求更好地处理科学与讲故事之间的关系。聚集在这里的 17 位作者受邀撰写真正与科学相关的发现故事，甚至，我们敢说，他们让科学成了故事的主题。我们特别邀请了科学家和历史学家担任顾问，引导作者们远离老生常谈的科学神话（诸如牛顿的苹果，克里克和沃森的双螺旋结构，等等），把目光放到不那么众所周知的科学突破上。执笔的作者既有文学小说家，也有历史小说家；既有犯罪小说家，也有诗人。我们希望通过作者的多样性，让作品展现出参差百态的文体。

当然，文集的核心目的始终是创作，可以自由创作传记，可以创造新的人物，可以简化事件。唯一的要求是——涉及科学的内容必须准确。一些作者尽力贴近历史记录，从科学家视角讲述故事，比如佐伊·兰伯特所写的核裂变发现的故事（第 8 节），以及简·罗杰斯对艾伦·图灵最后的理论的记叙（第 9 节）。其他的作者，如迈克尔·杰克斯（第 4 节）、玛吉·吉（第 12 节）和凯特·克兰奇（第 14 节），选择将“发现故事”放到一个远离主要情节但又为之赋予了意义的地方。还有两位作者，亚当·马雷克（第 13 节）和特雷弗·霍伊尔（第 16 节），彻底颠覆了现实，将有据可查的历史事实搬到了完全不同的宇宙之中。然而，所有作者的故事，都向“尤里卡时刻”和“试金石”这两个基本神话发起了挑战。一些故事突出了科学研究的内在集体性质——例如，塔尼娅·赫什曼的部分故事是从一个不知情的研究“参与者”视角讲述的（第11节）。很多故事抹去了孤胆英雄式的“尤里卡时刻”，将其变成来来回回的持续实验，跨越学科、地理甚至政治界限的争执和竞争，例如流亡的莉泽·迈特纳和前同事奥托·哈恩、弗里茨·施特拉斯曼的秘密通信（第8节）。

这些故事也避免了许多科学神话对科学工作者的理想化描写，没有把科学先驱塑造成英雄。在有些故事里，科学家的工作招致了大量的不幸，故事并没有把他们刻画成恶棍。相反，我们看到了复杂的、受困的、不夸张的、不完美的人，只不过，他们碰巧是勤奋的科学家。在许多事件的发展过程中，运气和优秀品质享受到了同等的荣誉。实际上，读了威尔登教授为安妮·克拉克森的故事所写的后记，你会发现，整个心理学学派，以及近一个世纪以来的审讯酷刑，都建立在一个人对一场突发洪水的思考之上（第7节）。在最后一个故事中，萨拉·霍尔讲述了艾滋病的发现和当前的治疗情况，我们看到了伴随着所有悲剧性的不足，科学曲折而缓慢地发展的现实（第17节）。读者会希望，如果这个故事也有雷鸣霹雳般的尤里卡时刻就好了。

撰写这些故事时，作者的工作条件很艰苦，正如他们笔下的科学家一样。每个作者背后都有一个指定顾问盯着，就像探头探脑的主管，或是好管闲事的金主。许多故事的主人公仍然在世，还有3位作者甚至得到了所写的科学家本人的反馈［3位科学家分别是丹尼斯·诺布尔（第10节）、凯利·穆利斯（第15节）和贾科莫·里佐拉蒂（第16节），不过，穆利斯并未亲自撰写后记］。

不可避免地，一些作者将写作视为一桩挑战，希望将科学的物理世界与故事主人公的内在、哲学或精神世界结合起来。因此，旧有的紧张关系并没有完全消失——宗教和科学的“不重叠的权威”（美国科普作家史蒂芬·杰伊·古尔德之语）获得了适当的重叠，非常和谐。例如，弗兰克·科特雷尔·博伊斯用宗教赞美诗来颂扬“天文学界的济慈”杰雷米亚·霍罗克斯（第1节）。也有的地方不那么和谐，如肖恩·奥布莱恩的《斯万，1914》（第3节）。此外，还有些时候，如在迈克尔·杰克斯的故事和吉姆·艾尔-哈利利教授的后记中，科学挺身而出，接手了宗教原本的工作，提供精神慰藉，虽然它无关灵性（第4节）。但总的来说，作者们给出的东西，比科学老师讲述的逸事明显更多，又比传记和历史书一目了然地更少（这里的少，取“少即是多”之意）。

归根结底，科学需要讲故事。没有故事（甚至可以说，没有神话），就没有科学。讲故事的任务，不是要抛弃神话或摧毁通俗的结构，而是要让读者更好地理解它们。科学是需要尤里卡时刻和试金石的，一如故事需要转折点和情节事实。故事似乎是我们理解科学的唯一途径，其他的东西都讲不通。

拉·佩奇

# 心跳

# The Pitch

01

“那年他 20 岁，对真理有一股持久的热忱。”

我们从一拍心跳开始。21 岁的杰雷米亚·霍罗克斯的心跳。一颗羸弱、不稳当的心脏发出的不安的跳动。一拍害怕被发现的心跳。

1639 年 11 月的一个寒冷的早晨，杰雷米亚抱着自己的床单，蹑手蹑脚地穿过屋子，躲进了可以俯瞰果园的小屋，把床单盖在画架上，用书压住。

心跳漏了一拍。

他身后有人。是他的一名学童——小男孩阿比泽。阿比泽盯着床单，“霍罗克斯牧师，”他说，“您是要在安息日工作吗？”

这是一户清教徒家庭。斯通家族不相信世俗的权威，国王、主教、祭司——全都是“野兽的遮羞布”。他们是放逐之人，这所房子是以斯通牧师为首的一座小小乌托邦。杰雷米亚负责教导孩子们并诵读祷文。没有人会在星期天工作，星期天要用来品味上帝的话语，再无其他。不工作、不玩耍，就连去教堂也不行——教堂的社交性质太强了，走到那儿去的路途也会叫人分心。

杰雷米亚带着孩子，召集了其他人，唱起赞美诗。《诗篇八》：“耶和华我们的主啊，你的名在全地何其美！谁将你的荣耀高举诸天！”趁着众人品味赞美诗，他想着——也许我的确要去工作，也许我不该这么做。但他也在想着——我必须得把望远镜安装好。

他让孩子们去神父那里祷告求取祝福。8 个孩子，8 轮祝福，每一轮祝福还会详细点评孩子们的缺点。这样应该能给他挤出点时间来。

心恢复了跳动，他小心翼翼地小跑起来。回到里屋，他开始安装从曼彻斯特买到的望远镜。望远镜花了他 2 先令 6 便士，他一年挣 40 先令。他用尺子测算，固定好望远镜的位置。毫无疑问，任何涉及尺子和纸张的事情，必然需要工作。真的，他不应该在安息日这么做。

但上帝一定希望让他看到这个！

在剑桥时，他遇到了开普勒，还有行星围绕太阳和谐旋转的观点。这太精彩了，但他立刻看出，它在数学上存在错误。那年他 20 岁，对真理有一股持久的热忱，他自己做了观测，进行了计算。1639 年，他预言金星将在 1639 年 11 月 24 日凌日，用日晷仪就能看到。观察行星的运动，窥见太阳系的发条——这一天他等了好久，总担心自己的心脏在那之前衰竭。但他还活着，就是今天。

但今天是个安息日。而且，职责琐务把他困住了。钟声响起，早餐时间到了。他跑到餐厅，在全家人吃饭时诵读巴克斯特的《难忘的恩典》。为了留在剑桥，他当过仆人，在水上破冰，把柴火拖到学生宿舍。或许，他的心脏就是在那时变差的。

早餐终于吃完了。回房间。

还不行，斯通牧师要跟他说话。

“一起去花园走走吗？”

不要。“当然可以！”

斯通牧师敞开了心扉。他心存怀疑，时常焦虑。他焦虑自己不是蒙主选中的人，不是那得救之人。这焦虑逼得他产生了绝望，他常常想自我了断。

霍罗克斯想着——天要阴了，云飘过来了。如果今天有云怎么办？金星今天就要凌日，下一次再出现就是121.5年之后了。如果今天看不到，一切就白费了。

“您怎么想，霍罗克斯牧师？”

“天阴了，云压上来了……”

“什么？”

“但是有风，会把云吹走。我希望是这样。”

“什么？”

啊，杰雷米亚意识到自己压根儿就没在听。看到斯通在抹眼泪，不免微微一惊。

“我懂了！”斯通说，“您是说，只要我有耐心，这些怀疑就会过去！它们是一种考验，它们反映出了人的灵魂的气象。”

“正是如此！”杰雷米亚一边说，一边想——日落是在什么时候？我还剩多少时间？

“霍罗克斯牧师，您今天把我从黑暗的悬崖上救了回来，我欠您这份恩情。”

“没什么，我很乐意。”（4 点前一刻——日落的时间。）

“我们必须纪念一下我这次的获救和疑虑的消除，霍罗克斯牧师。等我们吃完午饭，您必须带领我们大家祈祷感恩。一个小时，或者两个小时。”

“两个小时？不对，是一个小时又一刻钟，必须在 3 点前完成。”

“3 点前？您很精确，霍罗克斯牧师。”

杰雷米亚说，“我侍奉的是一位非常精确的主。”

就着牛肉，斯通想跟杰雷米亚说说话（这件事他之前从来没做过），但是杰雷米亚并没有在听。他想——为什么时间和空闲总是跟我对着干？突然，一缕阳光从窗外斜射进来，把锡制盘盏照得如同银子般闪闪发光。“出太阳了！”杰雷米亚说，太阳来了！

“这真是我救赎的象征！”斯通牧师说。

杰雷米亚想，要是，要是望远镜的玻璃把太阳的光线凝聚成一点，聚集热量点燃了床单怎么办？要是房子着火了怎么办？他一定会遭到审判。他们所有人都会遭到审判。

他必须走了，可是不行。斯通说：“现在杰雷米亚要带领我们祷告一个多小时，感谢您把我从诱惑中解救出来。”

杰雷米亚的酒杯的投影，斜斜地划过桌子，像是死神的手指。接着他听到了钟声……敲了3下。

“那么……阿门。”杰雷米亚说。接着他便跑了起来，心跳又漏了一拍。

没有烧焦的味道，很好！进了房间，他拉上窗帘，遮住午后的光线，只留下通过望远镜投射到白床单上的圆太阳。

看到它了！在太阳边缘咬了一口。一个斑点，还没一只苍蝇大，就是一个点，那是金星的影子。

现在，他要坐在这儿，一直到4点差一刻。在接下来的半个小时里，他将观察到一颗行星，也就是金星，越过太阳的表面，这是此前从来没有人见过的事情。上帝的发条在运转。

根据这半小时内收集的数据，他将修正轨道要素，测算金星的大小以及地球到太阳的距离，证明金星轨道的偏心率，并提出是离心力和引力让太阳和行星运动的观点——多年之后，牛顿将阐明这一理论。引力，他将是第一个想象引力的人。而时间和空闲仍将总是跟他对着干——不到一两年，他羸弱的心脏和贫穷就将夺去他的生命——但在此之前，他将彻底地把利物浦和整个地球，从静止不动的中心带到不停旋转、令人眩晕的边缘。

所有这一切，都将来自一个安息日下午的静坐，看着一个针点般大小的投影在马奇胡尔的一张床单上移动。

他知道自己并没有违背安息日不得工作的规定。他是在解读，解读一条包罗万象的伟大启示，拼出光和时间的无穷音节，描述太阳系悠长缓慢而可靠的心跳。

他一边解读，一边听着自己羸弱的心脏在低唱：

> 耶和华我们的主啊，你的名在全地何其美！谁将你的荣耀高举诸天！我观看你指头所造的天，便说，人算什么，你竟顾念他。世人算什么，你竟眷顾他。并赐他荣耀尊贵为冠冕。

## 后记——

## 1639 年：杰雷米亚 · 霍罗克斯和金星凌日

最早预测金星凌日的是约翰内斯 · 开普勒。他研究了行星的运动，并预测金星会穿过太阳的盘面。凌日本身类似于日食，行星从地球和太阳之间穿过，投下阴影。尽管金星比月球大 4 倍，但月球离地球要近得多，故此会挡住更多的阳光。

金星凌日比日食更加罕见。金星的轨道相对于地球的轨道是倾斜的，所以，当地球和金星的轨道重合时，大部分时候，金星会在天空中从太阳盘面的上方或下方掠过。然而，有一种每隔 243 年出现的模式是，两者轨道的交叠会带来金星凌日。

凌日遵循的具体模式是这样的：隔 121.5 年发生，随后隔 8 年发生，再接着隔 105.5 年，然后又是 8 年，周而复始。霍罗克斯（Jeremiah Horrox）对凌日的观测能够让我们精确地计算出地球到太阳的距离（Astronomical Unit，天文单位，缩写为 AU）。通过视差法，人们可以用简单的三角函数进行计算。

1639 年，杰雷米亚 · 霍罗克斯在普雷斯顿附近的马奇胡尔观测到了第一次凌日现象，他的同事“北方天文学家”威廉 · 克拉布特里（William Crabtree）在曼彻斯特的索尔福德进行了同步观测（尽管克拉布特里的观测因当地云层断断续续的遮挡受到了一些妨碍）。[①]凭借在马奇胡尔的晴空观测结果，再加上克拉布特里的佐证，霍罗克斯估算出地球到太阳的距离为 0.639AU（约为实际距离的 2/3），这比之前记录的任何测量数值都更精确。要获得更高的精确度，便需要在全世界范围内进行观测。霍罗克斯 1641 年就去世了（年仅 22 岁），他的估算结果直到 1661 年才得以公开发表。杰雷米亚 · 霍罗克斯证明了凌日现象是可观测的，这使得人们能在下一次预测凌日现象发生之前（分别是 1761 年和 1769 年）完成进一步的研究。

金星凌日和日食除了可以告诉我们两个天体之间的距离，还可以说明两者之间的对齐情况。1761 年，来自英国、奥地利和法国的科学家们走遍世界各地，前往不同的地点观察下一次金星凌日（这是国际合作最早的例子之一）。依靠这些观测结果，米哈伊尔 · 罗蒙诺索夫预测地球周围存在大气层。当金星穿过太阳的边缘时，人们观测到金星边缘围绕着一道尚未与太阳接触的光环。罗蒙诺索夫猜测，这是光线通过地

观测金星凌日的杰雷米亚·霍罗克斯

球大气层时发生折射而产生的。

1769 年的第二次凌日或许是最著名的一次凌日现象。当时，英国天文学家查尔斯 · 格林在詹姆斯 · 库克船长的“奋进号”考察船上，于塔希提岛观测到了这一现象。在这次航行中，法国人（在“七年战争”后的动荡岁月里一直与英国人交战）获令不得攻击这艘船，因为它执行的任务是为了所有人的利益。这是科学界团结一致、科学本身促进国际合作的一个美好例子。

通过 1769 年的凌日，科学家计算出地球到太阳的距离是 1.53 亿公里，而现在我们所知的距离为 1.5 亿公里。受限于黑滴效应（Black Drop Effect），这是当时能够进行的最精确的测量。黑滴效应是在金星开始移出太阳的盘面时被发现的，即一个“泪滴”连接着金星和太阳的边缘。这个问题使得人们难以确定金星到达太阳盘面边缘的确切时刻，故此也就难以进行精确测量。（事实上，这一效应的存在让格林受到了“观测不良”的指责。由于他在返航途中去世，库克不得不出面为他洗脱罪名。）据信，黑滴效应是地球大气层引起的。今天，我们有了更先进的光学技术，2004 年金星凌日之时，人们并没有广泛观测到这一现象。

观测日食和金星凌日继续为物理学的其他领域提供着决定性的重要信息。1915 年，爱因斯坦在《广义相对论》中提出，空间会因大质量物体的存在而发生扭曲。第一次世界大战期间，亚瑟·爱丁顿爵士和皇家天文学家弗兰克·沃森·道尔组织了一次远征来证明这一理论。1919 年，爱丁顿在非洲西海岸普林西比岛观测了日食，其他人则在巴西同时观测。根据广义相对论，来自遥远恒星的光线掠过太阳边缘时会被太阳弯曲，因此，从地球上看，太阳附近的星星位置会发生明显偏移。通过观测这种位移，可以计算出光的弯曲量，爱丁顿也得以证明爱因斯坦的广义相对论。这是一个巨大的进步，不仅是因为这一次观察，也是因为一个英国人在第一次世界大战的不久后就证明了一个德国人提出的理论。这是科学促进国际合作和和平精神的又一事例。②

直至今天，人们仍然会观测日食，不仅因为它是一种奇异的自然现象，也是为了开展科学研究。日食期间，可以看到太阳的外层日冕。通常，太阳的光球太亮，以至于无法观测到这一密度较低的暗层。日冕相当于太阳的大气层，由于温度极高（原因尚不清楚），它有一些不寻常的特性和特征，天文学家致力于研究日冕，以便更好地了解这颗离我们最近的恒星。

回到霍罗克斯的成就，我们现在应该明白，确定与天体（哪怕是太阳这个离我们如此之近的天体）的精确距离对天文学来说至关重要。事实上，测距是宇宙学的圣杯之一。杰雷米亚 · 霍罗克斯是最早做到的人之一，仅凭这一成就，他就应该被视为英国天体物理学的先驱者。为此，我和我的天文学家同行们都深为感激。

故事作者

## 弗兰克·科特雷尔·博伊斯
## Frank Cottrell Boyce

编剧，作家。他的电影作品包括《欢迎来到萨拉热窝》（*Welcome to Sarajevo*）、《她比烟花寂寞》（*Hilary and Jackie*）、《代码 46》（*Code 46*）、《24 小时狂欢派对》（*24 Hour Party People*）和《一个荒诞故事》（*A Cock and Bull Story*）。2004 年，他的处女作《百万》（*Millions*）获得了卡内基儿童文学奖，并入围《卫报》儿童小说奖。

后记作者

## 凯瑟琳·哈里斯
## Kathryn Harris

中央兰开夏大学博士。主要研究大尺度结构背景下的类星体环境。她还是中央兰开夏大学杰雷米亚·霍罗克斯天体物理和超级计算研究所的外联官员。

# 耐心

# Patience

02

“早期的直觉在他的心中留下了一团火，当沙皇亚历山大二世关闭大学，德米特里失业、饥饿、靴子破了洞时，这团火便有了用武之地。”

一个鹰钩鼻，鼻孔大张，鼻翼向上弯曲，带出一对眯起的眼睛，两抹精心描画的眉毛。红唇翘曲，绽出笑意，把长长的下巴拉成了一个点。花花绿绿的瘦削身体扭动着，双臂高举，双腿叉开，似乎是要跳起快步舞。

德米特里把雪茄从牙齿间取出，对着房间窗沿上的扑克牌皱起眉头。他讨厌小丑身上的每一根毛，讨厌他靴子上的铃铛，还有尖尖的宫廷小丑帽。小丑是个异类，是美国佬的发明，把小丑偷偷塞进扑克牌，就是为了趁他工作时嘲笑他。小丑是逗乐的蠢货，专门制造混乱。

德米特里从椅子上站起来，肩上的灰色羊毛毯滑到了地上。他走到窗前，窗帘白天被拉开了，此时还没来得及放下。小丑靠在黑暗的窗户玻璃上，旁边是3张人像照片，每次女仆整理他的书房时，都会努力地按高低顺序把它们排列好。他顺着这排照片看过去，母亲的脸装在玻璃珠宝镜框里，妻子的脸装在金属相框里，儿子的脸用的则是木相框。小丑站在这排照片的最后，定格在那令人厌恶的、自鸣得意的胜利舞姿里。

德米特里一把抓过纸牌，把它翻了个面。纸牌背面是他自己整洁的笔迹，用花体在纸牌的空白处写了一个字：氢。最轻、最孤独的元素。氢的原子量只有1，而且似乎遵循着一套只适用于它的定律。德米特里早已把它赶到角落去了。他看了看卡牌，推了推眼镜。

他不知道哪一面更让他感到恼火——是厚颜无耻的傻瓜，还是不可分类的元素。他的手指抽动了一下，哼了一声，跺着脚噔噔地走回了书桌前。他坐下时，椅子底座的铰链吱吱作响。

书房的门打开了，他的妻子费奥兹娃走进来，先露出一团影子，接着才现出真人。她一脸平静，黑发向后绾成一个髻，手抚着肚子。她透过高高的黄纸堆，看到德米特里正弓着背坐在书桌前。

“又在跟自己玩牌吗，亲爱的？”

德米特里对妻子笑了笑，深深地吸了一口雪茄。费奥兹娃走过凌乱的房间，捡起掉在地上的毯子。她穿着睡衣，搭着披肩，行动迟缓。他现在可以看出，怀孕 4 个月的她已经开始显怀了。她把毯子叠放在他那把红木椅子弯曲的扶手上。

“你应该让我来捡的。”他说。

“太慢了。”她有些心不在焉。她凝视着桌子上的纸牌，这是房间里唯一整齐的东西，一排排摆得令人着迷，也叫人恼火。

“它们是什么意思？”

“我正在努力琢磨。”

“太多了。”

他拆了两副牌，因为他总共需要63张，每种元素各一张。德米特里和它们熟得像是老朋友，他知道它们的倾向、习惯和癖好——从几乎能跟所有物质发生反应的氟，到可以贴在皮肤上多年、不会因为接触到其他物质而改变的稳定的金。这些卡牌摊在他的桌子上，旁边还有镇纸、笔筒和一大把数学尺。他按自己一贯的方式发牌：按原子量把牌排成一行，再根据化学性质分组。德米特里知道这是一种美好事物的开端——一套支配整个化学的自然法则。这是科学家们梦寐以求的东西。

费奥兹娃转身面对着他，一只手放在臀部，另一只手放在腹部。

“我要去睡觉了，”她说，“你来吗？”

这是她几个月来第一次这么问。雪茄的烟味弥漫在两人之间的空气中。德米特里抬头看了看窗户，红色天鹅绒下打着褶边的白网微微颤抖，就像法国康康舞演员的灯笼裤。他摇摇头。工作。工作意味着一切。“我还要一个小时左右。”

她朝他走过来，他摘下雪茄，准备给妻子一个晚安吻，但妻子只吻了吻他的脸颊。德米特里知道她生气了。他的妻子是个脾性多变的人——一会儿像磷一样明亮，一会儿又像铅一般阴沉。他的母亲和姐姐奥尔加建议他结婚，德米特里不想让她们失望。她俩是他所知的最聪明、最勤劳的人。在她们去世之前，他选择了费奥兹娃，一位著名作家的女儿，因为她富有创造力，而且很爱国。

费奥兹娃曾用铅笔和墨水给父亲的童话故事配上了密密麻麻的孩子和怪物插图，她一直对家人保守着这个秘密，她只讲给了德米特里，德米特里感觉挺荣幸。奥尔加和他的母亲认可费奥兹娃，但哪怕婚礼行将举办，德米特里也拿不准自己的选择到底对不对。

他的所作所为，是为了达成别人的期望吗？如果是，他是为了谁？他的家人，还是祖国？最让他害怕的是将要放弃独处的状态，这是他自打孩提时代就无比珍视的东西。他在家的时候，妻子会不会一直期待他的陪伴？他是家里14个孩子中最小的一个，大部分时间都待在托博尔斯克家里的乱糟糟的书房中。为了寻求一点安宁，他会在深夜偷偷摸摸地溜进书房，发霉的书架成了他的避难所，只有在这里，他才能在喧嚣日子中找到沉思的空间。

费奥兹娃俯下身，拿起窗台上的纸牌，把它翻过来。她长长的手指上沾有墨迹。她仍然会在母亲送给她的作为结婚礼物的家务本上画画，大多数时候都在画儿子。

“我喜欢这一面，”她冲着小丑笑了笑，“它让我想起了你，在这里只是为了取悦自己。”

德米特里把一绺头发别到费奥兹娃耳后，“但愿我不会让你太常想起它。”他说。但妻子没有回答，只是笑了笑，暧昧地轻拂了一下披肩，离开了房间。

德米特里坐回桌前，毯子裹在肩上。他盯着纸牌，吸着雪茄。就在这儿了，他美丽的模式。成堆的碱金属元素：锂、钠、钾。一连串的卤族元素：氟、氯、溴、碘。然后，令人瞠目的发现，魔术师变戏法般的翻转：氟和氯并排、相关。而且，氟和氯并不是唯一一对不可思议的搭档。他的排列慢慢地形成了一幅图表，各种元素彼此相邻，横竖相间，有规律地上下交叉出现。它们构成了难以置信的家族，它们被自然界塑造，有着相似的属性。

他在茶托上捻熄了雪茄。如此完美的暗示让他激动，但他还想要更多，他知道肯定还有更多，因为“模式”不会凭空出现，必定有一套简单的统一真相。

第二天早上，他对着大厅里的镜子梳理胡须，听着落地大钟嘀嗒作响。时钟的声音像是咚咚的脚步声，德米特里发现自己在赶着时间梳理胡子，内心更加焦躁。

“您看起来很严肃，爸爸！”

德米特里低下头，看见瓦洛亚拽着自己的冬衣下摆。他把儿子一把抱在怀里。

“因为我要去工作了。”

德米特里和儿子转过身来，面对着镜子。瓦洛亚长着跟德米特里一样的淡褐色眼睛，跟费奥兹娃一样的文艺复兴式高额头，但有一个完全属于他自己的笑脸。德米特里也笑了，但他知道严肃更适合自己。他才 36 岁，头顶的头发却有些稀疏了，灰白的胡须也更频繁地从下巴上冒出来。自 1860 年德国的卡尔斯鲁厄会议召开以来，9 年的时间里，他对自然定律的渴望一直在酝酿。早期的直觉在他的心中留下了一团火，当沙皇亚历山大二世关闭大学，德米特里失业、饥饿、靴子破了洞时，这团火便有了用武之地。他对研究的信念帮他熬过了难关，但他并不是唯一一个痴迷于化学物质的人，迈耶那样的竞争对手鞭策着德米特里的进步。德国人迈耶是本生的另一个门徒，也是德米特里的死对头。德米特里计划着元素排列完成之后，他会送一份抄本到卡尔斯鲁厄的大学——这或许是对竞争对手的一种补偿。人们曾建议他和迈耶合作，加快发现的过程，但德米特里想不出有什么会比跟竞争对手合作更糟糕的事情了。他已经一个人走了这么远——他会坚持到底的。

瓦洛亚摸了摸德米特里的怀表表链，表链刚好别在外套前面的两颗纽扣中间。费奥兹娃站在他们身后，站在门厅与餐厅之间的拱门里，手里拿着丈夫的帽子。德米特里一看见她，便把瓦洛亚放在打磨得铮亮的木地板上。除了他的书房外，公寓里一尘不染。

“我真想在那座钟里塞只袜子。”

费奥兹娃扬起眉毛，把帽子递给他。

“你没有忘了你等会儿要去听音乐会吧？”她说。

“当然没忘。”

他的心一沉——他早就忘了音乐会的事。今晚他没法再沉思、洗牌了。

“别这样，亲爱的。”

他把帽子重重地扣在头上，“但愿不会耗掉一整夜。”

“谁知道呢，换个环境兴许有帮助。”

“我不需要换环境，我只需要多些时间。”

他感到有人拍了拍自己的膝盖，低头一看，儿子惊恐的小脸正抬起头来望着他。每当德米特里和费奥兹娃提高嗓门时，瓦洛亚就开始拍他的膝盖，他讨厌父母争吵。费奥兹娃叹了口气，把声音放轻。

“我父亲总是有规律地休息。如果他卡住了，就会散很长时间的步。父亲说，他在公园里解开的谜题跟他在办公桌上解决的一样多。”

“我是个科学家，不是个讲故事的。”

费奥兹娃耸耸肩。他扣上大衣，打开前门，绷紧肌肉，抵御迎面而来的冰冷寒风。2 月的圣彼得堡非常寒冷，气温有时会降至零下 10 度，完全凭着对学生的责任感，他才走出了家门。

走到大学的路程很短，但足以让德米特里察觉城市景观的迅速变化，每天，都有一栋豪宅被拆掉，为新的多层出租屋让道。圣彼得堡如同被压缩，城市人口越来越密集。

“门捷列夫教授！”

德米特里转过身来，看见自己的助手门舒特金正从结霜的人行道上匆匆向他走来。

“早上好，尼古拉。”

“有什么新进展吗？”

“没有。”

门舒特金递给德米特里一叠文件，这是德米特里自己写的教科书《化学原理》，他的大部分讲义都来自于此。门舒特金向后退了一步，脚下打滑，德米特里赶紧抓住他的胳膊，帮助他站稳。门舒特金是一名优秀的化学家，做结论时有条不紊，但在公共场合总是显得很紧张。费奥兹娃说这是因为他跟大多数学生一样，害怕德米特里，但德米特里感到难以置信，当然也颇为失望。像他的伟大的导师本生所灌输的坚定、严谨、不带情绪的教学方式，早已不复存在。

“我在想……”门舒特金有些迟疑。德米特里哼了一声。

“别想了，尼古拉。直接说吧。”

“下课后您有空喝杯啤酒吗？”

“不行，今天不行，”德米特里说，“我今天要去见柴可夫斯基。”

§

在马林斯基剧院的大厅里，他看到了白发苍苍的柴可夫斯基正挥着手招呼自己。这位从前的同事经常邀请德米特里参加他儿子的演奏会，德米特里总是答应下来——伊利亚·柴可夫斯基是工艺学院的院长，聘用了没有博士学位的德米特里。为了表达感激之情，德米特里一直邀请柴可夫斯基参加在自己的公寓定期举办的周三聚会。

“真是个重要的夜晚！”柴可夫斯基握着他的手说。

“当然！”德米特里一边说，一边使劲琢磨。这是个什么场合来着？伊利亚肯定提过。很快，他想起来了——这是彼得毕业后的第一次音乐独奏会。“我迫不及待地想听听他的进步有多大。”

“他进步很大，”柴可夫斯基说，“你知道他有多坚决。”

德米特里回忆起柴可夫斯基去年说过的话，当时他和彼得的母亲正在努力劝阻儿子不要投身音乐事业。毫无意义的粗俗东西，他们这样形容。如今，他们似乎完全支持儿子了。德米特里心想，为人父母真是一团乱，反复无常。家里不利落是因为人就不利落，只有元素才具备真正的完整性。

“他会演奏些施特劳斯的曲子，”柴可夫斯基接着说，“让评论家们开心。”但即使提到一位著名的作曲家，德米特里也并不怎么兴奋。音乐对他的打动不如视觉艺术。置身于真正能看到的物质之中，他的感觉最为强烈——绘画、素描、玻璃瓶和奶酪。在彼得演奏交响乐的整个过程中，他的思绪始终在跳跃，一想起家里书桌上的纸牌，痛苦的渴望就涌上心头。

直到施特劳斯的《蓝色多瑙河》开头几小节响起，德米特里才发现自己又回到了音乐厅。他以前听过这首曲子吗？他不记得了。似乎没听过。这跟他从前听过的任何音乐都不一样——开头很简单，后来逐渐变得复杂，但却像波浪一般推动着他，如此美妙。木管乐器的每一声轻舒，弦乐器的每一道微光，都把他带到了一个清澈透明的地方，他深深地呼吸着。这才像话！这就是人们说的音乐抚慰人心的力量。他意识到自己坐在座椅外缘，双手紧握，专注地等待着。

5 分钟的圆舞曲之后，出现了停顿。音乐冲高，再冲高，突然——停下了。半秒钟的停顿过后，一串音符涌进来填补空白。他笑了。聪明，太聪明了。他从来不知道声音会这么意味深长。这首曲子起起伏伏，就像水里的气泡一般运动，停顿不是单纯的空白——而是关系到空间。那是丰富而膨胀的瞬间，充满了期待和可能性。随着每一次停顿的到来，德米特里就会产生一股强烈的期待，他不知道 4 个主题中的哪一个会再次出现。很快，停顿变得如同高潮般令人满足。它们表现得如此克制、如此敏锐、如此耐心。

§

回到家，他径直走进书房，坐到书桌前，把所有的纸牌收成一叠，准备再次摆开。他透过敞开的窗帘凝视着月亮，它表面的环形山就像《蓝色多瑙河》中的停顿，就像他和妻子在床上的距离，就像他未出生的孩子在家里的位置，就像他母亲和姐姐留下的空间。它们是可见的删减，是能察觉到的缺失。

他也可以像这样创造完美。他会为那些有待发现但必然存在才能让其他一切变得有意义的元素留下缺口。他又抽出了 3 张牌：类铝、类硼和类硅，把它们放到现有的排列当中。

德米特里朝窗户望去，看到小丑牌仍然放在老位置上。但有些事情变得不同了。有人给小丑画了满脸的络腮胡子，戴了一副圆眼镜，添画的墨水在灯光下闪闪发亮。德米特里点燃一支雪茄，蓝色的烟雾从手上袅袅盘旋而起。

## 后记——
## 1869 年：德米特里 · 门捷列夫和元素周期表

可以说，元素周期表的诞生，标志着化学摆脱了数百年来的炼金术和神秘主义，发展成为一门科学。各种独特而多样的元素，终于找到了一种秩序。元素的模式变得更加清晰，而且，通过模式，可以预测尚未发现的元素。许多人都曾付出努力想要找到这种精妙的秩序，但最后的答案出自俄罗斯科学家德米特里 · 门捷列夫（Dmitri Mendeleyev）。

为了更好地理解元素周期表的重要性，让我们看看当时的科学界已经知道了些什么。人类对世界的认识在迅速变化，诸如土、气、火、水四元素这类原始观念已经消失。安托万 · 拉瓦锡将“元素”（element）定义为不能再分解为其他成分的物质。而且，每年都会发现新的元素。我们知道了原子——金由金原子构成，铅由铅原子构成。我们还发现，不同元素的原子质量不同，故此，诞生了“原子量”（atomic weight）的概念。然而，“原子仍可分割，可能还存在更小的物质”的概念，还要很多年之后才会被提出。

德米特里·门捷列夫

纵观历史，科学研究始终存在跟风和赶潮流的现象，许多人或群体为了同一个目标而展开竞争。无论是对人类基因组进行测序，还是发现碳的一种新形式，发表一项重大突破都有望带来知名度和声誉。发现也需要坚强的性格，因为一个全新的设想必然会挑战现有的观点，自然也会带来不确定性和怀疑。在门捷列夫的时代，成为第一个创建元素周期表的人是一场竞争者众多的重大竞赛。有人寻找的是物理模式，比如具有类似性质的元素。有人则按照原子量的顺序排列所有元素。然而，每一种设想都总有一些元素无法融入，所有人的尝试都碰到了问题。大多数人都一心想要找到一种普遍的秩序，强行在模式里加入那些棘手的元素，哪怕逻辑告诉他们行不通。

这就是门捷列夫迈出的一步，它标志着一个真正的尤里卡时刻。他为尚未发现的元素留下缺口，甚至预测了它们的特性，在那个仅仅发现一种新元素就能带来巨大名声的时代，这是一个令人难以置信的大胆举动！此举引来了门捷列夫许多科学界同行的怀疑和嘲笑。当然，等到这些新元素被其他人发现之后，其性质与门捷列夫预测的非常相似，怀疑之声随即一扫而空。

元素周期表在如今的重要性难以描述。相比发现新元素和揭示其秩序的时代，今天的化学已经走了很远。如今，我

THE PERIODICITY OF THE ELEMENTS

| The Elements | Their Properties in the Free State | | | | The Composition of the Hydrogen and Organo-metallic Compounds | Symbols and Atomic Weights | | The Composition of the Saline Oxides | The Properties of the Saline Oxides | | | | Small Periods or Series |
|---|---|---|---|---|---|---|---|---|---|---|---|---|---|
| | t | a | d | A/d | $RH_m$ or $R(CH_3)_m$ | R | A | $R_2O_n$ | | d' | $\frac{(2A+n'16)}{d'}$ | V | |
| | [1] | [2] | [3] | [4] | [5] | [6] | | [7] | | [8] | [9] | [10] | [11] |
| Hydrogen | <−200° | — | <0·05> | 20 | m = 1 | H | 1 | 1 = n | | 0·917 | 19·6 | <−20 | 1 |
| Lithium | 180° | — | 0·59 | 12 | | Li | 7 | 1† | | 2·0 | 15 | −9 | 2 |
| Beryllium | (900°) | — | 1·64 | 5·5 | | Be | 9 | — 2 | | 3·06 | 16·3 | +2·6 | |
| Boron | (1300°) | — | 2·5 | 4·4 | 3 — — | B | 11 | — — 3 | | 1·8 | 39 | 10 | |
| Carbon | >(2500°) | — | <2·0 > | 6 | 4 — — — | C | 12 | — — — 4 | | >1·0 | <88 | <19 | |
| Nitrogen | −203° | — | <0·7 > | 20 | 3 — — | N | 14 | 1 — 3* — 5* | | 1·64 | 66 | <5 | |
| Oxygen | <−200° | — | <1·0 > | 16 | 2 — | O | 16 | | | — | — | — | |
| Fluorine | — | — | — | — | 1 | F | 19 | | | — | — | — | |
| Sodium | 96° | 071 | 0·98 | 23 | 1 | Na | 23 | 1† | $Na_2O$ | 2·6 | 24 | −22 | 3 |
| Magnesium | 500° | 027 | 1·74 | 14 | 2 — | Mg | 24 | — 2† | | 3·6 | 22 | −3 | |
| Aluminium | 600° | 023 | 2·6 | 11 | 3 — — | Al | 27 | — — 3 | $Al_2O_3$ | 4·0 | 26 | +1·3 | |
| Silicon | (1200°) | 008 | 2·3 | 12 | 4 — — — | Si | 28 | — — 3 4 | | 2·65 | 45 | 5·2 | |
| Phosphorus | 44° | 128 | 2·2 | 14 | 3 — — | P | 31 | 1 — 3* 4* 5* | | 2·39 | 59 | 6·2 | |
| Sulphur | 114° | 067 | 2·07 | 15 | 2 — | S | 32 | — 2 — 4* 5* 6* | | 1·96 | 82 | 8·7 | |
| Chlorine | −75° | — | 1·3 | 27 | 1 | Cl | 35½ | 1 — 3 — 5* — 7* | | — | — | — | |
| Potassium | 58° | 084 | 0·87 | 45 | | K | 39 | 1† | | 2·7 | 35 | −55 | 4 |
| Calcium | (800°) | — | 1·6 | 25 | | Ca | 40 | — 2† | | 3·15 | 36 | −7 | |
| Scandium | — | — | (2·5) | (18) | | Sc | 44 | — — 3† | | 3·86 | 35 | (0) | |
| Titanium | (2500°) | — | (5·1) | (9·4) | | Ti | 48 | — — 3 4 | | 4·2 | 38 | (+5) | |
| Vanadium | (2000°) | — | 5·5 | 9·2 | | V | 51 | — 2 3 4 5 | | 3·49 | 52 | 6·7 | |
| Chromium | (2000°) | — | 5·5 | 8·0 | | Cr | 52 | — 2 3 — — 6* | | 2·74 | 73 | 9·5 | |
| Manganese | (1500°) | — | 7·5 | 7·3 | | Mn | 55 | — 2† 3 4 — 6* 7* | | — | — | — | |
| Iron | 1400° | 012 | 7·8 | 7·2 | | Fe | 56 | — 2† 3 — — 6* | | — | — | — | |
| Cobalt | (1400°) | 013 | 8·6 | 6·8 | | Co | 58½ | — 2† 3 4 | | — | — | — | |
| Nickel | 1350° | 017 | 8·7 | 6·8 | | Ni | 59 | — 2† 3 | | — | — | — | |
| Copper | 1054° | 029 | 8·8 | 7·2 | | Cu | 63 | 1† 2† | $Cu_2O$ | 5·9 | 24 | 9·8 | 5 |
| Zinc | 433° | — | 7·1 | 9·2 | 2 — | Zn | 65 | — 2† | | 5·7 | 20 | 4·8 | |
| Gallium | 30° | — | 5·96 | 12 | 3 — — | Ga | 70 | — — 3 | $Ga_2O_3$ | (5·1) | (36) | (4·0) | |
| Germanium | 900° | — | 5·47 | 13 | 4 — — — | Ge | 72 | — 2 — 4 | | 4·7 | 44 | 4·5 | |
| Arsenic | 500° | 006 | 5·7 | 13 | 3 — — | As | 75 | — — 3 — 5* | | 4·1 | 56 | 6·0 | |
| Selenium | 217° | — | 4·8 | 16 | 2 — | Se | 79 | — — — 4 — 6* | | — | — | — | |
| Bromine | −7° | — | 3·1 | 26 | 1 | Br | 80 | 1 — — — 5* — 7* | | — | — | — | |
| Rubidium | 39° | — | 1·5 | 57 | | Rb | 85 | 1† | | — | — | — | 6 |
| Strontium | (600°) | — | 2·5 | 35 | | Sr | 87 | — 2† | | 4·8 | 48 | −11 | |
| Yttrium | — | — | (3·4) | (26) | | Y | 89 | — — 3† | | 5·05 | 45 | (−2) | |
| Zirconium | (1500°) | — | 4·1 | 22 | | Zr | 90 | — — — 4 | | 5·7 | 43 | −0·2 | |
| Niobium | — | — | 7·1 | 13 | | Nb | 94 | — — 3 — 5* | | 4·7 | 57 | +6·2 | |
| Molybdenum | — | — | 8·6 | 12 | | Mo | 96 | — 2 3 4 — 6* | | 4·4 | 65 | 6·8 | |
| | | | | | | (1) | | | | | | | |
| Ruthenium | (2000°) | 010 | 12·2 | 8·4 | | Ru | 103 | — 2 3 4 — 6 — 8 | | — | — | — | |
| Rhodium | (1900°) | 008 | 12·1 | 8·6 | | Rh | 104 | — 2 3 4 — 6 | | — | — | — | |
| Palladium | 1500° | 012 | 11·4 | 8·3 | | Pd | 106 | 1† 2 — 4 | | — | — | — | |
| Silver | 950° | 019 | 10·5 | 10 | | Ag | 108 | 1† | $Ag_2O$ | 7·5 | 31 | 11 | 7 |
| Cadmium | 320° | 031 | 8·6 | 13 | 2 — | Cd | 112 | — 2† | | 8·15 | 31 | 2·5 | |
| Indium | 176° | 046 | 7·4 | 14 | 3 — — | In | 113 | — 2 3 | $In_2O_3$ | 7·18 | 38 | 2·7 | |
| Tin | 230° | 023 | 7·2 | 16 | 4 — — — | Sn | 118 | — 2 — 4 | | 6·95 | 43 | 2·8 | |
| Antimony | 432° | 012 | 6·7 | 18 | 3 — — | Sb | 120 | — — 3 4 5 | | 6·5 | 49 | 2·6 | 8 |
| Tellurium | 455° | 017 | 6·4 | 20 | 2 — | Te | 125 | — — — 4 — 6* | | 5·1 | 68 | 4·7 | |
| Iodine | 114° | — | 4·9 | 26 | 1 | I | 127 | 1 — 3 — 5* — 7* | | — | — | — | |
| Cæsium | 27° | — | 1·88 | 71 | | Cs | 133 | 1† | | — | — | — | |
| Barium | — | — | 3·75 | 36 | | Ba | 137 | — 2† | | 5·1 | 60 | −6·0 | |
| Lanthanum | (600°) | — | 6·1 | 23 | | La | 138 | — — 3† | | 6·5 | 50 | +1·3 | |
| Cerium | (700°) | — | 6·6 | 21 | | Ce | 140 | — — 3 4 | | 6·74 | 50 | 2·0 | |
| Didymium | (800°) | — | 6·5 | 22 | | Di | 142 | — — 3 — 5 | | — | — | — | |
| | | | | | | (14) | | | | | | | |
| Ytterbium | — | — | (6·9) | (25) | | Yb | 173 | — — 3 | | 9·18 | 43 | (−2) | 10 |
| | | | | | | (1) | | | | | | | |
| Tantalum | — | — | 10·4 | 18 | | Ta | 182 | — — — — 5 | | 7·5 | 59 | 4·6 | |
| Tungsten | (1500°) | — | 19·1 | 9·6 | | W | 184 | — — — 4 — 6 | | 6·9 | 67 | 8 | |
| | | | | | | (1) | | | | | | | |
| Osmium | (2500°) | 007 | 22·5 | 8·5 | | Os | 191 | — — 3 4 — 6 — 8 | | — | — | — | |
| Iridium | 2000° | 007 | 22·4 | 8·6 | | Ir | 193 | — — 3 4 — 6 | | — | — | — | |
| Platinum | 1775° | 005 | 21·5 | 9·2 | | Pt | 196 | — 2 — 4 | | — | — | — | |
| Gold | 1045° | 014 | 19·3 | 10 | | Au | 198 | 1 — 3 | $Au_2O$ | (12·5) | (83) | (13) | 11 |
| Mercury | −39° | — | 13·6 | 15 | 2 — | Hg | 200 | 1† 2† | | 11·1 | 39 | 4·5 | |
| Thallium | 294° | 031 | 11·8 | 17 | 3 — — | Tl | 204 | 1† — 3 | $Tl_2O_3$ | (9·7) | (47) | (4·3) | |
| Lead | 326° | 029 | 11·3 | 18 | 4 — — — | Pb | 206 | — 2† — 4 | | 8·9 | 53 | 4·2 | |
| Bismuth | 268° | 014 | 9·8 | 21 | 3 — — | Bi | 208 | — — 3 — 5 | | — | — | — | |
| | | | | | | (5) | | | | | | | |
| Thorium | — | — | 11·1 | 21 | | Th | 232 | — — — 4 | | 9·86 | 54 | 2·0 | 12 |
| | | | | | | (1) | | | | | | | |
| Uranium | (800°) | — | 18·7 | 13 | | U | 240 | — — — 4 — 6 | | (7·2) | (80) | (9) | |

门捷列夫第 1 份英文版本的元素周期表（基于俄文第 5 版）

们能够对单个原子进行成像和操控，甚至将数千个原子组装成分子，用于特定用途。我们还试图模拟自然界中极其复杂的奇妙系统，如光合作用。然而，在这些过程中，大多数研究人员都会把元素周期表放在手边。元素的精妙排列解释了化学行为的许多趋势并对其进行了分类，它仍然是一种有价值的预测工具。在过去数百年里实现的所有科学进步中，很少有哪几项可以标榜自己产生了如此持久的根本性影响。

故事作者

艾玛·昂斯沃斯
Emma Unsworth

——记者，作家。出版作品包括《饥饿，星星和一切》（*Hungry, The Stars and Everything*）。

后记作者

佐伊·施奈普
Zoe Schnepp

——日本国立材料科学研究所独立研究员，曾在德国马克斯·普朗克胶体与界面研究所做博士后。

# 斯万，1914

# Swan, 1914

03

“我们会欢呼、闪耀、歌唱，让帕利昂拱门嗡嗡响，直到斯万一家都回了家。”

女士们、先生们，我不会在这世上待太久，你们也不会。大自然会按照它自己的路线行走。对我们许多人来说，凡人的一生已经结束；对另一些人来说，死亡来得会很迅速。必然如此。我在这里对诸位讲话，你们当中的很多人，正分散在世界各地，但大家不妨设想一下，今晚，我们所有人都置身于文学与哲学协会的演讲厅——如同 1880 年 10 月 20 日的晚上，我们全都在场，我就在这个房间里向各位发表演说，阿姆斯特朗勋爵主持会议。在我的演讲结束时，我请求关掉当时房间里的 70 盏煤气灯。让我们假设，让我们赋予自己暂时的不朽。关掉煤气灯。那么，我们现在就是在这里，在黑暗当中了，对吧？——就像在黑暗之中躺在水面上一样。现在，请稍微忍耐一下我的故事，我会长话短说。

我年纪还小的时候，太阳一下山，穷人就上床睡觉，还会拿妖怪吓唬孩子。起初我的家庭并不是很穷，但由于我父亲的慷慨、轻率和轻信，我们的财富逐渐减少。我记得最清楚的是我们在帕利昂的房子，俯瞰着威尔河河畔树木繁茂的山坡和造船厂。我们这些孩子会唱改编自卫理公会圣歌的歌谣：

我们会欢呼、闪耀、歌唱，

让帕利昂拱门嗡嗡响，

直到斯万一家都回了家。

我想，我这一辈子都在努力回家。

我们不得不离开那座房子，然后又离开了另一座房子，最后搬到了纽卡斯尔，但在此之前，受好奇心的驱使，我走进了威尔河河畔所有的造船厂和作坊，追寻我对上帝创造的物理过程的迷恋。“光照在黑暗中，黑暗不能胜过光。”《约翰福音》这样说。当时的世界，基本上还由黑暗所把持，但在初期的相遇中，科学给了我照亮道路的方法。

至于我的白炽灯泡，那是一个多年思考和实验的过程，我终于解决了这个装置的基本问题——怎样制造出一枚灯泡，不仅能将电能转化为光，而且能长期稳定地发光，从而让灯泡走入寻常百姓家，成为日常生活中的有用物品。正如我之前所说的，没有任何一项发明，没有过去的历史；没有任何一项发明，不以他人的工作为基础，不借鉴自他人的研究，不亏欠他人的努力。也正如我们所知的，名声总是落在那些迈出了决定性一步的人的身上。关于到底谁是第一人（是我，还是爱迪生先生）的问题，人们已经投入了大量的精力，展开了无数争论。女士们、先生们，当然是我，记录中也是这么显示的——但这并不是重点，名望和金钱都不是重点。关键是照明——有了光，人们就可以读书、工作、思考，抑或只是静静地坐在光明当中，至少把黑暗赶到室外去。

我们推测，达成这一目标的方法是在玻璃灯泡中制造真空，然后加热灯丝，直至其发光。那么，为什么这么长时间以来，灯泡的照明却只是短短一瞬呢？诗人马维尔在对克伦威尔的赞美诗中写道：

> 自然憎恨空虚
>
> 不让它渗透得太广……

我们的问题在于，我们的“空虚”，也就是我们制造出来的“真空”状态，“空”得根本不够：玻璃泡中的大气气体抽取得不充分。发现这一点后，我努力改善真空状态，还收紧了灯丝周围的密封圈。但灯泡仍然会变黑，光线会消失。

最后，我意识到，我所面对的情况，兴许就是两种东西占据同一空间的“渗透”的例子（当然，理论上说这不可能）——一方面是真空，另一方面是灯丝上附着有未净化的残留物。只要灯泡内部环境不够纯净，灯就会熄灭，带来黑暗。现在，我明白了。而且，我可以解释其中的过程：抽真空之后，先加热碳丝，去除剩余气体，再密封灯泡，就可以实现持续照明了。

因此，我们和我们的孩子，才得以生活在光明的世界。“我想到啦！”在记者们的笔下，我们会这样说。但光明的世界不是一时的产物，也并不出于偶然。你们也知道，我参与改进的后来被称为“碳素印相”的工艺，让照片的质量达到了前所未有的水平——世界不仅得到了光明，还能被保存下来，对抗时间的流逝。当然，这就是艺术的功能，保存、创造，正如诗人贺拉斯所说的，“一尊比青铜更持久的纪念碑”。不朽，或者它的形象，人皆向往。而我脑海里常常浮现的自己的不朽形象，是我们全家在帕利昂的房子里，在电灯的帮助下，一起在室内拍了一张大合照——当然，这是做不到的。这是另一个“渗透”的例子。

我想象中的这张大合照里聚齐了所有人，我坐在自己的两个家庭和两任妻子——范妮和汉娜——当中，照片里有我们所有的孩子，以及我的朋友、同事兼姐夫约翰·莫森。照片完美，但如我所说的，它实现不了。

我对自己说，降临在我们身上的灾难没有意义，它只是一件必须承受的事情，是构成人类命运的一部分痛苦。当然，我们永远无法免于损失，我们所损失的是自己长久以来的爱的证据，为什么我们会希望自己遭受损失呢？要是那天在利兹街我家的早会上，我见到了约翰·莫森，我们会说些什么呢？

“你需要的东西都准备好了吗，约翰？”

“我的装备都齐了，现场会有人帮忙，把那些材料运到城里的荒地上。”

“这些材料是怎么发现的，仍然没个解释吗？”

“没有，就是在马厩里发现的。”

“我对你承担的这个任务感到有些不安，约翰。”

“我也一样，可我除了是个化学家，还是本地警长，没办法呀。”

我们可能会对这个巧合一笑了之。我不会在聊天中提到诺贝尔的亲弟弟埃米尔，21 岁时死于家族在瑞典的工厂里的一次硝化甘油爆炸，也不会提及前一年在旧金山发生的致命爆炸事故。本来也没必要提及。

约翰和一群帮手，包括一名警察和几名当地的年轻人，进入了布匹市场老天鹅小院的一座地窖，在那里发现了一些硝化甘油。这些硝化甘油是怎么来的，打算用在什么地方，似乎从来没有人给出过满意的确定解释。他们用马车和手推车去处置这批原料，约翰认为城里的荒地是个合适的处置地点。约翰和同伴把容器里的液体倒进泥土，带走了空罐子，打算把里面剩下的晶体沉淀物扔到不远处的另一个地方。就在那时，灾难发生了。目击者说，爆炸发生时，大地震动，残肢漫天飞舞。如今，你们都看过照片和动态图像，可以更好地想象这场残酷的灾难。世界可以把注意力转向看似不可能的地方，我们可以看到不能也不应该看到的场面。

约翰·莫森和其他几个人被送到医院，但当天晚上，他就因伤势过重而死亡。我的向导和伙伴，给我最多鼓励的人，我的朋友，被夺走了。但这还不是全部。约翰·莫森的死似乎带来了日后博登施坦先生所说的“链式反应”，也即“如果两个分子发生反应，不光会形成最终反应产物的分子，还会形成一些不稳定的分子，它们具有能够与母分子进一步反应的特性”，大致如此。哪怕直到现在，我都会这样说，仿佛科学的客观语言可以减轻我妻子范妮以及我们的双胞胎儿子的离世带来的哀痛。这几件事就发生在约翰·莫森出事之后的几个月内。科学的任务就是阐明，不是吗？然而，有的时候，它所呈现出的世界似乎无法让人细细琢磨，当我们一贯以来的信念和乐观消失时（我之前一直认为自己是个乐观的人），仿佛进入了一片虚空，没有形式，也没有意义。接连经历数次丧亲之痛后的一年多时间里，我一直处于这种状态。我的思想停滞不前，我漫无目的地游荡，几近失控，我感觉自己没能履行职责，分外痛苦。

我们会欢呼、闪耀、歌唱，
让帕利昂拱门嗡嗡响，
直到斯万一家都回了家。

似乎再也不会有这样的归宿了。

后来，在不同的时间，我在日记中写下了以下两段截然相反的话。第一段是：

天才消逝在生活中，就如同流星消逝在大气层——从黑暗中出来，很快又重新进入黑暗。无论我们怎么做，我们都无法不对这条严苛的定律感到遗憾。

约翰·莫森是天才吗？甚至没机会去发现。但我仍然感到遗憾。唉，我确实感到遗憾。又隔了一阵，我写信给第二任妻子汉娜：

感谢上帝对我们的仁慈！让我们远离荒漠。

这难道不也是一种“渗透”吗？在同一空间里，存在两种不可能同时存在的东西——无法忍受的悲伤和至高的喜悦吗？科学寻求揭示有关自然的事实，但当精神已经逃离时，什么才是事实呢？

哀恸过后，我再次投身于研究，直到最后（在坚定的同事和德国玻璃吹制工人的帮助下），我成功地完成了制造白炽灯泡的任务。在那一刻，世界改变了，我这样说并非出于虚荣心。在这之前，黑暗一直不耐烦地等待着属于自己的时刻的到来，而在这之后，光明可以掌控白天和黑夜的所有时间了。你可能会说这光明有些闪烁，但它不会熄灭。当然，机械是不会有讽刺意味的。

科学家们经常听说，要从性格上就对隐喻保持警惕：魔法就是靠它说谎的，诗歌也一样。但人类的想象力肯定是统一的整体——想象力不可能是自己的敌人。从孩提时代起，我就沉浸在诗歌当中，每当有机会，我就会引用诗歌。约翰·莫森去世的时候，我想到了弥尔顿的《利西达斯》：

> 因利西达斯死去了，死在盛年之前，
> 年轻的利西达斯，未曾离开他的友伴：
> 谁不为利西达斯歌唱？

科学事件的性质（这是我们能够见证到的），还有它们突然的联系，以及生成全新现实的力量，可以看成是诗歌的一种形式，一如诗人柯勒律治在其名著《文学传记》中认为诗意想象力的特点就是“一股鲜活的力量，人类所有感知的主要代理，在有限的意识中无限次地重复‘我是谁’的永恒创作行为”。正是本着这种精神，作为发现和形成新统一过程的一部分（这是上帝所赐），1871年，我向范妮的妹妹汉娜·怀特求婚。这片土地的法律反对我们，禁止我娶亡妻之妹为妻，而且在此后的40年里将继续如此。但瑞士有一套不同的规定，我们前往纳沙泰尔，在上帝的注视下，在镇上归正教会的教堂里举行了婚礼。从这一天起，我的幸福再次启动，或许，这又是一个“链式反应”的结果，在整个过程中，我们只能真诚地尽自己最大的能力发挥各自的作用。

你明白我在做什么了吧——尝试理解，推断意义。你可能会说，意义不是科学家的领域：一个可观察到的事实本身就是意义，它与造物主心灵的联系并非我们所能预知。形而上学基本上已不再是科学王国的一部分。你可能会说我犯了分类错误，试图用一种语言的思维去说另一种语言。为什么我不能对电灯、摄影和人造纤维的发现感到高兴呢？难道它们还不够吗？我想申明，我经常都是高兴的，甚至比高兴还要高兴。我有了第二任妻子，重新建立了新的家庭，我们有了房子，我从事研究，发现了对祖国同胞有用的东西和工艺，我有朋友，获得了世俗意义上的成功，赢得了来自全世界的掌声。但在这些事物的边缘，总存在着一个令人不安和怀疑的领域，在这个地方，似乎不可能让精神适应事物的物质性质——适应玻璃、金属、灯丝、真空泵以及它们结合在一起产生的光。我发出的光，兴许只是更大的光的形象，而后者，必定隐藏在我们尘世所有努力的背后，甚至超越了这些努力。因为如果不是这样（尽管它必然如此），那么，我们的情况、我们的处境，就没有了存在的坚实基础，只能落入虚空。

我和所有人一样，有自己所属的时代。我支持自由主义的希望、改革、进步，利用科学的生产力为公共利益服务。我忠实地追随着光明，但不能不意识到黑暗的存在。这里有一首来自约翰·亨利·纽曼的赞美诗，他原是新教教徒，后皈依天主教。有人似乎会感到奇怪，竟然是他写出了一首最能传达这类紧张情绪、暗示信仰总是存在于怀疑当中的诗篇：

恳求慈光，导引脱离黑荫，
黑夜漫漫，我又远离家庭，
我不求主，指引遥远路程，
我只恳求，一步一步导引。

久蒙引导，如今定能继续，
经过洪涛，经过荒山空谷，
夜尽天明，晨曦光里重逢，

多年契阔，我心所爱笑容。*

但愿如此。我开始怀疑它，但我不能放弃这种可能性。我知道，对一些人来说，这兴许会让我显得不那么像是个科学家。我能做的，就是承认自己一直在追问。我说过，我是个来自维多利亚时代的乐观主义者。我从巨大的丧亲之痛中活了过来。我希望自己能对其他人有所帮助。然而，我的这段演讲，发表于 1914 年的新年，此时，所有严肃的观察人士都很清楚地看到，欧洲正处于一场可怕的大规模冲突的边缘，这场冲突可能会彻底摧毁我们所熟知的世界。基督教怎么能够默许甚至孕育这样一场巨大的人类威胁呢？难道，科学和工业的伟大想象能量把我们带入光明，只是为了让我们更清楚地看到对方以便彼此残杀，而后再次堕入黑暗吗——一如晨星天使路西法堕入了地狱的废墟之城？

不管怎么说，打开灯吧。我自然没有答案，也许，你在嘲笑我，我是一个已经过时的老人，没有讥讽、玩世不恭或者无知的盔甲能帮得上自己了。但是，女士们、先生们，本着眼下的证据，我还是要以一位诗人的断言来结束演讲，他也是靠自己的经历懂得了怀疑。

---

* 原诗为 *Pillar of The Cloud*，有“云柱”之意，此处译文节选自中文版《慈光歌》歌词，1933 年由传教士刘廷芳翻译。

虽然我们的力量已不如当初，
已远非昔日移天动地的雄姿，
但我们仍是我们，英雄的心。
尽管被时间消磨，被命运削弱，
奋斗、探索、寻求，而不屈服。*

我再说一次，打开灯吧。毕竟，别的，我们又能做些什么呢？晚安。

* 节选自英国诗人丁尼生的《尤利西斯》(*ulysses*)，译文来自何功杰 / 飞白。

约瑟夫·斯万

## 后记——
## 1880 年：约瑟夫·斯万和电灯泡

在《肖恩的故事》（*Sean's Story*）里，约瑟夫·斯万说过一句话：

> 没有任何一项发明，没有过去的历史；没有任何一项发明，不以他人的工作为基础，不借鉴自他人的研究，不亏欠他人的努力。

大约在 1802 年，汉弗里·戴维把一根铂金丝连接在他用于电化学研究的强力电池上，演示了用电导体的电阻性加热照明的原理。戴维的发光金属丝很快就熄灭了，但其他人受此启发，开始进行试验，其中包括 W.E. 斯泰特。1847 年，斯泰特在桑德兰文艺科学协会作了一场演讲，听众中恰好有年轻的约瑟夫·威尔逊·斯万（Joseph Wilson Swan）。从那时起到大约 1860 年，斯万研发了用碳化纸条制成的有望可行的薄导体。然而，从电池中获取能量的费用太高，外加无法达到足够高的真空度，斯万把白炽灯的研究工作暂时搁置下来。

正如我们所听说的那样，1867 年发生的一连串悲剧性事件（以斯万的商业伙伴约翰 · 莫森丧命为开端），让约瑟夫 · 斯万把大部分精力投入到商业和家庭生活当中。在他为保障家人的未来和生计而苦苦挣扎期间，其他人也在设计方案，试图推进他的实验，解决让实验陷入停滞的困难。

1864 年，赫尔曼 · 斯普伦格尔发明了水银真空泵。斯普伦格尔真空泵是一种简洁的装置，可以将一口封闭容器抽取至仅存原有气体十亿分之一的气体。然而，它不是一种我们今天所称的“即插即用”型设备。只有在理解并能完善这一技术的人的手中，它才能达到最佳效果。接着，19 世纪 70 年代，电动发电机成为一种具有成本效益的电力来源。

1877 年，斯万抓住了高真空科学带来的新机遇。他与伯肯黑德的银行职员兼业余科学家查尔斯 · 斯特恩（Charles Stearn）建立了研究伙伴关系。斯特恩用斯普伦格尔真空泵开发了一种装置，他愿意与斯万合作，帮助其实现碳导体持续发光的愿景。斯万将准备好的碳化条送到伯肯黑德，而碳化条送回泰恩赛德时，已经接好了电线，密封在经专业真空处理的玻璃灯泡里。

然而，灯泡内部很快就蒙上了一层黑色覆盖物，灯丝随即断裂。导致这种现象的原因在于白炽碳丝的“挥发”吗？

如果是这样，那么碳丝白炽灯似乎就没有前途了，因为无论真空多么接近完美，始终会发生挥发现象。又或者，还有别的什么机制在起作用吗？基于摆在面前的证据，斯万相信后者，他继续摸索前行。

1879 年年初，在 3 场有关电力照明的综述讲座中（分别是 1 月 17 日在桑德兰会员图书馆，2 月 3 日在纽卡斯尔文学与哲学学会，3 月 12 日在盖茨黑德市政厅），斯万公开展示了碳在真空中的电发光原理。同年，斯万和斯特恩发现，在排空过程的最后阶段让一盏灯发光，可以将灯丝中的残余气体赶走。这些气体是在灯第一次点燃之前形成的，它们污染了真空。在密封灯泡之前点亮灯丝，移除破坏物，耐用的白炽灯就此诞生了。这项发明渴望从制造者那里获得生命的最初火花，成为有用之物后再走进千家万户。

1880 年 10 月 20 日，斯万在纽卡斯尔文学与哲学图书馆演示了白炽灯的实际应用，集会主席威廉 · 阿姆斯特朗爵士请斯万为自己的家安上新灯。阿姆斯特朗是文学与哲学图书馆的负责人，斯万在 1879 年 2 月的讲座也是他主持的。他是泰恩赛德的一位科学家、发明家、工程师和实业家，他那坐落于诺森伯兰郡罗斯伯里附近的克拉格塞德的房子里，已经有了水力供电系统，并且安装了弧光灯。到 1880 年 12 月，这栋房子安装上了全世界第一盏家用白炽灯，阿姆斯特朗深感满意：

> 每一盏灯大约相当于一盏完全燃起的双芯煤油灯，我想，它大概相当于25根蜡烛，所以，我的6马力电力支撑着37盏电灯，照明效果相当于925根蜡烛。如果将同样大的电力用电弧而不是白炽灯来产生光，亮倒是更亮，但是电弧光难以分散，不能很好地用于一栋房子的分布式照明。此外，白炽灯产生的光没有弧光灯那些令人不快的特性。它非常稳定，悄无声息。它不会给人的脸投以可怕的色调，而是能显现出一切真实色彩。由于没有燃烧，也不与大气接触，它跟其他灯全然不同，对屋内的空气没有损害。简而言之，没有什么比这种灯更适合家用的了。①

白炽灯给那些有能力安装它的家庭带来的舒适、方便和清洁方面的益处，下文的报纸摘录进行了进一步的总结。年轻的电气工程师约翰·亨利·霍姆斯是1880年10月20日文学与哲学图书馆演示活动的在场人员。我们应该知道，在那个年代，“城市煤气”是一种被有毒残留物污染的不纯燃料。直到后来，煤气厂才能够将这种有毒残留物作为“副产物”移除，使之成为化学工业的原材料。

最近在纽卡斯尔斯特芬尼开展电灯工程业务的J.H.霍姆斯公司，几天来忙着为W.H.霍姆斯先生在杰斯蒙德的住宅安装斯万的白炽灯……

《纽卡斯尔日报》，1883 年 9 月 5 日

这种新灯已经使用了两三个星期，人们非常满意，因为它的亮度比煤气灯高得多，而且更纯净。房子里安装了 40 盏斯万白炽灯，电源靠一台西门子电机配合福尔–塞隆–沃尔克玛电池（即铅酸电池）带动半马力的奥托无声燃气发动机提供。客厅由 10 盏白炽灯照明（每盏相当于 12 根蜡烛），餐厅使用了 5 盏白炽灯（每盏相当于 20 根蜡烛），它们被封装在磨砂玻璃罩中，散发出柔和、圆润、令人愉悦的光线。大厅、图书室、楼梯、楼道、卧室、更衣室和其他空间都采用了类似的照明。该公司发明了一种非常聪明的装置，在每个房间的门上都安装了开关，通过它，任何人进入或离开房间时都可以随意打开或关闭照明灯。

燃气发动机的运转成本跟以前煤气灯的照明成本相当，但作为补偿，舒适度提高了，而且不会挥发有害健康（自然更有害于艺术品、植物和房屋里的装饰）的有毒硫黄烟雾。发动机、发电机和电池安装在房屋

后面的户外厕所里，由园丁照料。

《纽卡斯尔快报》，1883 年 9 月 5 日

所以，园丁们，到你们的外屋去，把发动机打开。然后我们轻按开关，光就来了！

那么爱迪生呢？在这里，我们没有时间把是谁先发明白炽灯的争论再梳理一遍。问题的一部分在于，对于什么叫作“成功的白炽灯”，并没有详细的性能定义。在寿命、光输出、耗电量、稳健性、成本和易制造性方面，我们需要怎样的平衡？

1978 年，伦敦科学博物馆的尼尔·布朗仔细研究并权衡了现有的证据。②他发现，关于斯万做出突破和爱迪生在大洋对岸进行实验的具体时间，现有记录往往是不准确的，有时甚至互相矛盾。然而，1880 年 10 月 20 日，斯万在图书馆进行的展示（用的材料是“羊皮纸灯丝”），可能是实用的、具有商业可行性的白炽灯首次亮相。11 月，斯万和爱迪生似乎都“为市场”成功制造了灯具，尽管当时市场的规模很小。布朗在结论中写道：

当然，承认另一个人独立地、几乎在同时生产出了成功的白炽灯，并不会影响斯万或爱迪生的声望……与其说电灯是某个人或某群人的产物，倒不如说它是

其所在时代的产物。

斯万继续完善并改进灯丝的材料和制造技术，日后还研发出了第一根人造灯丝。在他之后的生活里，他借鉴化学技能，提出了“燃料电池”（fuel cell）的概念——一种无须燃烧，直接用燃料生产电力的化学装置——如今已广泛应用于太空旅行。

爱迪生对白炽灯的一种特性深感好奇：尽管这种情况已经大幅减少，但灯泡内部发黑和灯丝断裂的现象仍不时出现。爱迪生注意到这些效应遵循一种模式，他在研究中在灯泡内部引入了独立于灯丝的第二种电元件。他发现，在某些情况下，灯泡内部的真空中会有电流，但并不产生电火花或电弧。电流怎么可能平稳地、悄无声息地流过空无一物的空间呢？这种无法解释的现象被称为“爱迪生效应”（Edison Effect）。

如果爱迪生理解了这一效应，他可能会给携带电流的带负电的粒子选择他中意的名字。不过，他转头去进行其他研究了。直到 1891 年，英裔爱尔兰物理学家乔治·约翰斯通·斯托尼③提出了“电子”（electron）一词。后来，1904 年，爱迪生效应启发了曾为爱迪生工作的约翰·安布罗斯·弗莱明，他发明了二极管，被认为是电子学这门新科学领域诞生的第一种实用的装置。

因此，爱迪生所记录并研究的早期白炽灯的不完美特性，预示了热离子管的出现，而热离子管是 20 世纪全球“无线”通信和广播技术普及的关键。

于是，我们又回到本文开始时斯万说的那句话：

> 没有任何一项发明，没有过去的历史；没有任何一项发明，不以他人的工作为基础，不借鉴自他人的研究，不亏欠他人的努力。

爱迪生 & 斯万联合电灯公司宣传画

故事作者

肖恩·奥布莱恩
Sean O' Brien

作家。出版诗集包括《室内公园》（*The Indoor Park*，获得萨默塞特·毛姆奖）、《恐怖幽灵》（*Frighteners*）、《HMS 温室》（*HMS Glasshouse*）、《11 月》（*November*，获得 T.S. 艾略特奖）等。他还撰写了戏剧、散文和小说《来世》（*Afterlife*），以及短篇小说集《寂静的房间》（*The Silence Room*）。

后记作者

约翰·克莱森
John Clayson

纽卡斯尔发现博物馆科学与工业分区管理员。

# 狭义相对论

# The Special Theory

04

“我必须得赶在死前看一眼这座钟。”

安妮 - 玛丽在接待另外两名顾客（两个 30 来岁好说闲话的女人）时看到了他。那时，她正在为她们布置餐盘。这人走路有些拖沓，差不多 40 岁，但看上去更老一些。

他邋里邋遢，一看就是单身汉。他的外套是一件绿色的防水大衣，买的时候一定很贵，但现在破旧不堪，污迹斑斑。她瞥见外套里面是一件蓝色西装——这无疑证明他是单身，要不然就是他的妻子已经对他失去了兴趣。安妮 - 玛丽叹了口气。蓝色西装，绿色外套，淡棕色的麂皮鞋。穿着或许很舒服，但衣服与衣服之间毫不搭调。也许他是个怪人，电脑极客之类的。他长得就像个电脑技术员，她想。

安妮 - 玛丽把两名女士的钱装进腰包，脸上挤出欢迎的微笑，迎了出去。她总是说，这份工作有趣的地方就在于看到新客户，她总会揣摩他们。她上大学时读的是心理学，而在眼下的这份工作里，她喜欢用客户来锻炼自己的思维。

“早上好！”* 安妮 - 玛丽招呼道。

他抬起头来，眼里满是惊恐，“很抱歉，我……”

她笑了。他看起来并不怎么吓人，浅棕色的眼睛很和善，带着一丝耐人寻味的焦虑。她已经习惯了单身男性不怀好意的公然打量，他的眼神反倒是叫人耳目一新。

---

* 原文为德文。

“你是英国人吗？真抱歉。请问你想点些什么？”

他的目光越过她，凝望着马克特加斯街道上时钟塔的巨大表盘。“我……能来杯咖啡吗？我是说，黑咖啡。”

“好的。”她笑了笑，转身去下单。

扬在吧台后面擦杯子。他是个满脸粉刺的瘦高年轻人，每当她弯下腰，他就会盯着她的胸脯使劲看。最近，她会背过身再弯腰，这样，他就不能那么明显地窥视了。环顾四周，店里几乎没人。咖啡馆里的客人太少了，为了避开扬笨拙的讨好，她只好沉思般地望着外面桌边的那个男人。

他坐在外面，带着一种让人害怕的绝望般的痛苦，盯着时钟。他面孔瘦削苍白，布满皱纹，似乎隐含着一股巨大的悲伤，她不禁想知道他是谁，从哪里来，为什么会在这里，凝望着这座古老的时钟塔。很多游客会来看它，但大都带着“到此一游”的心态：“我看到它了，我给它拍照了，然后呢？”安妮-玛丽和大多数伯尔尼人都讨厌这样。他们为自己的城市感到骄傲，为古老的民主感到骄傲，为时光的驻足感到骄傲。

扬叫她的时候，她颇有些迷茫，接着才想起那个男人点的咖啡。她端起盘子，走了出去。送完咖啡，她准备回到吧台，但好奇心一时占了上风。

“你喜欢时钟塔？”

“嗯？”

“钟楼？你喜欢这座时钟？它非常古老。”

“它是我生活和工作的源泉。”他说，几乎要迸出泪来。

“为什么？你不是伯尔尼本地人呀？”

“不，不是。但爱因斯坦是在这里……呃……灵光一现的，我猜。因为他的远见卓识，我们的生活发生了巨大的变化。一切都是因为有轨电车上的一个灵感。”

“有轨电车？”

“是的。那是个奇迹，真的。如果你认为他是个学者，的确是。他是个可怕的学者。在学校里，他父亲问校长，自己的儿子应该从事什么职业，校长摇摇头说，‘做什么都不打紧。反正他什么也做不成。’好吧，他总算证明他们都错了。”

“爱因斯坦住在这儿？”

“他是德国人，但他来这儿上理工学院。我猜他是想教书，或者研究物理，但他没能通过入学考试里的艺术科目，所以他去了阿劳，第二次入学考试总算过了。但他总是在怀疑和探索，他甚至质疑老师。他不会理所当然地接受任何事，他对物理学是这样，对人也是这样。”

那人的眼睛突然湿润了，安妮-玛丽看到他把手放在额头上，吃了一惊。她拍了拍他的肩膀，“你还好吧？”

“对不起，我只是在想，他和我有很多相似的地方。但我学会了以理所当然的态度对待人。再也不会这样了！”

她听到店里的召唤，接待了一名新顾客，收了另一张桌子的账单，又擦了两张桌子，抹干了脏咖啡杯留下的水渍，接着又回到那奇怪的邋遢男子身边。她觉得他挺有意思，他就像是一个体内平衡被破坏得彻彻底底的人，一个已经穿越了马斯洛需求理论各级层次的人。他就像是心理学家的研究对象。

“你说的有轨电车是怎么回事？”她问。

“有一天，爱因斯坦正坐在驶离那座钟楼的有轨电车上，冒出了一个精彩的设想。”

她看了看钟楼。中世纪的塔楼上有一个巨大的表盘。塔楼不是很高，但是很有气势。墙上装饰着一些人物：左边是一个持剑骑士，剑尖冲下，左手举起，像是在祷告；而另一侧蜷缩着一男一女；在他们上方，隐约可见一个披着斗篷的人。大钟的指针闪着金光，上面的符号象征着太阳和月亮。

“你知道，他一直纠结于对光的设想。可以这么说，这是他第一次受到启发。他日子过得挺惨，很早就结了婚，和妻子生了一个小女孩，我想她叫丽瑟尔，小小年纪就没了，两岁左右。想想看：年轻的爱因斯坦要养活妻子，女儿死了，妻子又怀孕了，他不知道该怎么赚钱。他在专利局有一份工作，一周工作 6 天，但那不是他想要的。我想，他立志要做一名物理学家。啊，他一辈子都着迷于万事万物如何运转。而且，物理学家们可能相当死心眼。不，可以这么说，相当专注。”

“真的吗？”她笑着问。

“我从前也这样。我记得自己小时候就对物理挺感兴趣。我受到的第一次启发来自手电筒。我想知道，这样一套独立的装置，怎样带来了光明。它看起来如此……神奇。”

“他没有手电筒，是吧？”

“在 20 世纪之初是没有的。但他看到了指南针，那东西从小就吸引了他，他想知道指南针的运作原理。后来，他开始对纯理论物理产生兴趣。他并不对日常用的装置费心，他着迷的是宇宙的奥妙。但他只是一个人，一个普通人。”

“那么……”她说，她朝身后酒吧里的人瞥了一眼，但没有人想要招呼她。这可真是难熬的一天。

“接着他在有轨电车上产生了灵感。你知道，他思考光很多年了。”

她点点头，但忍不住笑出了声，“光？他可真够，怪胎的，你说呢？”

“是啊，我猜是吧。”那人说。他脸上露出了抱歉的笑意，仿佛意识到自己说的话有多可笑。“真抱歉。我一辈子都在想着他，尝试改进他的研究。唉，真抱歉，我有点太着迷了。”

他打算从金属桌旁起身离开，一种说不出的哀伤淹没了他，安妮 - 玛丽觉得这是自己的错，就像是她狠狠给了他一耳光。她发现，他对爱因斯坦的热情耗尽了一切。

“拜托，”她说，“你还没有讲到他的灵光一闪呢。”

“我让你生厌了，”他沮丧而肯定地说，并没有指责的意思，“我让所有人生厌。我记得让……算了吧，我还是别谈那些人。”

“别这样，我很想听。”

他往周围看了看。一辆有轨电车缓缓地从他们身边驶过，车顶的高压线上闪过一道火花。“你看到了吗？这只是你能从那儿看到的能量。纯粹、简单。在爱因斯坦之前，没有人意识到这一点。”他几乎是怀疑地看着她，接着叹了口气，又坐了下来。他带着一种无声的绝望表情。

“他看到的就是那个？”

“不是电，不是。是光吸引了他的想象力。我想，他 10 来岁就开始思考光，琢磨它怎么运转。你瞧，人人都相信，光一定和声音一样，它的能量依赖于某种充斥在空间里的东西。他们甚至给它起了个名字，叫‘光以太’。他们认为空间中必定存在某种东西，毕竟，自然界不允许存在真空。他们过去都是这么说的。但爱因斯坦从另一个层面上思考这个问题。他开始想，如果他以光速在空间中穿梭，面前放着一面镜子，他会看到自己的倒影吗？”

“他大概不会看到自己的倒影，因为如果镜子以跟光同样的速度运动着，光线就永远无法到达镜子。他会是隐形的，就像吸血鬼！”

“啊，但不是这样！”他边说边转过身来面对着她，“你看，爱因斯坦意识到，就算他以光速前进，仍然能够看到自己在镜子里的影子。就跟他站着静止不动时一样，光线会到达镜子，反射回他的眼睛。因为‘静止不动’是相对于光而言的。”

“我的英语，可能，不怎么好，我没理解。”

“不好意思。你看是这样，爱因斯坦意识到，光是不同的。人人都在寻找能够传输光的‘以太’（但找不到，因为它并不存在），爱因斯坦提出，光本身总是以恒定速度在空间中运动。这样，当观察者的速度和光速接近，时间的流动会发生改变。如果电车的速度足够快，他认为那座时钟，相较于他来说，计时速度就会更慢。你明白了吗？所有运动都是相对的。而像他那样的观察者，把镜子摆在自己面前，仍然能看到自己。因为光本身不受限制。不管观察者的速度是多少，光必然以恒定的速度运动。这是个，”他凝视着时钟，悲伤再次代替了短暂的兴奋，“了不起的成就。这是一个哲学家的构想，而不是数学家或物理学家的。就如同一个人的速度快到可以放慢时间，把它抓住！”就在这一刻，他伸出手来，仿佛要抓住时间似的，而安妮 - 玛丽站着一动不动，十分警觉，不愿打破吞噬着他们俩的魔法。

“所以你大老远地跑来就是为了看他的钟？”过了一阵，她说。

他的手落在桌子上，“算是吧，我必须得赶在死前看一眼这座钟。”

她笑了，“你的咖啡喝完了，想再来一杯吗？我们有蛋糕和苹果卷。”

“我该走了。”他说。他脸上又露出了她之前注意到的那种害羞又绝望的表情。

“你一定得多花点时间看看这座钟，毕竟，它启发了你的英雄呀，对吧？”

“倒也是。”他说，他努力想笑，但怎么也掩盖不了眼中的悲伤。这让他显得阴森森的。

“我去给你拿点苹果卷来。”她决定。

煮咖啡和取点心花了几分钟。他全无热情地看了看那片苹果卷，但还是拿起叉子尝了一口。

“你饿吗？”

“不怎么饿，”他说，“很久都没饿过了。”

“你研究爱因斯坦很久了，是吗？”

“因为他是了不起的天才，我成了跟他一样的物理学家。有一阵，我以为自己兴许能取得跟他同样的荣耀。但没这可能了。”

“你是个科学家？”

“算是吧，”他点点头，“蹩脚的那种。”

“那么，你在大学工作吗？”

“一所英国的小型大学，我是个教授。”

“你这么年轻就当上了教授？”

“我刚当上教授的时候是很年轻。”他笑了。

“但你现在还在大学工作吗？”

“现在不是，我正在放假。”

“哦？”她有些吃惊。这并不是放假的季节。这里的大部分游客都是当地人，就像咖啡馆里的那两位女士。

“我这阵子过得很难。”他一边说着，手指突然互相绞到了一起。他眼睛里又出现了那萦绕不去的可怕的恐惧。“一场车祸，一场严重的事故。”

“哦，你受伤了？”

“不，不是我！”他说，“是我妻子和儿子。他们在我后面的车里。你瞧，我旁观了一切。速度很快，我从后视镜里看到了这场车祸，就像爱因斯坦的幻象。接着……我看到了他们。车很小，卡车司机说，她一定是突然转向撞上他的，但当时那里有那么多车，我们全都看见了。是他在开车时打瞌睡，打瞌睡，你明白吗？他送货迟到了，到了休息时间却不肯休息。所以我的家人没了。”

“哦，真抱歉。”

“那不是你的错，”他耸耸肩，又盯了一眼钟，“所以我想看看钟，就这一次。”

她想起来，他说过，赶在死前。

“爱因斯坦怎么样，”她说，“他小女儿死的时候？”

“他一定心力交瘁，极度悲痛。失去了孩子，可怕极了。这是你能想象到的最糟糕的事情。你还年轻，但相信我，失去你小小的孩子……足以让人心神崩溃。”

“爱因斯坦停止工作了吗？”

“他没法子，他还得挣钱。他还有妻子和刚出生的孩子要照料。至少，我没有那个问题。”他说的时候，并没有庆幸的意味。

“那么，他是在女儿死了之后，才灵光闪现的吗？”

他抬头看着她，“你觉得我在犯傻？也许我应该更努力地工作，因为现在我已经没有别的人要分心了？你是认为我软弱吗？”

“不。但你应该想一想像他那样的人，你们都有过同样的创伤。”

“也许吧。”

他沉默了一阵。“那座钟，很古老，是对时光流逝的合适纪念，或许爱因斯坦也会喜欢。”

“你是这么想的吗？”

“我不知道自己在想什么。结婚前，我的生活很空虚。后来，我们有了儿子，他叫斯蒂芬。前一刻，梅格和他还在。下一刻，他们就卷进了汽车里。天哪，太可怕了！”

“我很抱歉，”她轻声说，“我没法想象，眼睁睁地看着家人这样没了是多么可怕。”

“我很快就会忘掉的。”他心不在焉地说。

这是个叫人大吃一惊的说法。一会儿看到这个人心神不安，一会儿又听到他说出如此冷酷无情的话，一阵寒意从她骨子里渗出来，她禁不住哆嗦了一下。

他接着说：“我想，你是对的。爱因斯坦一定很专注。你知道吗，他在 1905 年那一年，发表了 5 项重大工作，狭义相对论，就是他在这里想出来的。他关于时钟同步的原理表明了时间是相对的，接着是相对论。一个无名之辈，一个专利局的技术员，在业余时间研究出了跟牛顿的原理同等重要的东西。他一定异乎寻常地专注。下定决心要把这些概念研究出来。”

“一个承诺感极强的人。”

“是的，一个完完全全的狂热科学家，或者更确切地说，一个高度封闭的人。和我一样，也许。”

她再次打量起他的脸，他脸上的哀伤稍有缓和。他几乎没怎么碰点心和咖啡，她突然意识到，自己一定是他妻子过世后头一个对他产生兴趣的人。

“是不久之前的事吗，你妻子？”

“她两个月前走的。从那时起，我一直在努力让自己恢复正常。但工作……一想到要回学校去教那些充满求知热情的年轻人，看着他们的脸，想到我的孩子本可以成为像他们那样的人……”他的声音苦涩而卑微，“我做不到。我会痛恨他们所有人。每一天，小斯蒂芬都会回到我的记忆里。”

“你说爱因斯坦还有一个孩子？”

“是的，他有两个儿子。但那之后不久，他就跟第一任妻子离婚了，跟自己的表妹结了婚。”

“那看来，生活还是会继续下去的。”

“对他来说，的确如此。”

“他做得很好。”

“我想是的。”他附和说。

“他看着钟，看到了秩序，看到了解决问题的逻辑。电车上的观察者，他找到了第一个伟大的设想。”

他笑了。“也许是的，我不知道他的第一个设想是什么。但即使那是他的第一个，也并不是最后一个。”

“但时钟给了他启发。”

“确实如此。”

她听到咖啡馆里传来召唤，“我得走了。”

“当然。很抱歉耽搁了你这么长时间，就让我……”

“我会回来的。”

她回到室内，每次透过窗户，她都看到他的眼睛落在自己身上。在某种程度上来讲，这让人感到暖心。但在另一方面，又让人感受到了毁灭性的压抑。她接待了5位新客人，等她工作完，他已经走了。

她走出去，抬起头来四处张望，她想看到他，但没有任何身影。有那么一瞬间，她感觉他的脸庞就出现在有轨电车上，沿着大路匆匆告别了时钟，但那究竟是不是他，她判断不出来。

在他坐过的地方，放苹果卷的盘子下面压着一个小信封，她不知道这是否意味着他会回来，这得仔细想想。她把信封拿了进去，以防弄丢，她交给了扬，接着匆匆忙忙地为3位商务人士端去啤酒。

“安妮-玛丽，那封信。我想你做了些好事。”

她回到吧台，对扬皱起眉头，“你这是什么意思？”她问。

“我把它打开了，想看看里面有没有什么东西。”

“你是打算看看里头有没有钱吧？”她轻蔑地撇了撇嘴角。

“不是！我只是想万一是对他而言重要的东西呢。护照、保险单——什么东西都有可能装在信封里。或许能告诉我们把信寄到哪儿去。”

“那里面有什么？”她问道，又想起了那对浅色的眼睛，带着平静而克制的绝望。

“是封信，确认与斯蒂芬·巴克斯特教授会面的信。寄信的是一家诊所，你知道的，那种关怀诊所。”

“他要自杀？”

“他选择了死亡的时间和地点。也许他健康有问题？很多癌症患者都想在疼痛开始前自杀，是吧？”

她点点头，但思路飘到了别的地方。发生了那样的事，她想，谁能责怪教授想结束自己的生命呢。

她在收拾桌子的时候想到，他来伯尔尼是为了看看自己的英雄是在哪儿完成一生中最伟大的发现的，或许，他是希望在自杀之前看看他的天才的源泉。把一辈子献给自己的英雄，接着在后视镜里看到妻子和儿子死去，就像看到他们和爱因斯坦一同从自己身边离开。但他忘了把信拿走。她希望他已经决定要重返生活，就像爱因斯坦在他的小女儿死后做的那样。

这就是安妮 - 玛丽的理论。她的狭义相对论。

## 后记——
## 1905 年：阿尔伯特·爱因斯坦和狭义相对论

这个讲述一名男子失去家人的悲伤故事，凸显了时间之旅的无情与残酷：它是单向度的，只能从过去到未来。但爱因斯坦（Albert Einstein），他对于时间的性质给了我们一个更有趣、更复杂的观点，在他的一位朋友去世后，他甚至曾用狭义相对论的观点来安慰朋友悲恸欲绝的遗孀。

他从前的老师赫尔曼·闵可夫斯基告诉他，所有的观察者，不管其相对运动速度是多少，光速始终是恒定的，这一发现不可避免地带来了如下结论：我们不能把三维空间和一维时间看作是独立的，而是必须把它们结合起来，变成一幅更美丽、更完整的现实图景——四维时空。

你所看到的空间和时间的旧有观点，以及我们的常识仍然顽固地坚持着：空间是事件发生的舞台，而时间的流逝，由某种想象中的外部宇宙时钟来标记，它以恒定的速度在宇宙的任何地方一秒一秒、一分一分、一小时一小时、一年一年地嘀嗒跳动（我们对时间流速的浅显主观感知取决于我们从事的职业和我们的年龄）。但如果时间本身是另外一条轴，爱因斯坦指出，它与我们正常的三条空间轴构成直角，变成了除数学语言之外我们永远无法想象的四维图形上的一条凝固的线。

爱因斯坦的这幅图景叫作“块状宇宙”（block universe），该理论解释了为什么我们当下的瞬间（也即“现在”）只是时间轴上的一个点。从“宇宙之外”（当然，你也可以把它想象成是为全知的“上帝”保留的有利位置）来看，我们所意识到的不断变化的当下瞬间，并不比我们过去或未来的任何时间点更“真实”或者更重要。这就是爱因斯坦安慰朋友遗孀时所进行的论证——她死去的丈夫仍然存在于块状宇宙中的

**爱因斯坦与第一任妻子米列娃**

其他时间里。

当然，我不知道这对她能不能起到安慰作用。

但这一切都只是理论上的无稽之谈吗？毕竟，有时候，在我看来，人人都能给出一套自圆其说的时间理论，爱因斯坦的图景为什么就这么正当呢？为什么这不能仅仅是一个疯狂天才提出的误导性理论呢？不言而喻，大多数人并不能轻轻松松地理解爱因斯坦的狭义相对论。实际上，如果你让普通人说出自己对爱因斯坦的研究知道些什么，他们很可能会引用他那著名的方程式 $E=mc^2$。他们甚至知道这些符号代表什么，以及这个方程式的含义。

但不管怎么说，这无关紧要，因为这个方程并非相对论里最重要的东西。事实上，对爱因斯坦来说，方程是一个事后的设想，而且只出现在他论述时空性质范式转换的一篇后续论文中。更具体地说，具有革命性的成果是他对光的性质的描述，因为基于这一描述，遵循一系列纯然、美丽且严密的逻辑和数学步骤，我们推翻了对时间和空间的旧有观点。

在本节故事中，作者迈克尔·杰克斯提到了“光以太”，这种神秘的介质据说是光波的载体。爱因斯坦的天才之处在于他揭示了这种遍及空间的无形“物质”并无存在的必要。光可以在没有任何介质的情况下从一个地方传播到另一个地方——这跟声波不同，声波不能在真空中传播。但如果不以

“以太”作为空间的锚点，我们如何锁定事件发生的位置和时间呢？如果你测量的是一束有特定速度的光，你怎么能让其他人相信你在进行测量时是静止不动的呢？毕竟，地球在绕着自己的轴旋转，围着太阳运行，太阳本身缓慢地围着银河系转动，银河系将要与仙女座星系发生碰撞，银河系与仙女座星系同属的本星系群正在无垠的宇宙中漂移。“静止不动”是什么意思？爱因斯坦解释说，不存在这样的东西，一切运动都是相对的。然而，令人难以置信的是，哪怕我们自己正

爱因斯坦与第二任妻子爱尔莎

在以接近光速的速度运动着，我们仍能够测量到一束光以相同的速度在运动。很明显，必须放弃某种东西，距离与时间间隔的本质必须发生改变。如果我看到两道闪光，空间上相隔一英里，时间上间隔一秒，那么坐着高速火箭从我身边呼啸而过的你，可能会测量出这两道闪光之间的距离只有半英里，时间间隔为两秒。我们谁是对的？答案是，在我们各自的参照系中，我们都是对的。

这些设想，初次接触时是很难理解的。人要付出许多努力和专注，才能说服自己相信这样的逻辑和结论。时至今日，我们仍然难以理解这些设想，这恰恰凸显了爱因斯坦是一位非凡的天才。事实证明，他是对的。

故事作者

迈克尔·杰克斯
Michael Jecks

作家。著有30多部历史小说，短篇小说曾广泛发表在各大杂志中。

后记作者

吉姆·艾尔-哈利利
Jim Al-Khalili

萨里大学理论物理学教授，公共参与科学讲座主席，英国科学协会理事、副主席。自1994年以来，他在萨里大学的研究使他成为奇异原子核数学模型方面的顶尖专家。

# 一切都在运动，一切都相关联

# Everything is Moving, Everything is Joined

05

“如果太阳，我们的太阳，塌了，垮了，爆炸了，内爆了，消亡了，我们不但会感受到光的消失，还将感受到经纬线的波动、扰乱、翻滚和咆哮。”

列文·闵可夫斯基和蕾切尔·陶布曼在狭小而明亮的犹太教堂里的彩棚下举行了婚礼。蕾切尔的面纱遮住了整张脸（不过，列文已经提前看过了她，在前厅检查了她是允诺的新娘，而不是冒名顶替的丑陋继妹），她绕着新郎走了7圈，玻璃杯踩碎在列文的脚下，他们结婚了。闵可夫斯基先生及夫人。两个人，一个姓氏。

我们结婚了，亲爱的，记得吗？我们为有力的结合而欢呼，我们踩碎玻璃杯。可要是我们结合得不那么有力，我们会打碎牙齿、骨头、身体——当然，也足够有力了。合二为一，两个成为一个。

列文·闵可夫斯基和蕾切尔·闵可夫斯基在玻璃杯的碎片中走到了一起，离开了他们的出生地德国，闵可夫斯基夫妇的孩子随即降临。奥斯卡生于1858年，而赫尔曼来得晚些，是在1864年。他是个夏天出生的宝宝，就在那一年，维尔纳总督按照沙皇的指令，下令所有学校的课本只能使用西里尔字母，禁用立陶宛语的行动拉开了序幕。在西里尔文中，字母有数值含义，A等于1，B等于2，单词和数字是相关联的。

1872年，赫尔曼8岁的时候，一本后来演变成臭名昭著的《锡安长老会纪要》*的小说的一部分，首次翻译成俄语在圣彼得堡出版。几部不同的虚构作品合在一起，表现出一种"真理"。就在这一年，闵可夫斯基一家回到了德国，列文和蕾切尔的故乡。

彼时，彼地。赫尔曼8岁，奥斯卡14岁。他们在普鲁士的柯尼斯堡生活。当时，它还不叫德国，是后来才改名的。

> 此时，此地。因为地球总是在运动，因为地球绕着太阳运动，因为太阳在银河系运动，银河系在宇宙中运动——依此类推，因为事物，任何事物，你，我，一颗苹果，都是原子构成的，原子是电子构成的，电子是很多我们至今还不清楚的东西构成的——因为万事万物都在运动，所以"此地"没有真正的坐标。因为时间也在运动，所以"此刻"也没有真正的坐标。我们不能测量此地和此刻，因为我们无法指定一个地方开始我们的运算，我们无法说："我们就从这儿开始吧。"
>
> 我们就从这儿开始。
>
> 然而，我们倾向于认为自己可以完成这样的指定，指定那一刻，指定那领悟、理解爱的一刻。我们喜欢使用"这个／此刻""那个／那时"，我们在永远运动

* *Protocols of Zion*，一部反犹主义作品。

的根基上制订计划，作决定，造东西，就如同它是静止的，如同它不会改变。这一切都与感知有关。

当我说“我愿意”来表达对你的爱时，我所依赖的，是永远都在运动的根基。

赫尔曼的数学天赋在高中时期便已显现。1880年，他在本地上大学，1882年到1883年的冬天，他到柏林大学继续深造。就在那年冬天，莱比锡大街和波茨坦广场安装了第一盏固定的照明路灯。温暖的电灯，为学习中的赫尔曼·闵可夫斯基照亮了寒冷冬夜。阿尔伯特·爱因斯坦于1879年出生在德国的一个世俗犹太人家庭。他父亲也叫赫尔曼，在一家制造电子设备的公司工作。

一切都在运动，一切都相关联。

一颗苹果从树上落下。在前景中，一列火车沿着轨道行驶。远处，另一列火车在平行的轨道上朝同一方向行驶。苹果树位于两列火车之间。从前景中的火车上来看，远处的火车似乎是静止的，而树在运动，树和落下的苹果在后退，向远方，向后方，向我们之前到过的地方运动。这一切都与感知有关。

火车在时间和空间中前进。一颗苹果已经落下。火车已经开走。过去？此刻。

你爱我。过去。

一颗苹果从树上落下。我把它给你。此刻。

1883 年，法国科学院将数学大奖颁给了 19 岁的赫尔曼·闵可夫斯基，以表彰他论述二次型理论的手稿，同时颁给了亨利·史密斯，一位爱尔兰数学家，他本该是 56 岁，只可惜两个月前便已去世。时间和地点对闵可夫斯基来说都很好，但对史密斯来说时机就没那么好了。

一颗苹果从树上落下。有个人在那棵树附近。从第一列火车上看，地上的人似乎走得很慢，而地上的人却觉得自己走得很快。如果火车向东行驶，苹果树似乎也以同样的速度向西行驶。靠近看，苹果树似乎是静止的。没有什么是静止的，全都在运动。两者都在现实和时间中运动。这一切都与感知有关。唯一不变的是光。明白了吗？明白了。要有光。

我们是朋友，后来成了恋人。

我和你结了婚，和你有了联结，我们的婚礼是时空中发生的一起事件，但唯一不变的是真空中的光速，我的速度不够快，跟不上你明亮的光。我们的生活不是真空。

闵可夫斯基向波恩大学申请工作，他的面试内容是口头诠释一篇关于正定二次型的论文。他得到了那份工作。多年以后，这一次的口头陈述成为他的数字几何思想的基础。爱有一种几何形状，一种永远相同的方程式。

（没有，有，有，有。）

（有，没有，没有，没有。）

铁轨旁边的树木似乎正以令人难以置信的速度驶过东行的列车，转眼即逝，形影模糊。远处的一头牛，缓慢地，非常缓慢地，朝着相反的方向走着，似乎静止不动。但当火车停下来时，牛在动，树却静止不动。时间流逝。

两座时钟。一座静止，一座运动。对运动的时钟而言，时间的流逝似乎变慢了。

一名 30 岁的男子，在地球上，衰老了一天。一名与男子在同一天出生的 30 岁女子，搭乘（不存在的）光速飞行的宇宙飞船，也衰老了一天。就个人而言，时间对两人来说都是一个常量。地球上的男子和太空中的女子，此刻有着不同的年龄。两人的时间以同样的方式流逝。但相对时间——他的时间相对于她的，她的时间相对于他的——却不然。

30岁的男子爱30岁的女子。她也爱他。爱情对两人来说是个常量。他对她的爱，她对他的爱，这些东西并不是恒定的。这一切都与感知有关。

这里是空间，这里是时间。我们有足够的空间和时间吗？我们有。我们没有。相对而言。这一切都与感知有关。苹果是否落下，也不像从前那么重要了。时间流逝。

1902年，曾在多地任教的赫尔曼·闵可夫斯基和家人回到了哥廷根——在那里，博士毕业生们会去亲吻牧鹅女。赫尔曼·闵可夫斯基和戴维·希尔伯特在柯尼斯堡上大学时就成了朋友，这次，戴维·希尔伯特为他在哥廷根大学数学系设了一个职位。老朋友们，再次在同一时间、同一地点，开始一同工作。

我在时间、在空间里，将你定位。我们曾经是一起事件，我们在那个地方（空间）、那个时间聚在一起。看待我们，或者我们这件事，有两种方式。

一种是：有，没有，没有，没有。

另一种是：没有，有，有，有。

我穿梭于时间。

向前，向前，向前，离开你。

1905 年，在伯尔尼专利局工作的理论物理学家阿尔伯特·爱因斯坦发表了一篇关于动体的电动力学的论文，并在其中介绍了狭义相对论。在东北偏北 647 公里处，闵可夫斯基和希尔伯特正在研究数学物理，闵可夫斯基对方程的简洁性和数学的优雅性尤感兴趣。

戴维·希尔伯特在谈到与朋友一起工作的那段时间时说："我们最爱的科学，让我们走到了一起。它对我们来说，似乎是一座鲜花盛放的花园。在花园里，我们喜欢寻找隐藏的小径，发现了许多打动我们美感的新视角。"

没有瞬间。没有尤里卡时刻。没有水装得太满而溢出的浴缸，没有斜边的平方，没有掉落的苹果。只有时间和空间。两人注意到它，记录下它，将它统一，制造出一个瞬间，另一个瞬间，再一个瞬间。时间，时间的一瞬，时间与空间的一瞬，衡量一切的 4 个点——不再是 3 个点。

赫尔曼·闵可夫斯基和戴维·希尔伯特一起走过一座花园。他们观赏着花，一列火车经过。火车上的一个人看到闵可夫斯基和希尔伯特似乎正走过他。花园（如果它能够看的话）看到火车、闵可夫斯基和希尔伯特在运动。火车（如果它能够看的话）看到火车轨道在运动。火车轨道（如果它能够看的话）看到火车和人（闵可夫斯基和希尔伯特）经过。花儿看到了什么？花儿就是科学花园里的思想吗？它们看到了时间。

赫尔曼·闵可夫斯基是一名数学家，他想要一个能理解这一切的方程。这一切指的是，空间和时间相互联系。始终关联，这就是闵可夫斯基所看到的。一切与感知有关。

它可以这样写：（+，-，-，-）

也可以这样写：（-，+，+，+）

长、宽、高……和时间，在一起。时空，简单、革命、无声。

牛顿定律认为，如果我们的速度足够快，就有可能追上一束光，以及那束光中的一个点。麦克斯韦的电磁学定律则告诉我们不能，光点将以恒定的速度远离我们，永远地远离。接着，爱因斯坦的狭义相对论找到了解决这个问题的方法——时间和空间并不是一成不变的概念，不是人人都有着相同的体验。在狭义相对论中，时间和空间成了可变的概念，它们的出现和形式取决于观察者的运动状态。

一个人以每小时10英里的速度旅行，这无关紧要，除非我们知道他经过了什么地方，从哪里来，到哪里去。西蒙娜·德·波伏娃引用歌德的话:“我爱你,这与你有什么关系呢?”列侬和麦卡特尼写道:“她爱你。”是的,是的,是的。“我爱你”无关紧要,除非我们知道爱的是谁,是什么。爱的是你。过去爱,现在也爱。光以每小时近 6.7 亿英里的速度传播,不管是否有人在观察或测量,也不管从哪里来或到哪里去。我爱你,与你无关。

1905 年,赫尔曼·闵可夫斯基和戴维·希尔伯特在哥廷根的一座花园里散步。那兴许是个晴天,大概在上午 11 点。也许他们想放下数学物理的思考休息一阵,谈谈各自的妻子、孩子或工作,他们兴许完全没有聊到科学。说不定,他们很快就停下了脚步,坐下来喝咖啡吃点心。他们在柯尼斯堡读本科时就是朋友和同事,彼此很是熟稔。也许赫尔曼·闵可夫斯基想给妻子奥古斯特买些花,也许他在思考数字的几何构造。当然,花朵本身也有几何构造。

也许,花园离大学办公室有 20 米远。也许花园很小,只有百米见方。那时也许是春天,有一些植物,但尚未完全长大,只高出地面 10 到 100 厘米。随着时间的推移,有些植物会变得更大——更高、更宽、更深。此时是上午 11 点 10 分。是时候离开花园回去工作了,离开花园里讨论的事物，进入室内设想的工作。不同的空间，相同的工作。

现在是时候离开这一时间和空间，前往大楼内部的另一个时间和空间了。也许赫尔曼·闵可夫斯基和戴维·希尔伯特在德国哥廷根的花园里散步。散步期间，闵可夫斯基看了看表，意识到时间的流逝。也许数学家赫尔曼·闵可夫斯基正在思考欧几里得几何——测量空间，测量空间中的事物（年轻的阿尔伯特·爱因斯坦就上过这门课）。也许正跟戴维·希尔伯特散步闲聊，短短 4 年后就将因阑尾炎突然发作而去世的赫尔曼·闵可夫斯基，在花园里看到时间的流逝，意识到——如果把时间和空间放到一起（上午 11 点 13 分，德国哥廷根大学办公室外的一座花园），就可以简单地解释（远为简单，是清晰、漂亮地解释）年轻的阿尔伯特·爱因斯坦的狭义相对论理论。三个空间维度，一个时间维度，四维一体。时空。

1908 年，赫尔曼·闵可夫斯基写了一篇新论文，并在德国自然科学家和医生大会上作了演讲。那是他们的第 80 次大会。闵可夫斯基解释说，通过为空间引入时间、为时间引入空间，可以更好、更清晰、更简洁地理解洛伦兹和庞加莱的工作，而这两人的工作反过来又促进了爱因斯坦的狭义相对论。将空间的三维加上时间，构成了四维。

有了“时空”，（相对）年轻的爱因斯坦提出了广义相对论。

1909年，赫尔曼·闵可夫斯基死于阑尾破裂，时年44岁。

事情是这样的：在“时空”之前，在爱因斯坦、闵可夫斯基、洛伦兹和庞加莱，以及其他所有人之前，在他们之前，回到牛顿的时代，我们相信引力是一切。我们相信是引力拖拽着地球，让地球围着太阳在椭圆的轨道上运转。我们相信，如果太阳坍塌、爆炸，或者消亡，那么我们，我们的星球，这个小小的地球，也会同时（同一时间）被甩出去，甩出轨道，永远。（或是永远地在轨道上。）现在我们更清楚地知道，太阳的光线抵达地球需要8分钟。以光速前进的光，8分钟后抵达我们的地球。太阳可能会消亡，而我们要到8分钟后，光熄灭的时候才能发现。我们可能会感觉是在事情发生的同时就发现的，因为在看到它之前，我们不知道它发生了，但它确实已经发生了。

事情发生很久以后，我才知道你走了。我不知道你离开了我，直到我看到了证据——你，你的身体，你那冰冷的发白身体。当然，你早就离开了。我们总是这样。

我们不是被太阳的引力拖拽，而是在经纬线上承受太阳的引力。不是去也不是来，而是与它一同。不是这一个和那一个，而是一起。如果太阳，我们的太阳，塌了，垮了，爆炸了，内爆了，消亡了，我们不但会感受到光的消失，还将感受到经纬线的波动、扰乱、翻滚和咆哮。

我感受到了你的缺席。我看到你不在，便感觉失去了你。就像那些最早理解时空的人一样，我知道我们的引力远不止我对你、你对我的牵绊。它围绕着我、承托着我，从上到下，从内到外。它贯穿我。没有你，我就没有承托。

赫尔曼·闵可夫斯基说：“从今以后，空间本身和时间本身，注定会消逝，成为单纯的影子，有两者的某种结合才能保持独立的现实。”

合二为一的意义，远远大于单独的一和一。两个人在一起，比分开的两个人更重要。合二为一，让二和一都有了意义。我是一道影子，却没有光让我显现。

佛教中有一个概念，“依正不二”，翻译过来就是“二又非二，一又非一”。这就是时空，亲爱的，这就是我们。而在时间里，因为时间，因为空间和时间再不会分开——它仍然是我们。

一切都在运动，一切都相关联。一切都与感知有关。

**赫尔曼·闵可夫斯基**

## 后记——
## 1908 年：赫尔曼 · 闵可夫斯基和时空

我们的时间会改变我们看待周围事物的方式，但也有某些东西对所有观察者来说都是一样的，这一观点是我们看待宇宙时空结构的核心。

闵可夫斯基（Herman Minkowski）提出了一个简单的设想。他把空间和时间放在同一立足点上，完全平等地对待它们。一切都很不错，说起来也很容易，但这意味着什么呢？

想象一个房间，它有宽度、长度和高度。有了这 3 个量，就可以确定房间里的任意一点。我们会说，某个点，例如灯罩尖，离墙 3 米宽、沿墙 5 米长、离地 2 米高，这是该点在房间里的独有位置标志。这 3 个数字规定了点在空间中的位置，相当于一个箭头指向灯罩尖，并对其定位。因此，这 3 个数字（我们称之为分量）组成了一个指向灯罩的箭头（也即向量），它们在数学地位上是完全等价的。当然，我们需要为这个箭头选择一个起点，这就是 3 个数字均等于零的点。距离就从这个起点（即原点）开始测量。

闵可夫斯基借鉴了发展出箭头和向量概念的人的思想，也借鉴了阐述了狭义相对论的爱因斯坦，认为指向时空中某个点的箭头，要用 4 个而不是 3 个数字来描述。这些数字中，有 3 个数字讲述的是该点在空间中的位置（也即我们需要 3 个数字来确定灯罩尖在房间里的位置），另一个数字告诉我们该点在时间中所处的位置。这 4 个数字在四维时空中构成一个箭头。这 4 个数字之间没有特别的区别（同等地对待空间和时间），它们在同一个箭头中处于同等的地位。所有这些点的集合，都由 4 个同等重要的数字来描述，就叫作“时空”（space-time）。时空不是空间（需要 3 个数字来确定点的位置），也不是时间（需要 1 个数字来确定位置），而是时与空，时空。

由于我们生活的宇宙有着因果性（causality），这些四维时空中的箭头产生了一个迷人的特征。因果性是一个花哨的科学词汇，用来描述日常的因果体验，也就是人先出生、后死亡，先上车、再开车上街。这种因果概念与四维时空中箭头的长度有着深刻的关系，而这一切都可以归结为老派学者最喜欢的毕达哥拉斯定理。回到灯罩，如果我们决定计算指向它的箭头的长度，我们取向量中每个数字的平方，将它们相加，箭头的长度是便是该和的平方根。那么，当我们说，某个点离墙 3 米宽、沿墙 5 米长、离地 2 米高，这个点到原

闵可夫斯基的签名

点的距离就是 9 加 25 加 4，再对其和 38 开平方，得到 6.16 米。这就是说，从原点到这一点的距离（即箭头的长度）是 6.16 米。为此，我们直观地将所有数字的平方相加。

现在，如果我们要思考四维时空中的箭头，并决定计算时空中（从原点到）某一点的距离，那么，我们首先要将箭头中的所有数字进行平方，然后相加。这听起来很合理，我们在房间中也是这么做的。然而，这是错误的，因为这样计算可能会违背因果关系（可以理解为某人还没出生就死了）。我们不希望违背因果关系。为了让这一切运转起来，我们要将因果关系构建到时空设想里，我们仍然将箭头的各个分量进行平方，但不是将它们全部相加，而是将其中的一些相加并减去其中的一个，以此确保因果关系。为了帮我们记住哪些平方分量要加、哪些平方分量要减，我们可以写下一个“度规”（metric），简单地说也就是运算的规则。在闵可夫斯基的时空中，这一度规看起来有点类似“+ – – –”，有些是正号，有些是负号。如果我们减去空间部分，就要加上时间部分，重点在于，我们要对时间和空间进行不同处理。故此，在时空中，空间和时间有区别，虽然并不明显。

关于时空中的点值得注意的地方是，任意两个时空点的空间分离或时间分离，都取决于你的观察点。但是时空中的分离，或者说，在四维向量上运用毕达哥拉斯定理，就不一样了。我们说，这个分离两点的四维长度是时空（或洛伦兹）不变量，它的长度与你的观察点无关。所以，有些东西取决于你的观察点，而有些东西不然。这就是我们的宇宙，它可以归结为简单的几何学。

更重要的是，为了看出处于不同运动状态下的人怎样看待两个时空点的时间和空间分离，我们需要通过一个假想的角度进行四维旋转。

但这是另一个故事了。

故事作者

斯特拉·达菲
Stella Duffy

作家，演员，导演。著有多部小说,《玛莎·格蕾丝》（*Martha Grace*）获得 2002 年 CWA 短篇小说匕首奖，曾凭借《失物所》（*The Room of Lost Things*）和《狄奥多拉》（*Theodora*）获得年度石墙作家奖。

后记作者

罗伯特·阿普比
Robert Appleby

曼彻斯特大学高能粒子物理组讲师，科克罗夫特加速器科学研究所学者，欧洲核子研究中心光束部门研究员。主要研究领域是粒子加速器的物理学。

# 丈量天空的女人

# The Woman Who Measured the Heavens with a Span

06

"她不是一个真正的天文学家，她只是皮克林的计算员之一，他手下的姑娘们之一，比男人、比大学毕业生、比真正的天文学家都更廉价。"

（大）麦哲伦星云真亮呀。它总会叫我想起可怜的亨丽爱塔，她多么喜欢星云呀……太难过了。

——安妮·坎农，未公开的日记（1923 年）

勒维特小姐继承了清教徒祖先们的严厉美德，只是没那么死板。她认真对待生活。她有着强烈的责任感、正义感和忠诚感。她不怎么喜欢轻松的娱乐活动。她是自己亲密家庭圈里的忠实一员，无私地为朋友着想，坚定地忠于个人原则，勤勉真诚地对待自己的宗教和教会。她有一种快乐的秉性，能欣赏别人身上一切有价值和可爱的东西，她的天性充满了阳光，对她来说，生活的一切都美好而充满意义。[①]

——索伦·贝利，讣告，《大众天文学》杂志（1922 年）

她试着把注意力集中到疼痛上。哪怕是对她这样的人来说，这也很困难。

很久以前，有一个小女孩——她多大了呀？10 岁左右，还很小，得把胳膊举起来才能抓到她爸爸的手……很久以前，有一个小女孩，做完晚间祷告，牵着她爸爸的手走在回家的路上。当时是傍晚，但因为是在冬天，天已经黑了，堆积在街道两旁的雪，映着月光闪闪发亮。她穿着一双崭新的带纽扣的靴子，围着小兔皮围巾，她为此感到非常自豪，但她也小心翼翼地不让父母注意到自己的这种情绪，免得他们把围巾拿走。衬托着这些漂亮东西的是一双丑丑的手套，疙疙瘩瘩的，还一大一小。这是她按照妈妈的指导织的，是给弟弟的圣诞礼物，但她织得挺笨拙、不好看，所以妈妈就让她自己戴了。每当她想到自己的骄傲情绪和那双手套，她就会短暂地感到既委屈又内疚。不过她并没有想太多，因为还有许多更美好的事情要想：围巾、靴子，下周就要到来的圣诞节，爸爸温暖的大手，坚定而亲切地握着她疙疙瘩瘩的丑手套。他心情挺好，他们一起在教堂里唱的《牧人闻信歌》，在她脑海里跳着舞，似乎把其他所有的片段都融入了幸福当中。

然后，突然间，又出现了一波额外的幸福。

她抬起头来，远处，在波士顿大街的上方，出现了一道锐利的光，接着又是一道，仿佛有人突然用锋利的刀子划破了天空。隔了几分钟，又来了一道。

“爸爸，”她问，“那是天使吗？”

“什么？”

“看那边，快呀，抬起头来，爸爸。”

他抬起头来。父女俩静静地站了一会儿，又一道璀璨的光从头顶掠过。

“不，”他笑着说，“不是天使，是流星。但说是天使也差不多，因为它们总是在圣诞节前出现。这是上帝的又一杰作，同样值得称颂。它们叫双子座流星雨。”

她父亲什么都知道——或者说几乎什么都知道。他不知道她对自己的围巾有多骄傲。至少，她不希望爸爸知道。她喜欢听他给自己讲事情，尤其是那些她母亲不知道的、或多或少包含了有趣东西的事情。她想吸引他的注意力。

“它们是怎么造成的，爸爸？”

“上帝造的。”

她屏住呼吸，小心翼翼地说：“当然是上帝所造，爸爸，但上帝怎么在它们身上彰显他的荣耀的呢？”

她这番措辞，可算是说对了。他真诚地笑了一声，非常亲切地说：“噢，伊蒂。据我所知，它们是在太空燃烧起来的些许尘埃和岩石。”

“有多远？”

“我们不知道，我们判断不了。我们没法到那儿去测量，我们不知道怎么做。”

“为什么不知道呢？”

“嗯，”他停顿了一下，“你想想，看那颗又大又亮的星星，并排的3颗星星里的那颗。现在，你能看到它旁边有一颗不那么亮的小星星吗？我们该怎么判断它是否个头更小、亮度更低，还是离我们更远呢？我们做不到。我们无法测量太空里的东西离我们有多远。”

“这是上帝的秘密吗？还是说，他希望我们获得测量的能力呢？”

“伊蒂，”就像她知道的那样，他郑重地说，“上帝希望我们知道。无论别人怎么对你说，永远都别忘了，他总是希望我们更多地了解他的神迹。他希望我们拥有知识，这样我们才能拥有智慧。我们绝不能害怕学习和了解。”

她知道母亲并不这么想，但她很高兴父亲信任地对自己直言相告。

“好吧，”随着更多的流星雨掠过头顶，她说，“我想，这就是我长大以后要做的事，我要找到一种丈量星星的方法，为神灵增添荣耀。”

“那真是太好了，伊蒂。但你必须学会更专心。从前有个天文学家，也就是观察星星的人，叫赫歇尔先生。他自己制作了望远镜，反复地观测，把自己看到的新东西记录下来。其他的天文学家不相信他的观测，愤怒地写信质问他：‘你看到的东西，我们都没看到。’但他已经准备好了答案：‘那或许是因为你们观察得不如我仔细。’[②]他非常仔细，他会把望远镜放到寒冷的地方好几个小时，以让温度合适。有时，他甚至自己会在寒冷的地方待着，这样他的体温就不会妨碍观测。这就是他能学到那么多的原因。如果你想学习星星，你一定要学会专心。伊蒂，不是我扫你的兴，你妈妈告诉我，你总是不够专心，也没有付出足够的努力。”

“我会努力学的。”她嘟哝着说。

“好。赫歇尔先生有个妹妹，是他的助手，兴许你也可以成为一位天文学家的助手。我相信，这会让上帝很高兴的。”

所以她学会了专心，集中注意力。

如今，近半个世纪过去了，她努力把注意力集中在自己的疼痛上。她把她的心灵之镜调整到最佳角度，把最清晰的光线，投射到疼痛的黑点上。这些黑点，映衬在她洁白光滑的腹部表面，显得分外突出。她的工作是计算它们的亮度，记录它们彼此之间，以及与她自己的关系。如果她还能坐起来写字，她一定会用她那干净纤细的笔迹记下它们的位置、颜色和大小，并用数字标注出来。

这就是她为“北极星序”所做的事情。她记录下来的96颗恒星非常标准，天空中其他所有恒星的星等，都要按她的标准来评定。偶尔，当她能短暂地放下对自己的疼痛的研究时，她便会带着些许谦逊的骄傲想起北极星序，但这种时候并不多。如今，疼痛成了她的数据，她总是发现自己很难打破对数据的高度关注，这也是她擅长这份工作的原因。不管他们怎么说，她知道，是专心让她失聪，而不是失聪才让她专心。自从她父亲去世以后，与遥远的沉默群星相比，再没有什么值得一听。但哪怕她稍事休息，停止测量疼痛，她也没有真的那么关心北极星序。

她更愿意去想想麦哲伦星云——大星云和小星云——那些美丽而闪亮的缥缈恒星云团，曾引导了麦哲伦的环球航行。还有她发现的星云中的1777颗造父变星，天文学家可以借助造父视差来测算宇宙的大小。为此，她将得到永远的铭记。在此，她的骄傲感无须过分谦逊。

如果还有些体力，她会推开枕头，仰面平躺，伸直胳膊，用视差测量疼痛的距离。从指尖到指尖，她的身体跨度是64英寸。如果她可以测量出从指尖到疼痛点的角度，便能以三角测量法算出疼痛点到底有多远，因为三角形的讨巧之处就在于，只要给出一条边的长度和两个角的度数，或是给出两条边的长度和一个角的度数，便可把它完整地画出来。这就是为什么天文学家能够知道月球有多远，为什么在金星凌日时会进行测量。后来，天文学家们扩大了测量基线的长度，在年初和年末分别进行测算——这条基线长达1.86亿英里。她仍然秉持着“测量以荣耀自己的信仰”的信念，和无限的荣耀相比，1.86亿并不是那么多大的数字。他们已经锁定了比邻星、织女星和天鹅座 61。现在已经测量了近 100 颗恒星，但其中的大多数，就像她的疼痛点一样，距离太远，位移太小，视差无效。宇宙很大，她知道，如同痛苦一样。

然后，渐渐地，在聚精会神于漫长的、充满痛苦的夜晚，以及令人疲倦的、充满痛苦的白天之后，她察觉到了疼痛点的脉动，变化多端，富有节奏。黑色的强度在加深、扩大，慢慢地，它变灰了一些，缩小了，在白色腹部的映衬下褪色了。这带给她一种奇怪的喜悦感——她的疼痛应该是周期性地，依据节奏，按照稳定的节拍起起伏伏，如同她的恒星。对哈佛大学天文台恒星测光学部门的负责人亨丽爱塔·勒维特来说，恒星在白中显黑，亮中显暗。有时，天文台台长兼她的上司爱德华·皮克林会把她领到望远镜前，让她看看漆黑天空中闪烁的白星。她从来没有真正喜欢过天文台——那里的天气和技术都太混乱了，还让她熬很晚的夜，医生警告过她，夜里的冷空气对她的耳朵不好。她喜欢她的星星像整齐的数字列，用黑色的字迹写在白纸上，或者像白色测光板上的黑色小记号。她喜欢在自己的时间里、在自己的办公桌上看它们。她喜欢把昨天的星星与上个月、去年或今天的星星进行比较。她喜欢与它们亲密无间，掌控一切。照相底片就是她自己的黑色星星。当然，在此刻，黑色的痛苦就是她自己的痛苦。它们在勃勃跃动。

她仍然能够自嘲。她知道，她的痛苦根本不在于星星，她的痛苦就在这里，就在她疲惫的身体里，等她死掉——这一刻就快到了——它们也将与她同逝。与此同时，星星将继续闪烁。她精细观察并精确测量的造父变星，将继续按照预先设定的恒定节奏脉动，它们的脉动周期将永远是它们本征亮度的衡量标准。如果两颗变星以相同的速度脉动，它们便具有相同的本征亮度。如果两者之一看起来更暗，那么它就更远。你能够根据光的一种性质（它完全可靠，而且异常简单）来判断它有多远：光的传播和减弱遵循平方反比定律——如果一颗变星的亮度是另一颗的 1/4，但有着相同的脉动速率，那么，前者与地球的距离就是后者的 2 倍远。如果前者的亮度是后者的 1/9，它的距离就是后者的 3 倍。她在麦哲伦星云中发现了 1777 颗此前从未有人见过的造父变星。

她笑了。他们过去取笑过她。“勒维特小姐真是个变星狂魔——大家都快跟不上她接二连三的新发现了！”一个同事写信给爱德华·皮克林评价道。就连《华盛顿邮报》也曾轻飘飘地评论说：“亨丽爱塔·勒维特发现了 25 颗新变星。她记录的星星简直跟著名戏剧经纪人弗罗曼手下的明星相差无几了。”那些都是仰慕的笑，一如哥哥们的揶揄，她很清楚这一点，也并不排斥。但她的母亲感到很尴尬——上报纸可不是淑女该做的事。

“妈妈，”她温和地说，“可这是天文学家该做的事。”

“我才不在乎呢！”她母亲懊恼地说。

事情就是这样，总是这样。她甚至不能去听皮克林宣读自己的论文，因为单身淑女应该回家过圣诞节。陪伴寡居的母亲比测量星辰更重要。

她总是非常仔细地观察，非常精确地测量，非常清晰地记录，让人们能够看到她的所见。她以周期性和亮度为坐标轴，将 25 颗新变星列在一幅图表上。一如她所写的：其中存在一种不容否认的“明显关系”。所以，天文学家们现在才能够测量距离——亲爱的（虽说她从未见过他）欧洲天文学家埃希纳·赫茨普龙已经证明了这一点。他“极为巧妙”地利用了她的发现，着手测算宇宙的大小。这是第一次有人能够测量太空，并开始计算它可能有多大。她，亨丽爱塔·斯万·勒维特，哈佛大学天文台的“计算员”，找到了一种方法来测量视差法力有未逮的遥远距离。她秉持上帝的荣耀，点亮了第一支“标准蜡烛”，它永远不会熄灭。曾几何时，她告诉父亲她会这么做，她也做到了。

如果再给她点时间，或许她就能够校准她的造父变星标尺，把理论转化为真正的数字，实际的距离。既然她给出了工具，总有人会这么做，关于宇宙大小的争论已经越来越激烈了，白色的快乐填补了痛苦之间的空隙。究竟是谁最终实现的并不重要，尽管她认为自己本可以有所贡献。这会很有趣，上帝也会再次彰显荣耀。

可她从来没能拥有时间。皮克林和她的疼痛都另有打算，而她必须听从两者的吩咐。

从前，她的父亲告诉她，她可以做一位天文学家的助手。他是对的。她的母亲最终还是赢了，她不是一个真正的天文学家，她只是皮克林的计算员之一，他手下的姑娘们之一，比男人、比大学毕业生、比真正的天文学家都更廉价。她受皮克林的雇用，拿着最菲薄的薪水，测量并记录北极星序中每颗恒星的精确亮度，或是天空中任何吸引皮克林注意力的地方。皮克林和善有礼，知识渊博，是她的上司。她按捺住了这样的念头——作为“奴隶主”，他是一个好奴隶主，但奴隶制在其他地方已被废除。在他那仁慈的独断专制之下，他所有的姑娘都边笑边恼。

她欣赏他，因为他是个细致的观察者。她恼的是，他就只相信观察，他从不追问他们这么仔细地观察是为了什么。他从不鼓励构建理论，坚信哈佛大学天文台的工作纯粹是为了积累事实。而且……她不知道，她还不知道，而且最好也别去想，尤其是此刻的疼痛有可能扭曲了她的大度。

从他读到她的论文——那篇关于小麦哲伦星云及造父变星的漂亮的开创性论文——那天起，他再也没有安排她继续着手这项工作，哪怕她从其他计算员那里知道了，世界各地的天文学家们写信求他再多给些数据。甚至在她完成了毫无瑕疵的北极星序工作之后，他还想着给她安排其他项目。因此，“她几乎不曾开始对变星进行大规模的摄影测量工作”。[③]

后来，当了 40 多年天文台台长的皮克林去世了。哈洛·沙普利被任命接任。她或许对沙普利观察的仔细程度有些疑虑，但毫不怀疑他构建理论的意愿，也不怀疑沙普利对她的工作的赞赏。沙普利曾请求皮克林提供更多变星数据：

> 我想，她发现的变星周期与亮度之间的关系，注定是恒星天文学的一项最重要的成果。我急切地想听听她的意见。

沙普利是春天来的，待她就像同事一般。但这时已经太晚了，疼痛成了她的新主人。她像一片星云，躺在痛苦的海洋上，专注于有节奏的缓慢脉动。人人都知道。当沙普利以哈佛大学天文台新台长兼她的新上司的身份（如果她还需要上司的话）来拜访她的时候，他为她带来了鲜花，也并不急着听她的意见。她再也没有时间，也没有机会去观察更多的恒星，测量它们的脉动速率和本征亮度了。

这真的没什么关系。造父变星会在可爱的麦哲伦星云中继续微妙而优雅地脉动，继续揭示它们必须揭示的上帝的荣耀。沙普利的花也很漂亮。一切似乎都很美好。也许死亡会很美，一定会带来新的知识，这样她就可以得到智慧，新的智慧。此刻，在她脑海中，一首新的赞美诗舞动起来：

遥遥星光外，
上帝无处不在，无限遥远。

所以，她走的时候，脸上带着微笑。她看到上帝的荣耀如同流星一般，迎向自己。上帝温柔地审判着，质疑她的谦卑。

“谁曾用手心量过诸水？”
“唯独您。”
“谁曾用天平量过山岳，用戥子称过丘陵？”
“唯独您。”
“谁曾用跨度量过诸天，称各星的名？”
“是您。”

“还有什么人吗？”

“还有您面前的卑微之仆。”

“干得好，善良忠诚的仆人，来吧，进入这喜乐之境。”

她在最后时刻充满谦逊的骄傲，而历史将会证明，她完全配得上。

她于 12 月 14 日下葬。天气阴沉，冷得厉害。因为阴云密布，寒风刺骨，大家都想赶快进屋，甚至没人想起这天是双子座流星雨到来的日子。

## 后记——
## 1912 年：亨丽爱塔 · 勒维特和周光关系

多年来对天空摄影图像进行的仔细测量，让亨丽爱塔 · 勒维特（Henrietta Leavitt）发现了一项对测量宇宙尺度至关重要的指标。

太空太过庞大，我们甚至不常用公里来表示，因为这样做会带来太多的零。我们用的单位叫作秒差距（parsecs），有时也叫光年（light year）。光以每秒 30 万公里的速度行进，按此速度，从太阳到达地球需要 8 分钟（距离约为 1.5 亿公里）。同一道光，经过地球后，还要再花 4.2 年才能到达离地球最近的恒星，它距离地球 40 万亿公里之外，我们称这一距离为 4.2 光年。我们所在的星系，也即银河系，包含了数千亿颗恒星，直径约为 10 万光年。我们能看到的最遥远的星系发出的光，需要数十亿年才能抵达地球。

由于没法拿出一条超级长的卷尺进行测量，我们只能设计一些巧妙的方法来测量这些星星的距离。最精确也是最直接的方法叫作视差法（parallax），它通过测量在地球公转轨道的不同位置上观察的恒星位置的变化来进行计算。然而，这些位置上的变化微乎其微。故此，虽然视差法是基础方法，它仅可用来测量相对较近的空间区域内的恒星距离。不过，视差法充当了“宇宙距离阶梯”（cosmic distance ladder）上的第一阶，用以校准其他测量更长距离的技术。

“标准烛光”（standard candles）是估算宇宙中更长距离的一种最常用方法。想象有两支相同的蜡烛发出同样的亮度，如果其中一支放置到距离观察者较远的地方，其亮度会显得较暗。事实上，亮度遵循平方反比定律，例如，如果亮度变暗到原亮度的 1/100，就意味着距离变远 10 倍。当然，在实践中，蜡烛可以被替换成恒星或有亮度的物体。这一方法可以计算出两个星体之间的相对距离。如果较近星体的距离可以用其他方法（如视差法）测量出来，那么，也就可以借助它计算出较远星体的距离了。

亨丽爱塔·勒维特在哈佛大学天文台工作的时候，我们还不知道宇宙的尺度。事实上，1920 年，天文学家哈洛·沙普利（如前文故事所述，他后来接替皮克林担任哈佛大学天文台台长）和赫伯·柯蒂斯就此问题发生了一场“大辩论”（Great Debate）。柯蒂斯认为，“旋涡星云”（其中最著名的是仙女座大星云）本身就是星系，位于我们的银河系之外。然而，沙普利认为银河系本身就极为庞大，而宇宙从本质上看也是一个巨大的星系，像仙女座星云这样的天体，仅仅是银河系内部的气体云团。

勒维特的研究对解决这场争论至关重要。勒维特在天文台从事“计算员”（computer，和“计算机”是同一单词）工作。在电脑出现之前，计算员指的是用手或借助机械设备进行计算的人。一般来说，计算员多为受过教育的女性，这是她们进入科学领域为数不多的途径之一。天文台和其他组织往往会以相当微薄的薪水雇用计算员团队。将问题组织起来，输入“计算员室”，交由一组人进行计算，接着从另一头输出答案。这种做法始于 18 世纪对哈雷彗星轨道的天文计算，一直持续至第二次世界大战期间核武器研发等项目。

勒维特的工作重点是详细分析哈佛大学在秘鲁阿雷基帕

**勒维特在书桌前工作，摄于哈佛大学天文台**

哈佛计算员工作一景，照片中有威廉敏娜 · 弗莱明、
安东妮亚 · 莫里和安妮 · 坎农，1890 年

用 24 英寸布鲁斯望远镜拍摄的天空照片。图像记录在覆盖着感光乳剂的大玻璃底片板上，随后被送回哈佛大学。她的工作是把每张玻璃板装入一台可从背面照亮底片的设备，借助放大镜仔细测量底片上代表每颗星星的黑点的大小。黑点越大，星星就越亮。每张底片板里包含了成千上万颗星星。这是一项艰巨的任务，需要耐心、对细节的关注，以及准确和毅力。

莎拉·梅特兰所写的故事，介绍了天文台台长爱德华·皮克林怎样指示勒维特从事北极星系及其他校准恒星亮度的重要研究任务。然而，她在小麦哲伦星云造父变星方面所做的工作，才是勒维特的主要贡献，也是她所留下的持久科学遗产。

许多恒星的亮度都会发生变化。一些是因为耀斑或爆炸，另一些是因为被绕其轨道运行的伴星所遮挡。在数天到数月的周期里，造父变星反复变亮又变暗。造父变星之名，得自其中最典型的一颗恒星——仙王座 δ，也叫造父一。虽然勒维特研究它们时并不清楚亮度变化的原因，但我们现在知道，这种变化是因为恒星在脉动。脉动过程中，星体的半径变化与温度变化结合起来导致了亮度的变化。

大小麦哲伦星云尤其有趣，它们看上去就像夜空中的小云朵，我们现在知道，它们实际上是靠近银河系的两个矮星系。它们最容易从南半球看到，并以曾航行至南半球大洋的航海探险家麦哲伦的名字命名。

小麦哲伦星云的底片板从秘鲁送回哈佛进行分析。勒维特仔细地测量了几个月甚至几年里反复拍摄的恒星亮度。由于“星云”中的恒星都聚集在一起，它们与我们的距离大致相同，因此不会出现某颗恒星因距离较远而显得较暗的情况。像她的许多同事一样，勒维特不仅仅是一台“人形计算机”，她还改进了自己的测量技术，仔细思考了收集到的数据及其含义。她特别注意到，相较于较暗的变星，最亮的变星在亮度的升降上都更为缓慢，这便是日后人们所知的“周光关系”（Period-Luminosity Relation）。1912 年，皮克林在《哈佛通报》上发表了勒维特对其中 25 颗造父变星的研究结果。

通过测量造父变星的亮度变化周期，借助周光关系，可以确定它的光度，即恒星的本征亮度，然后通过对比其视亮度，借助标准烛光法便能推导出它的距离。事实证明，勒维特的发现是天文学中测量距离的关键。20 世纪 20 年代中期，埃德温 · 哈勃在仙女座星云中发现了造父变星，他运用（经沙普利校准的）勒维特的研究成果测量了该星云的距离。这揭示出仙女座星云位于银河系之外，比我们之前认为的要远得多。故此，它本身就是一个星系，与沙普利在大辩论中论述宇宙规模的早期观点相悖。后来哈勃与米尔顿 · 赫马森合作，继续运用造父变星和其他指标来度量其他星系的距离。他们发现，遥远的星系都在朝着与我们相反的方向运动，最远的星系移动得最快。这就是如今“膨胀的宇宙”（expanding Universe）及宇宙起源于大爆炸等认识的基石。

时至今天，造父变星仍然是宇宙距离阶梯上的重要一阶。不过，技术的进步意味着勒维特艰辛测量出的指标已经取得了极大的发展。例如，OGLE（光学重力透镜实验）利用智利的一台机器人望远镜来研究麦哲伦星云和银河系的中心。每个晴朗的夜晚都会自动生成大约 100 张图像，通过软件（相当于现代计算员）进行数据处理后，构建起数以亿计的恒星亮度变化的巨大数据库。

OGLE 项目用于研究包括造父变星在内的恒星的变化，以及爱因斯坦的时空扭曲理论。其他类似的自动化测量项目还被用于寻找围绕其他恒星运行的行星，或研究对宇宙膨胀至关重要的恒星爆炸。现代天文学和我们对宇宙的认识，在很大程度上得益于亨丽爱塔·勒维特，以及她对测量麦哲伦星云中的变星所作的贡献。

故事作者

## 莎拉·梅特兰
## Sara Maitland

作家。出版小说包括《三的乘法表》(*Three Times Table*)、《家庭真相》(*Home Truths*)和《脆皮乐》(*Brittle Joys*),小说《耶路撒冷的女儿》(*Daughter of Jerusalem*)获得萨默塞特·毛姆奖。出版短篇小说集包括《搬弄是非》(*Telling Tales*)、《咒语书》(*A Book of Spells*)和《成为神仙教母》(*On Becoming a Fairy Godmother*)。

后记作者

## 蒂姆·奥布莱恩
## Tim O' Brien

曼彻斯特大学卓瑞尔河岸天文台副主任,天体物理学高级讲师。主要研究领域为恒星爆炸。他发表过 100 多篇研究论文,除了从事研究工作,他非常积极地参与公共科学活动,定期出现在媒体上。

# 什么样的狗

# What Kind of Dog

07

"渴望取悦的狗。攻击性强的狗。冷淡迟钝的狗。暴躁的狗。
寻常的狗。强壮的狗。羸弱的狗。"

门外传来砰砰砰的声音。

伊万和萨拉正躺在床上睡着，天还黑，大约6点钟。莎拉试着把灯点亮。“你猜会是弗拉基米尔吗？”她惊慌地问。伊万笨手笨脚地把睡袍系上。莎拉对家里的孩子们总是放心不下。

“巴甫洛夫医生！”一个声音从外面传来，伊万快步走下楼梯。他看见彼得站在门口，全身湿透，瑟瑟发抖。彼得是他在研究所的助手，也是狗舍的管理者之一。

“怎么啦，伙计？”

“河在涨水了，”彼得气喘吁吁地说，“从昨天开始就在涨，现在我们没法把狗弄出来了。”

这时，莎拉举着灯下了楼。她看见彼得的衣服水淋淋的，“天哪，你这是怎么了？”

她把他带进屋，大声叫女儿维拉拿毯子来。他们已经习惯了彼得格勒的洪水。每年9月，涅瓦河都会因为海湾涌入大量的水而暴涨。

“那儿的水有多高？”伊万问。

彼得摇摇头，耸了耸肩，“比我之前见过的都要厉害。一米三？甚至更高？反正肯定淹进屋了，狗都在笼子里。”

§

没人想要的狗。15 戈比一条买来的狗。实验室培育的狗。隔离饲养的狗。关在笼子里的狗。自由的狗。工作用的狗。非工作用的狗。分开放到不同环境下饲养的同窝产的小狗。手术台上的狗。死掉的狗。活下来的狗。抑郁的狗，神经脆弱，畏畏缩缩地站在角落里，行为被动、少有反应。热情的狗，又叫、又跳、又吠、又舔。渴望取悦的狗。攻击性强的狗。冷淡迟钝的狗。暴躁的狗。寻常的狗。强壮的狗。羸弱的狗。

§

他们先是找不到船，接着在与水流、狂风和浪头的搏斗中，与被水卷挟的残骸剐蹭，和被连根冲倒的大树相撞，连同水面上漂过的窗框、牛奶桶和丢失的物品。

他们争论着要顺着哪个方向划、怎样划才安全。

这是静谧的争论，人们紧绷着下巴，紧张的指头死死攥着桨。

这还是头一次，彼得和阿图尔没有从巴甫洛夫医生及其研究人员那儿得到任何指示。这不是星期三的早会，他们可以和实习生、助手以及医生站在一起，听到自己应该做什么，把哪些狗用于做哪些实验，这条狗需要这样或者那样处理，医生通过这样或那样的技巧和方法学习了解了哪一类的神经系统，等等。

彼得的工作之旅从来没有这样耗费过体力。他的肩膀因为一次次用力划桨痛了起来。他的手又湿又酸，水流猛烈地拍打船舷，船身剧烈颠簸，他一阵阵地眩晕。他想阿图尔也一定觉得很困难。他在划水的动作之间稍作停顿，只休息最短暂的时间，接着便用整个上半身的重量，迎着洪水使劲划。

距离上一次有人见到狗，已经过去 3 天了。

§

莎拉催伊万坐下来，读读书，或者专心做些其他的事情。“你已经 75 岁了，伊万·彼得罗维奇，这把年纪还去执行救援任务有点太老了。”

他兴许抢白了她几句。她倒是可以很方便地继续从事创作工作，在办公室里写作，在空当拜访教会和邻居，看看能不能帮上忙。昨天，她在被水淹的商店里帮忙舀水。她对别人是有用的，有意义的，这真好呀。

可他却只能来回踱步，等候消息，听儿子们从城里发回的建筑物的损害报告，弗拉基米尔斯基大街怎样被树木和碎石堵塞着，图奇科夫桥附近的装卸码头怎样被冲垮了。

他已经收到了玛丽亚·彼得罗娃、安德烈耶夫·斯佩兰斯基和甘特的消息。但他还是联系不到实验室。现在有 5 条新狗需要进行腮腺手术，47 条狗正在进行实验，而新的实验即将开始。两名刚来的实习生还需要助手帮忙熟悉流程，他则需要着手分配研究课题，撰写讲义。

莎拉努力耐心地陪着他，报以沉默，给出安静的建议。她现在应该已经习惯他了，知道他的心情很快就会变好。

§

阿图尔把船系在栏杆上，蹚着水向彼得走去。他们用了一分钟甚至更久的时间才打开门。一进门，他们直奔狗舍，希望水位还没有达到危急的程度。

在第一个房间里，他们发现所有的狗都淹死了。水漫过了笼子，狗没能活下来。它们肿胀的身体卡在笼子的顶杆下。彼得在第二个房间里发现了 3 条幸存的狗。他之前见过很多狗死亡或奄奄一息的状态，不过仅限于在手术或者实验之后。彼得看着它们在恐惧中划水，挣扎着把头露出水面。他游向笼子，潜到水下拉开笼闩。他浮上来吸了一口气，随后进到笼子里，把几条狗拽到水面下，穿过笼子门。狗紧紧地抓着他，挠着他的皮肤。他把它们引到走廊里，接着又回到狗舍寻找剩下的狗。

彼得和阿图尔从一口笼子走到另一口笼子。大多数狗都死了，米尔福德、贝克、马克斯、奥格斯特、图兹卡。他们把活下来的狗聚集在走廊里。水位对它们来说还是太深了，它们疯狂地划水，鼻孔才勉强露出水面。

“现在该怎么办？”彼得问。他们得把狗送到安全的地方，实验室是最近的地方，但离狗舍也有五六百米远。

“我们跟它们一起游过去？”阿图尔托着两只狗的肚子，从水下撑着它们。

“蠢透了。”彼得回答，但他也拿不出更好的主意。

于是，他们把狗分成两组，费力地游过了这五六百米。等带着第二组狗游完全程，来到尽头时，他们筋疲力尽。

实验室的研究人员把动物们从洪水里拖出来，它们挤在一楼的房间中央，助手们用毛巾把它们擦干，给它们的碗里装满食物。

§

伊万来到实验室，忘了从前检查衣钩，看看哪些助手已经在工作的惯例。他已经预见到了实验室会一片混乱。但是没有狗叫，动物之间没有打斗或争吵。考虑到这些狗并不熟悉彼此，也不熟悉这个房间，此事甚是蹊跷。

彼得挥手把他招呼到一边。“它们挨了饿，”他说，“置身于极度的恐惧之中，死了很多。”

这是伊万见过的最不寻常的一幕场景。他的工作人员默默地关注着这些狗，动物们的反应也很沉默。这些动物还处在濒死前获救的那一刻状态，这比它们在受控环境下承受的压力还要大。拉特米尔，一条最易激动的狗，被抚摸时没有反应。波斯特拉尔，平时是一条友好的狗，它会摇着尾巴，跳起来舔离自己最近的人，现在它无动于衷地躺着，头靠在爪子上，眼睛直勾勾地盯着前方。

伊万把团队召集起来。“必须马上进行记录。阿图尔，备好狗窝。等洪水退去，彼得、玛丽亚、安德烈夫，你们几个负责照料狗。我希望你们所有人都准备好，也把狗准备好。我们需要测试它们的反应，我们在这些动物的身上已经调教了几个月的条件反射，这些狗现在正处于严重的抑制状态下，洪水超过了我们在实验中引入的任何刺激因素。”他连珠炮似的提出问题。这条狗是怎么救出来的？另一条狗有什么反应？到目前为止观察到了些什么？动物们彼此之间的反应如何？他对接下来几天的工作作了指示，之后，他在书房里等着助手过来报告狗的损失情况。

轻轻的敲门声响了起来。他清了清嗓子，往椅背上靠了靠。是玛丽亚，她已经为他工作了 12 年，是他最重视的研究员。她关上身后的门，坐在他对面的椅子里。“伊万，情况很糟。”

他啧啧地笑起来，“不糟糕，玛丽亚。不。这是个机会。”

§

彼得准备好了拉特米尔，把它带到一间实验室里，放在支架上。彼得离开了房间，玛丽亚透过玻璃观察。拉特米尔挣扎着反抗绑住它双腿的绳索。它扭动着脑袋，拖拽、转动，它从来没有这样焦躁不安过。它的眼睛左右扫视着，它尖叫着，似乎被连接在唾液腺上的橡皮管刺激到了。

玛丽亚引入了基本刺激，节拍器、光、哨声、食物。可没有唾液分泌，一滴也没有。拉特米尔碰都不碰食物，甚至把头转开了。

玛丽亚走进实验室，站到它旁边。“嘘，拉特米尔，这是什么？”拉特米尔的反应是用鼻子顶了顶她的胳膊，转过身去。

“7 个月的条件反射从这条狗的脑子里被抹去了。”她摇摇头，再次尝试实验。

节拍器、一道闪光、蜂鸣声、出现一道圆圈、吹哨子。节拍器、一道闪光、蜂鸣声、出现一道圆圈、吹哨子。节拍器、一道闪光、蜂鸣声、出现一道圆圈、吹哨子。

她派彼得去找伊万。像大多数日子一样，伊万关注着自己的每一名员工，专注于他最感兴趣的实验，观察、协助、提问。

“别给它吃的，看看拉特米尔会怎么反应。”

彼得按照指示 3 天没有给拉特米尔喂食，接着把它带回了实验室，但它还是老样子。

“很好，”伊万指示，“我们重新开始，我们从头对它进行条件反射训练。从最基础的开始，它需要些什么训练，我们就做什么训练。玛丽亚，这是你的专长。如果有必要和它共处一室，你就跟它一起待着。我们从节拍器开始，慢慢来，耐心些。如果有事，你可以离开房间，但要是有必要，你得回到房间。我们像几个月前那样，构建一连串的刺激。”

重新训练用了 47 天。

“很好，现在我们引入一种新的刺激。我们慢慢放水，让它淹在一汪水里，我们来看看它的反应。”

“就像发洪水时一样。”

“对！就像发洪水时一样。我们重新引入它的创伤。观察、测量、记录、分析。观察、测量、记录、分析。”

§

节拍器嘀嗒嘀嗒嘀嗒，唾液分泌。亮光一闪，唾液分泌。蜂鸣器，唾液分泌。出现圆圈，唾液分泌。吹哨子，唾液分泌。动物贪婪地进食。放慢节拍器，嘀嗒……嘀嗒……嘀嗒……唾液不分泌。加快节拍器，嘀嗒嘀嗒嘀嗒，唾液分泌。

彼得拿了一壶水，从门缝里往拉特米尔所在的屋子里倒。节拍器嘀嗒嘀嗒嘀嗒，唾液不分泌。蜂鸣器，唾液不分泌。光，唾液不分泌。圆圈，唾液不分泌。哨子，唾液不分泌。

拉特米尔在发抖。它瞪着地板上的一摊水，想要努力逃脱束缚，它使劲拉扯，“汪汪”大叫，只是在隔音的墙外听不到。它拒绝食物，瞪着地板。它浑身发抖，瞪着地板。

§

伊万结束了一天的工作，系好外套。实验室里还有几个人留着。他能听到蜂鸣器的声音，狗的吠叫。玛丽亚在楼下，正把一枚饰针别进帽子里。

“我能和您一起走走吗？”

他替她把门打开。她已经有一段时间没跟他一起散步了，她住在相反的方向，所以他知道，她一定是有什么话想说。他定好步伐，她站在他的身侧，两人步调一致。

“我总会忘了这里现在是列宁格勒。”她说。

他笑了。的确，这是个很难适应的变化，每次说到这座城市，他仍然会说“彼得格勒”。

“他是个什么样的人，列宁？”

这对他来说是个很难回答的问题，“我知道的跟你一样多，玛丽亚。”

“是的，但你不是见过他吗？”知道他见过列宁的人不多，她也并不清楚当时的情况。

“我跟他本人相处倒是没什么困难。”

“但你不喜欢他的方法？”

“玛丽亚，你已经知道我的观点了。你是想谈这个吗？还是说有别的事？”

他们的鞋子踏在鹅卵石上发出回响。她很欣赏他的坦率。她的确有些别的事，她希望和他谈谈拉特米尔的实验，请求他同意推进自己的设想。

“嗯，我想把溴化钠的使用范围扩大些。我想，兴许我们可以用它来试试经历过洪水的狗？”

“溴化钠，可以。”

“接下来，再使用一些更极端的刺激？埃罗费娃用了电流和酸，是吧？”

“怎么用，更极端？”

“我在考虑阉割，让更强壮的狗挑战极限。”

他皱起眉头，“玛丽亚，你果然有些强烈的设想。”

“但是？”

“我再想想看。”

两人肩并肩地走着，不接触也不看对方，而是把注意力集中在周围的街道上。人们匆匆回家，低着头，帽檐斜冲着地面。他们小心翼翼地避开那些靠近的脚步，避免和其他人走得太近。

在城里这样走路很可疑，但很有必要。

他邀请她共进晚餐，但像往常一样，她拒绝了。但当他们靠近他家时，她答应喝上一小杯。谈论她自己、伊万或实验室，玛丽亚会感到有些难为情，担心这会让伊万的妻子插不进话。但莎拉对他们的工作很感兴趣，热心地想知道他们与狗的进展。她喜欢知道它们的名字、性情、品种，以及它们跟她所知道的其他狗有什么不同。

像往常一样，伊万提出送玛丽亚回家，莎拉也附和：“一个女人夜里走在街上不安全，而且，我相信你还有更多工作上的事情想谈。”

§

有一些事情，巴甫洛夫医生并未谈及。

第一，他和列宁的会面。我们不清楚这事是什么时候发生的，事实上，这件事到底有没有发生过，也不清楚。伊万对伦敦的一个人说起过，这个人又告诉了写下这件事的另一个人。巴甫洛夫和列宁一起待了3个月，他兴许是被迫留下来的。列宁要他把在动物研究中了解到的一切以及他毕生的工作都写成一份手稿，这可能是要求他谈谈怎样将发现扩大应用到人类社会。他写了400页，交给了列宁。目前还不清楚这个故事是否属实。就算这份手稿的确存在，也没有人在克里姆林宫以外的地方见过。

第二，电影。目前尚不清楚巴甫洛夫医生是否看过或参与制作了电影《神经系统》。这是一部挺有趣的傻乎乎的电影，给观众带去了知识和信息。小鸭子们蹒跚着来到湖边，第一次下了水。一只鸟试图孵化木头蛋。狮子被训练躺下和翻滚。一只戴着挽具的狗，站在实验室的桌子上，狗的下颌一侧插入了一个容器。灯光一闪，人们就喂它食物，它会分泌唾液，每一滴唾液都精确计算。狗学会了把闪光和食物联系在一起，所以即使没有食物，碰到灯光闪烁，狗也会分泌唾液。电影里还有其他场景。一个男人坐在椅子上，一根橡胶管从男人的嘴里伸出，他被喂食，灯光闪烁，唾液分泌。男人躺在床上，饼干扔进他嘴里，灯光闪烁，唾液分泌。这部电影拍摄的原因并不清楚。

第三，有一个巴甫洛夫医生从未见过的人，假设他的名字叫谢尔盖。有一天，在城里某个破旧的、在晚上路过不太安全的地方，传来一阵木头的噼啪声，一扇门被强行撬开，5个人带走了谢尔盖。他可能已经被捕了。他可能坐在三套车前，被发配到劳改营服刑。拘留他可能是出于政治原因。说不清楚。

谢尔盖被单独留在房间里。他不知道什么时候会有人进入房间，他们是愉快的还是不愉快的，是会给他食物还是会夺走他的食物。他不知道自己是不是会感到疼痛，也不知道噪声什么时候会再次响起。震耳欲聋的警报声，明亮的灯光，唾液分泌。明亮的灯光，唾液分泌。警报声，明亮的灯光。他是个坚强的人，但他会招供的，要不然，他们就会带他的妻子或者儿子来问话。他完全不清楚。

§

伊万很晚才回家。房子里一片漆黑。莎拉在厨房里给他留了晚餐，有甜茶、黑面包和乌克兰熏肉。他在书房里吃饭，靠在椅子上，一遍又一遍地阅读手下的医生们为过去几个星期的研究撰写的分析报告。

“这是什么？你们涂涂改改写的什么呀？”他自言自语，又读了一遍数据。

洪水过后，他们的狗出现了长期的神经病理性失调症状。后果相当明确，一些狗从急性兴奋状态转变为严重的保护性抑制状态，条件反射已经消失，研究人员用了好久才恢复它们的原有行为。它们被洪水冲了个“干干净净”，仿佛大脑中的某种保护机制让动物们“宕了机”，很像伊万在医院里观察到的精神崩溃的病人。

这相当明确。他们开始有证据显示，这些动物产生了全新的条件反射。几乎是重新开始，就像新生儿一样。然而，一些动物仍然很坚强，它们的高级神经系统抵抗了彻底的崩溃。不知为何，他知道每条狗都有“崩溃极点”。有没有可能诱发足够强的压力、创伤或疼痛，让每条狗的大脑都达到宕机状态以寻求自保的那个极点呢？哪怕是最坚强的狗，阉割恐怕都足够了。他咬了一口面包，叹了口气。还有很多工作等着做呢。

§

他轻轻关上卧室的门，钻进毯子里，免得吵醒莎拉。但她已经醒了。

“她是个什么样的人？我是说玛丽亚。”

他平静地回答：“我对她的了解，跟你一样多。”

“是的，可是她到底是什么样的人呢？你是怎么描述你的动物的？坚强的，羸弱的，温和的，等等。她是个坚强的人吗？我想她挺坚强的。”

“是的，我想她是很坚强。”

“那么我呢，伊万？我是个坚强的人吗？”

他朝她看过去，但房间那么黑，他只看得见她的轮廓。他伸出手，想握住她的手。

“你为什么这么问，傻太太？”

“你就是这么分类和分组的呀，比如一只动物是这种类型，另一只是那种类型。”

“没错，可我们能够从弱变强，从强变弱，一切无非是时间问题，加强，削弱。”

“就像米尔齐克死后那样？”他无法立刻作答。他的妻子说话如此直接，毫不犹豫地直扎痛点，这仍然让他感到惊讶。当然，在黑暗中说出这些事情更容易，黑暗似乎帮你把这些话给承托了起来。但不知怎么的，黑暗也使这些话的分量变得更重了。他几乎无法回答。

“莎拉，为什么你要现在说这些呢？已经时隔这么多年了。”

她静了好一会儿才回答，“你还记得我病得多厉害吗，伊万？”

是的，他记得。丧子之痛就像发烧，让她茶饭不思，夜不能寐，对生活的所有渴望都离她而去。

"极端的压力和痛苦，"他说，"能让任何人变得脆弱，我确信这一点。但你是个坚强的人，莎拉，你一直都是。"

她对此似乎感到满意，她不再多说什么。他一个人留在了寂静里，黑暗仍然承托着她的话，直到他进入梦乡。

伊万·巴甫洛夫

# 后记——
# 1924 年：伊万 · 巴甫洛夫和超限抑制

巴甫洛夫（Ivan Petrovich Pavlov）通过观察在圣彼得堡洪水灾害中受到创伤的狗的行为，提出“超限抑制”（transmarginal inhibition）的概念。一如前文故事中的描述，多年来，这个概念都让研究人员、治疗师、作家和电影制片人，甚至政客感到着迷。这一概念的基本设想是，承受极端压力会让动物或人产生“保护性”反应，它能改变生物惯有的行为方式，从潜在应用的角度看，甚至还能让人或动物的行为特别容易改变。

在巴甫洛夫的常规实验里，通过反复地、一前一后地呈现铃声和食物，狗可能会产生条件反射，听到铃声就分泌唾液。经多次刺激后，铃声一响，狗就分泌唾液，而且，在大多数情况下，铃声越响，唾液的分泌量越多。巴甫洛夫称，受创伤的狗则表现出反常的结果，通常分为以下 3 个阶段。首先是“等效阶段”，所有的刺激强度都产生了相同的效果；其次是“矛盾阶段”，微弱的刺激能产生强烈的反应，反之

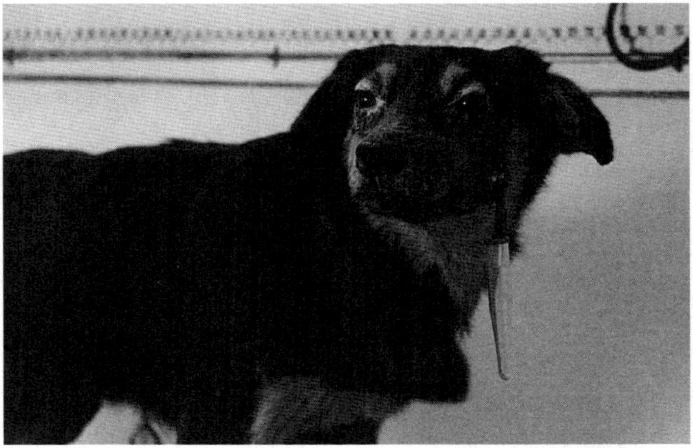

巴甫洛夫的狗

亦然；最后是“超矛盾阶段”，不快的刺激唤起积极的反应，愉快的刺激唤起消极的反应。很明显，高度紧张的事件让生物体对刺激的反应方式产生了相当深刻的改变。

然而，一如故事所述，不同的狗受到洪水创伤的影响不同，巴甫洛夫通过观察这些差异，构建了所谓的“类型学”来解释这些差异。不同类别的神经系统可以解释为什么一条狗表现出一种反应，另一条狗却表现出不同的反应。例如，在不同的狗的大脑中，兴许有着不同的“兴奋”（excitation）和“抑制”（inhibition）平衡。格雷（Gray，1964）根据巴甫洛夫的设想以及其他人的研究对这一问题进行了便于理解的阐述，认为“气质”（temperament）或许跟神经系统特性相关。

人对事件的反应方式可能是由不同“类型”的神经系统决定，这一理论有着极大的影响力，哪怕一些并未明确认可巴甫洛夫学说的学者也有着类似的看法。例如，心理学家艾森克（Eysenck）对外向者和内向者的性格差异作出过一个著名的解释，认为差异由大脑皮层的“唤醒水平”（arousability）所决定：外向者普遍唤醒不足，因此需要寻求刺激的新感觉来将其唤醒水平提升至最高；内向者的大脑皮层已经高度唤醒了，所以通常会回避兴奋的感觉，以期控制“过度”唤醒。艾森克提出，唤醒水平的差异是由基因所决定的，所以外向者和内向者是“天生的，而不是后天形成的”。艾森克研究的细节仍然存在争议，但基于这一理论的人格测验得到了普遍应用，其他学者也认同人格差异部分（甚至全部）基于神经系统活动的差异。艾森克的一生就人格与大脑活动的关系出版了多种书籍和文章，要想了解他对这一问题的看法，最好的入手作品或许就是《人格的生物学基础》（*The Biological Basis of Personality*，1967）。

因此，与巴甫洛夫神经系统类型学相关的观点，对构建一套系统化的、基于科学的理解人类个性的方法至关重要。巴甫洛夫超限抑制理论的另一方面内容，即压力能让一些经受了洪水创伤的狗更容易地快速重新建立条件反射，这个结论引发了一些不太体面的后果。基于这一主张，有人认为故意诱导压力或许有助于“精神控制”或“洗脑”。例如，某些邪教常常让会新人体验压力重重的入教期，包括禁食、服药、隔离或创伤性、羞辱性的入教仪式。但这种“精神控制”法是否与纯学术性理解的巴甫洛夫条件反射技术有直接的关系，就很值得怀疑了。

在审讯嫌疑人时施加身心压力，显然有很长的历史，该方法的现代版本被称为“强化审讯技术”，包括栩栩如生地模拟溺水（“水刑”，令人不安地想起巴甫洛夫的狗在圣彼得堡洪水期间的遭遇），睡眠剥夺，拍打和摇晃，让人进入低温状态，迫使受试者以不舒服的“压力姿势”站立。毫无疑问，近年来，围绕这种方法的道德性和有效性，存在着普遍的争论。

巴甫洛夫对心理学的持久贡献，并不在于他在超限抑制等离奇现象上的研究，哪怕此类研究的某些方向引爆了大众的想象力。他影响力最深远的贡献是研究了事件之间的联系是如何形成的，以及这些联系之间的特性是什么。将两种刺激联系起来，比如巴甫洛夫的研究中的铃声和食物，似乎是人能想象到的最简单的一种心理过程，故此可以被视为是理解某些类型的学习如何发生的基础。迪金森（Dickinson，1981）对 20 世纪 60 年代和 70 年代围绕这一问题进行的研究工作作过一番清晰易懂的阐述，并讨论了巴甫洛夫在这一领域留下的研究遗产。

故事作者

安妮·克拉克森
Annie Clarkson

诗人，作家。多家出版社和文学杂志都曾发表过她的短篇小说。

后记作者

约翰·威尔登
John Wearden

基尔大学心理学教授。曾在曼彻斯特大学任教。他早期的研究是关于动物和人类的条件反射，但在过去的 20 年里，他主要从事时间感知的研究。

# 水晶之夜

# Crystal Night

08

*“无情的、灼热的光，如此炫目，从一颗能量无法计算的火球中喷射而出，*
*烧焦一切阻挡它道路的障碍。”*

“犹太人连累了研究所。”库尔特·赫斯一直这么说。奥托·哈恩在莉泽的桌子前来回踱步。她不理睬他，继续写下结果。她已经听到了赫斯说的话，那全都是在说她。

奥托靠在她的桌子上，额头上汗水涔涔。“莉泽，你在听我说吗？我胆子小，把这愚蠢的局面告诉了霍林，你和赫斯必须要做点什么了。”

莉泽把钢笔蘸了蘸墨水。她无法解释钍的结果，也无法解释铀的结果。快中子与钍的反应产生了3种不同的衰变系。似乎没有这样的可能。

“霍林说你恐怕非辞职不可，或许还可以以非正式的身份留下来。他甚至说，你恐怕必须得从公寓搬出来！”

“什么？”莉泽往后推了推椅子，双手放在膝盖上，“我不明白你为什么要跟霍林去说这些。”

“真抱歉，莉泽，我是担心研究所。”

“我知道你担心。”她假装在整理文件，直到奥托离开了房间，脚步声从走廊上消失。她不敢相信他居然谈起了她。她办公室里的气氛寂静而空洞，研究所里只有她一个人，完全的孤独。她不能坐在那里什么也不做，所以，她拿起外套，穿过院子朝自己的公寓走去，在纷纷扬扬的雪花里一步一步地往前走。树木和绿色植物通常会让人感觉平静，它们挡住了达雷姆的街头小贩和有轨电车，但她仍然能听到游行的声音。

她在研究所一直坚持到现在，忍受着纳粹党员们抢夺她的职位，喋喋不休地大谈“雅利安物理学”的伟大，但眼下奥地利遭到了吞并，就因为这个，她难道要在干了30年之后优雅地辞职吗？就好像是她做错了什么似的。她的靴子陷进了一片深深的雪地，她撩起裙子，站到一棵有着干燥草坪的树底下，她从包里找出自己的奥地利护照翻了翻。这份证件已经失效了，就像一套过时的理论。这就像是回到了1908年她的职业生涯开始的地方，当时，整个威廉皇帝化学研究所都禁止女性进入。“如果你在实验室里烧到自己的头发怎么办？”埃米尔·费歇尔不乏善意地问道。是亲爱的奥托建议他们一起到地下室的老木匠铺里工作，他在那里安装了测量辐射的设备。地下室有独立的出入口，方便她到街上的餐厅里使用厕所。她立刻就喜欢上了奥托，他善于交际，又愿意和女性一起研究，就连他翘起的小胡子也很可爱，他们一直合作得很好。

1918年，奥托从前线归来，德国陷入混乱，就在斯巴达克同盟的社会主义思想即将占领上风的时候，莉泽和奥托发现了放射性元素镤，即在元素周期表中排在铀之前的元素。人们开始竞相着手解释各种奇怪的观测结果，这些观测结果似乎表明，在铀之外的神秘地带还存在着更重的元素——“超铀”。

她从包里找到一包香烟，燃起一支，倚在树上。5年前，她本可以跟阿尔伯特和其他人一同离开，但奥托向她保证，这个部门会有所不同，哪怕有《种族法》他们也依然可以共事，她以为事情最终会平静下来。他们甚至设法为弗里茨·施特拉斯曼争取到一笔小额津贴，以让他加入他们的团队。在拒绝加入国家社会主义组织之后，施特拉斯曼便丢了工作，几近挨饿。

但是现在，奥托，最亲爱的奥托，实际上把她踢了出去。

§

6月，莉泽坐在阿德隆酒店的房间里，她告诉自己，这只是临时调整。为了能凑合着用，她把梳妆台变成了书桌，将书堆在化妆镜跟前。她正在重读玻尔在《自然》杂志上发表的文章《中子俘获与核构造》，继续尝试用铀解释结果。这时，威廉皇帝学会的主席卡尔·博施打来电话。

“莉泽，”卡尔说，“我已经恳求了教育部给你发护照。”

“我想没这个必要……”

“好吧，但不管怎么说，他们还是决定不给你发，我把回函读给你听。”

著名的犹太人离开德国到外国去，俨然成了德国科学界的代表，又或者，他们的名字及其相应的经历可能会显示他们内心对德国的反对态度，这恐怕不可取。哪怕迈特纳教授辞职，威廉皇帝化学研究所也能找到办法让她留在德国。如果条件允许，她可以私下为研究所工作。这一声明代表党卫军和德国内政部警察局长对此事的具体看法。

1938 年 6 月 16 日

莉泽用速记法把它记了下来，“那么，兴许我能继续以非正式身份在这里工作。”

“你必须听我说，莉泽。我跟科斯特和玻尔都谈过了，他们都坚决希望你赶紧离开，他们也正在帮你打听。我想过跟希姆莱本人谈谈，但玻尔建议别这么做。”

“不，请别跟希姆莱谈。”

莉泽把电话挂了，拍了拍自己的脸。天气越来越热，她的处境也越来越荒唐。他们是什么意思？她“内心对德国的反对态度”？她成年后一直生活在这里，更何况，她在孩童时期就入了新教，这人人都知道。由于她只获允以“非正式身份”工作，他们的团队几乎毫无进展，超铀更是成了一个谜。奥托和施特拉斯曼仍在用中子轰击铀，并试图检测沉淀物中形成的新元素。众所周知，如果中子被俘获，新产生的元素并不稳定，会迅速衰变为一种较轻的元素，但形成物似乎不止一种。居里和萨维奇未能解释他们检测到的所谓的“3.5小时的放射性元素”，最终声称这一定是一种超铀。莉泽和奥托给它起了个绰号叫“奇异元素”，私下里对它的存在表示怀疑。

可眼下她却困在了这不通风的酒店房间里。她想打开窗户，但窗闩卡住了，外面的巴黎广场*又有一场集会在举行。勃兰登堡门俯瞰着行进的士兵和欢呼的人群，在阳光下闪耀着美丽的白色光芒，只可惜门柱之间松垮垮地悬挂着纳粹的标志。

7月12日，按照计划，莉泽要假装这是个寻常日子。她在研究所里一直工作到8点，批改一位年轻同事的论文，然后去了奥托家，把自己能收拾的东西装进两个小手提箱，并在那里过夜。所有事情，都由德克·科斯特和尼尔斯·玻尔安排好了。她不会再回阿德隆酒店，但并未退房。

玻尔努力想为她在哥本哈根找个职位，但由于已经有大量外国人在那儿的研究所工作，他觉得可能性不大。他已经为许多流亡科学家找到了归宿，包括莉泽的侄子奥

* Pariser Platz，位于柏林。

托·罗伯特·弗里施。科斯特试图为阿姆斯特丹的一个职位筹集资金，但莉泽听说斯德哥尔摩又新成立了一家物理研究所，所长曼内·西格巴恩似乎愿意给她提供某个职位，或许她在那儿能有些用武之地。

莉泽在奥托闲置的房间里收拾着她的几件夏装。她没能带来自己的书、日记、笔记和写作材料，她希望这些东西以后能给她寄来。她合上箱子，疲倦地坐在床上。

“莉泽，我有东西要给你。”奥托说着，走过来坐到她身边。“喏，这是我母亲的。”他把一方蓝色的小盒子放在她手里，里面装着一枚钻石戒指，“伊迪丝和我想把它送给你，万一有需要，你就卖掉它。”

“我相信不需要这么做。”莉泽把它戴在手指上，“它很漂亮，谢谢。”这枚戒指——一枚镶嵌着一颗小钻石的质朴金戒指——戴在她59岁的手上似乎不怎么合适。即使如此，她还是会戴上它。

§

早晨，莉泽在莱尔特车站挣扎着爬上拥挤的火车。她把戒指戴在手套下面，两只手各提着一个手提箱。她顺着车厢往后挤，直到看见科斯特坐在一个隔间的窗边，她的座位在对面。一个女人带着一个小男孩，提着一个手提箱挤了进去，科斯特把箱子放到了最上面的行李栏上。然后他转过身，帮莉泽放好她的箱子。他微微笑了笑，但没有打招呼。在安全穿越边境之前，他们不该说话。莉泽拿着手提包坐下来，尽量让自己舒服些。但在她的裙子和外套下，她冷汗涔涔，嘴巴干涩。

在隔间的另一侧，科斯特脸色苍白，就像在发高烧。他一定跟她一样紧张。他抬起手，用手帕擦了擦额头，然后飞快地向她使了个眼色，便闭上了眼睛。在他身边，女人把孩子的头放在自己的膝盖上，抚摸着他的头发。随着火车驶出柏林，来到乡间，德国逐渐恢复了过去的模样——田野里种着向日葵和黑麦，山谷里点缀着村舍——直到他们到达车站，纳粹标志再次涌入视线。

莉泽从包里拿出报纸，草草翻看。近来她都不怎么看报纸了，报纸上满是荒谬的言论。然而，在德国的最后一天，她想知道自己离开了一个什么样的地方。报纸上有更多跟平常一样的废话，一版关于群众集会的页面上写着：

**犹太人问题是世界政治的背景**

在一间拥挤的礼堂里，苏恩德曼强调了如下事实，即所有国家都应认识到犹太人的威胁。他补充说，没有人，也没有哪个领导人渴望战争，但我们知道，“和平还是战争”的问题不是由各国的意志决定的，而是由犹太人的力量和影响决定的。只有废除犹太人的统治，才有可能实现世界和平……

莉泽叹了口气，把报纸甩到旁边的座位上。她深信，人们会看出端倪，知道这一切都是愚蠢的废话。科斯特凝视着窗外，而那位妇女正不停地为自己的小男孩操着心。莉泽用手托着头，专注于火车的节奏，听着它那慢悠悠的呼呼声和咔嚓声，仿佛她只是去维也纳拜访姐姐古斯蒂和姐夫尤兹，过几天就会回实验室。

她醒来时，火车停在一座站台旁，耳边传来说话声。他们到了荷兰的边境城镇纽埃维尚，带孩子的女人已经走了。

“看！”科斯特说。

莉泽从车窗向外望，看到身穿制服的纳粹军官和荷兰的边境警察上了火车。

“什么也别说，给他们看你的入境许可证就行。”

莉泽没有护照，也没有旅行签证，只有科斯特给她从海牙弄到的许可证。前一天，科斯特去见了边境警察，他们向他保证有许可证就够了。

过道里传来警察检查证件的命令声。科斯特紧盯着车厢门，两只手来回摆弄着护照。他们很快来到隔间，荷兰警察做出要看证件的手势，德国士兵扬起胳膊，说了一声“希特勒万岁！”

“希特勒万岁！”

荷兰警察把许可证还给了她，又做了个手势要看科斯特的。莉泽直直地盯着前方，直到抵达格罗宁根大学城，仍呼吸急促。

§

斯德哥尔摩诺贝尔实验物理研究所的大厅没有接待处，也没有人可以打听。新建的大楼一片雪白，空空荡荡。莉泽的鞋子踏在光滑的地板上发出回响，门厅宽敞阔大，有几条向外伸出的走廊，一条走廊的尽头有两个穿着白大褂的人。“打扰一下？”莉泽喊了一声，但他们消失在走廊的另一头，只留下瑞典语的回声。她的双手搁在身体两侧，紧紧攥着，她顺着指示牌走到曼内·西格巴恩的房间，透过窗户窥视着空荡荡的实验室和看不出能派上什么用场的房间。

这个地方似乎很冷清，西格巴恩也不在办公室，于是她在走廊里走了一圈又一圈，然后下了山，搭乘电车回到自己在斯德哥尔摩市中心暂住的酒店。她的房间很窄，有污浊的白墙、一张床和盥洗台，就连能用来工作的桌子都没有。她坐在床上，开始给住在维也纳的姐姐古斯蒂·弗里施写信。

第二天早晨，她会给古斯蒂和尤兹申请签证，以防万一。

两天后，莉泽终于见到了曼内·西格巴恩。他手里拿着文件，匆匆穿过大厅——这是个脸色灰白、疲态尽露的人，完全不像她 20 年前在隆德共事过的那位年轻物理学家。

“西格巴恩教授！”

“嗯？不好意思，您是？”

“迈特纳。”

“迈特纳女士，真好，我们又见面了。挺好，挺好。”

“我在想我可以去哪儿工作，我可以使用哪间空着的实验室。”

“啊……对的。行，我当然能帮你找个地方，我马上就回来。”西格巴恩匆匆走进一个房间，关上了门。她坐在走廊里的椅子上，包搁在膝盖上，人在衣服下微微颤抖。终于，一名年轻的助手走出来，“我带你去你的房间。”他恐怕还不到 25 岁，可对她说话的语气仿佛把她当成了学生。

他领着她下了楼，来到一间狭小的房间，伸手示意她进去。房间里有桌子，还有空荡荡的书架。她把包放在桌子上，看着助手。但他已经走了。

§

到了 9 月，莉泽仍然没有为她的实验室弄到任何设备。

没有计数器、电源、电容表或者电流表。多年来她在柏林认为理所当然应该有的东西，一样也没有。对一家实验物理研究所来说，根本不可能在这儿做任何实验。天气越来越冷，她还穿着夏装，时刻都觉得冷。一份助理津贴——就是她30年前的工资水平——只够她负担有限的食物和出行。她在德国的养老金和银行账户都被冻结了，奥托也很难把她的物品寄过来。她写信请求奥托把她自己图书室里的其余书籍寄过来，"我希望你可以理解，我想要我的日志、索引卡片、幻灯片、实验仪图表，等等。"但是官僚主义的麻烦一个接一个地冒了出来。

多亏斯德哥尔摩和柏林之间有"次晨达"邮件，她才能跟奥托和自己的律师保持联系。邮件每天早上都送到莉泽的房间，她一天中最值得珍惜的时刻竟然来得这么早，这似乎有些残忍。她会躺在床上，等着听到邮差把信件放在门外垫子上的窸窸窣窣声。接着，她会伸出手拿起备用毯子，裹在身上，冲到门口取信，而后又钻回床上。邮件到的时候天还没亮，她开始担心下午3点天色就会黑了。

在实验室里，她会安排几轮分离实验，然后盯着它们，但没什么用。她需要一名化学家、一个中子源、一台盖革计数器，这样才能做一点儿跟在柏林所做的工作类似的事情。要是她能早点准备，随身带些装备就好了。

每当有人走过她的办公室时，她会听到脚步声在走廊里回荡。除了西格巴恩小组里的 4 名年轻物理学家，研究所里几乎没有其他人，她没有收到任何关于参与实验的邀请。当她尝试用瑞典语跟他们说话时，他们会错愕地盯着她，于是她说得磕磕绊绊，紧张得如同重新回到了青年时代。

她刚到威廉皇帝研究所的时候，他们只允许女性进入大学，她只能跟在奥托身边走路，害怕所有和她说话的人。化学系的学生们对她不理不睬，只会对奥托说一句“早上好，哈恩博士”，仿佛无视她的存在就能让她走开似的。当西格巴恩从她肩膀上方的高度低头看着她时，情况也是如此。他帮助她是件可敬的事，但他不想让一个女人进入他的实验室。她不应该来到这家研究所，这是个错误。

§

在宁静的日子，没有什么事可做的时候，她会重读奥托的信。

亲爱的莉泽：

尽管非常疲倦，我还是想给你回信。上个周末，居里和萨维奇发表了一篇关于“3.5 小时物质”的新论文。

我们正在重复实验，我们现在已经相信它真的存在了。根据居里的研究结果，我们已经找到了这种物质，兴许比居里和萨维奇做的还要好。它的特性确实非常显著，但我们仍需加以鉴定。（一种镭的同位素或许跟它有关，我是带着极大的谨慎告诉你这个消息的，一定要保密。）很遗憾你没在这儿跟我们一起弄清这令人兴奋的居里活性成分！

1938 年 10 月 25 日

的确很遗憾。

她可以看到奥托和施特拉斯曼在研究所一楼的实验室里，移除铍 - 镭粉末管和铀化合物之间的铅屏蔽层，四下里寂静无声。放射源装在一个石蜡圆筒里，以减缓中子的速度，铍 - 镭粉末将持续向铀发射中子一分钟。奥托会盯着时钟，等一分钟过去，然后放下铅门，停止轰击。铀将会溶解在盐酸中，接着，便可以着手从溶液中将这些物质分离开来。

莉泽小心地把信折好，放回信封。她回复了这封信，说她看到了居里的论文，发现有许多说法难以理解。这种“3.5 小时物质”非常强烈，她想知道为什么他们在去年 1 月重复居里的实验时没有从钍中发现这种物质。

她打开奥托的回信，把头发向后捋了捋。

亲爱的莉泽!

以钍为载体，我们找不到它。它当然不是钍，至多，钍是从中逐渐产生的。如果下周有什么确切的结果，我会再写信的。

1938 年 10 月 30 日

这封回信简短得莫名其妙，于是她又写信问他实验进展如何。她本来希望，在同一家研究所共事又建立了 30 年的友谊，他至少能告诉她到底发生了些什么。但他最近的一封信着实叫人困惑。奥托和施特拉斯曼似乎都不再认为只有一种“3.5 小时物质”，而是认为存在大量不同的与镭有关的活性成分。

亲爱的莉泽:

我当然不是对你隐瞒工作或研究所的事情。哪怕日夜工作，我们也真的没法在两个星期内对“3.5 小时物质”得出什么确定结论，毕竟居里已经研究它一整年了。我们现在几乎确信，我们正在应付的是若干种——要么是 2 种，要么是 3 种——镭的同位素，它们会衰变成锕。也许我们可以在星期日之前确定，这样星期一我们就可以给《自然科学》写封信。因为镭的发现实在是太有趣了！太不可置信了，所以我们想在居里得到它之前，在她从别人那里听说之前发布消息。所以，我写信给你，请你切莫声张此事。自然地，我们也很希望你能考虑一下这种情况，阿尔法衰变是怎么发生的，兴许也跟慢中子有关，它同时产生了几种镭的同分异构体。

爱你的奥托

1938 年 11 月 2 日

§

11 月 13 日，莉泽站在哥本哈根中央车站，顶着顺着月台猛吹不止的狂风，紧紧地搂着自己。还不到 7 点，除了她，站台上只有 3 个人等着从柏林开来的特快列车。趁着奥托到哥本哈根做讲座，尼尔斯 · 玻尔设法为她办理了去那儿的许可证。她穿着玛格丽特 · 玻尔送给她的披肩外套和厚里衣，但她体内的寒冷、颤抖和胃部的紧缩，并不是因为风。昨天，玻尔给她看了一份报纸，他把丹麦语翻译给她听，说犹太人的产业在德国和前奥地利都遭到了破坏。犹太教堂被洗劫一空，商店窗户被砸烂，人们遭到袭击，数千名犹太人受到监禁。莉泽一看到报纸头版上那张破碎的窗户的照片，就知道这并不是他们所说的“自发事件”，这是计划好的，这是一种策略。

整个上午，莉泽都在尝试给维也纳的姐姐打电话，但接线员一直接不通。当天下午，她没有去参加大学的学术讨论会，而是在哥本哈根四处闲逛，直到在后街小巷迷了路。等她回到玻尔家，发现了一份古斯蒂发来的电报，说她姐夫尤兹被捕并被送往了达豪集中营。

奥托的火车驶进了站台。站台上人满为患，乘客从莉泽身边匆匆而过，她紧张地从人群中搜寻奥托的身影。他出现了，头上戴着棕色软呢帽，留着那缕她非常熟悉的小胡子。两人拥抱在一起，她的头贴着他的外套。“莉泽，”哈恩往后抽出身子，看着她，“你瘦成了一把骨头！”

“4个月了！已经4个月了！”

他们匆匆赶到奥托住的旅馆，在餐厅吃了早餐。他拿起餐巾，又放下，“发生了些什么，你都听说了吧？”

“是的，听说了。”

“你有古斯蒂的消息吗？我到维也纳时跟马陶赫谈过。9号见到他们的时候，两人看起来都挺不错。接着我搭乘夜车去了柏林。古斯蒂昨天发了一份电报。”

“难道你什么都没看见吗？”

“直到我到达柏林，乘电车去达雷姆，我才知道。”

“你必须做点什么，奥托。”

“什么？我能做什么呢？”

“找人说说，想法子把他们放出来。”

奥托靠在椅子里，“在柏林越来越难了，莉泽。我们没人是（纳粹）党员，光是让施特拉斯曼留在研究所就很难了。”

“你和施特拉斯曼都没事，我们可不是。”莉泽端起杯子，茶洒到了白色的桌布上。她轻轻地擦了擦，用餐巾遮住污迹，“你为什么什么也不做？为什么你们谁都不肯做点什么？”

“你为什么这么说？”奥托压低声音说，“我大老远地赶来，伊迪丝还在住院，我儿子还被征进了希特勒青年团。”

“我知道，我知道，对不起……”她说着，又擦了擦污渍。

“我会去跟卡尔·弗雷德里希·冯·魏茨泽克说说的，也许他的男爵父亲能出面干预。”

“谢谢你。”

两人都盯着窗外，看着被风吹得弯着腰的人，还有街对面的报童，举着当天的报纸。

莉泽伸出手，越过桌子抓住奥托的手，“请一定要跟魏茨泽克谈谈。”他握了握她的手，“我会的，现在，我来给你打打气，让你高兴一下，听听镭的结果。”他又给她倒了些茶，回顾了他和施特拉斯曼的实验，以及他们稀里糊涂在实验室里睡着了的经历。

“我只是不明白，”莉泽说，“铀被慢中子轰击时，衰变为镭的过程是怎么增强的。我们所做的一切都表明，慢中子会被原子核捕获，你必须用快中子才能轰击阿尔法粒子。”

“我不知道，但结果就是这样。要是你还和我们在一起就好了，莉泽，就像从前那样……”

莉泽又给自己倒了一杯茶，“要是那样就好了。”她说。

不久后，当奥托即将登上火车时，莉泽抓住了他的手。“重复实验，再测一次镭。”

亲爱的莉泽：

我们正在研究铀。此刻接近晚上11点，施特拉斯曼11点45分过来，那时我才能回家。我想说的是，关于“镭同位素”有些非常奇怪的事，我们暂时不想告诉任何人，除了你。3种镭同位素的半衰期已经相当确定，它们可以从除钡以外的所有元素中分离出来，所有的过程都是正确的，除了一点——除非涉及一些非常奇怪的偶然情况，分馏不起作用。我们的镭同位素表现得像钡。

上个星期，我在一楼分离了镭的同位素钍-x。接着，在星期六，我和施特拉斯曼用新钍-1作指示剂，分离了我们的镭同位素。新钍-1浓缩了，而镭没有，这仍然可能是一桩极为奇怪的巧合。但是，我们正在稳步接近一个可怕的结论：我们的镭同位素的行为并不像镭，而是像钡！我和施特拉斯曼都同意，现在我们只告诉你。也许你能想出某种奇妙的解释。我们自己都知道，铀实际上不能裂变成钡，因为钡几乎只有铀的一半大小。但是我们必须把它弄清楚……所以请想想是否有这种可能性——也许是一种钡同位素，原子量远高于137？如果你有什么建议可以谈谈，从某种程度上说，它仍然是我们3个人的共同工作！

我们打算在研究所关闭之前为《自然科学》写些东西，因为我们已经取得了一些非常漂亮的衰变曲线。

奥托

我也附上亲切的问候和祝愿——弗里茨·施特拉斯曼

1938年12月19日

§

12月23日，莉泽前往瑞典的孔艾尔夫，去见侄子奥托·罗伯特·弗里施。在酒店大厅，莉泽坐在扶手椅里等他，她一边抽着烟，一边重读奥托·哈恩的信。这是一家舒适的酒店，有木头横梁和一大堆柴火。窗外的地上有厚厚的积雪，往上一直延伸到山顶，往下一直铺到海边。莉泽摸了摸信上的墨水污点。她能看到奥托坐在办公桌前，写下这些话，冲回仪器前，笔尖搁在纸上。

她太想去那儿了，去观察实验，整夜工作，轮班，全神贯注于烧杯里的活动。

深夜，研究所的其他地方一片漆黑，奥托会站在镭溶液烧杯旁，用滴定管加入少量的氯化钡。这种钡盐会凝固成晶体，把微量的镭锁定在晶体结构中。莉泽能看到奥托用陶瓷漏斗迅速过滤溶液，微小的晶体残留在滤纸上。接着，他设定好盖革计数器，听着咔嗒咔嗒的声音，在测量时绘出他心爱的曲线。他会加入等量的钡盐，等待它再次结晶。但这时，他一定会停下来，看看盖革计数器。

读数是一样的。咔嗒－咔嗒－咔嗒。它应该稍微慢一些才对，因为每加入一剂钡盐，可过滤出的镭会更少。不，读数还是一样的，就像盐把普通的钡而不是镭也吸收到了晶体里。他说不定又加入了更多的钡盐，重复分离过程，结果还是一样。她能看见奥托叫来了施特拉斯曼，他俩弯下腰守在咔嗒咔嗒的盖革计数器旁，对结果大为困惑。

莉泽把信放在膝盖上抚平。她已经回信给奥托，说这种照理应该生成钡的慢中子反应非常惊人。原子核分裂得如此彻底，似乎是个很难接受的设想。但在核物理学方面，他们经历过太多意外了，她不能无缘无故地说这不可能。

“莉泽姨妈！”

罗伯特走进大厅，拿着木制滑雪板，戴着一顶皮帽。

“罗伯特！看看你，真帅！”

他放下滑雪板，拥抱了她，她的脸只够到他的胸口。她总是忘记他已经长得这么高大了。

“你父亲，你有什么消息吗？”莉泽往后抽出身子，看着侄子。

“他们说，只要他离开德国，就放了他。”

“你母亲呢？她还没回我上一封信。”

“她不再出门了，她害怕被希特勒青年团袭击。”

“我就是不明白……真不……”她从椅子上站起身，环顾四周，“我得透透气。”

“你会着凉的。”

“我没事，我穿上外套就行。”她扣上扣子，把信递了过去，“我有样东西给你看。”

“我一直很想跟你说说我的图表。”

“你先看看这个。”

他接过信，扫视了一遍。“是他们出了什么错吗？”

“什么？不，哈恩和施特拉斯曼很谨慎，他们肯定没出错。”

她把信塞回包里，石阶凝了冰，她扶着楼梯栏杆往外走。在台阶最下面，罗伯特把脚踏进木制滑雪板，绑好带子。他往前滑，莉泽笑着说：“别摔倒！”

“我不会摔的，姨妈。”他穿过草坪上的雪，莉泽继续在清理过的小径上行走，寒意渗进她薄薄的鞋底。

他们走了一会儿，莉泽瞥了一眼穿着滑雪板蹒跚而行的罗伯特，他的脸因专注而绷紧，在整个世界里探寻，就像他小时候学骑自行车一样。最后，莉泽说：“我想，这可以用原子核不仅仅脱落了薄薄一片来解释，太小的东西没法切割，更何况钡还要小得多。”

“玻尔，”罗伯特上气不接下气地说，“你还记得玻尔的设想吗？他说原子核就像一滴液体，本身可以拉长或分裂？”

“是的，铀核可能是摇摇摆摆、不稳定的液滴，随时可能在最轻微的撞击下分裂。”她指着躺倒在地上的一根树干说，“我们到那儿坐一会儿。”她擦掉雪，坐在木头上。

“就像中子的撞击。”罗伯特说。

莉泽的手冻得直打哆嗦，她从包里找了一张小纸片，开始写下公式，计算需要多少能量可以打破原子的表面张力。罗伯特坐在她身旁，看着她写，专心地等着，就像在他小时候，莉泽去维也纳拜访古斯蒂和尤兹时做的那样。她会让他坐在自己的膝盖上，向他讲述元素周期表——元素如何结合在一起，哪里还有空间可以容纳尚未被发现的元素。她自豪地指着铀之前的元素镤，那是她亲自发现的元素。

时光飞逝如电，他开始申请汉堡的一个职位，她试图尽量专业和客观地为他写推荐信。也许有点太专业了。研究所所长写信给她，要求至少知道罗伯特是不是一个“讨厌的人”，她只得回复说，“不，他不是个令人讨厌的人。”

“就像中子的撞击。”罗伯特又说了一遍。

“嗯？”莉泽抬起头，“哦，不，不像中子的撞击，是像中子的缓慢靠近，罗伯特，就像一颗大水滴旁凝结的一粒小水珠。你看，铀核的电荷足够大，几乎完全破坏了表面张力的作用。问题是，两滴液体一旦分开，就会被相互的电斥力推开，彻底分裂它们需要大量能量，大约 200 兆电子伏。”

“但这么大的能量是从哪儿来的呢？”

“根据计算，”她晃了晃手里的纸片，“一颗铀原子核分裂后形成的两颗原子核，比原来的铀原子核轻大约 1/5 的质子质量。”她望着覆盖在枞树上的积雪，以及远处灰蒙蒙的大海。她想起了在维也纳的姐姐没法离开家，尤兹还在达豪。奥托说，大量的犹太人在集中营里肯定会得到比政治犯更好的待遇。阿尔伯特祝她终于离开了他们“亲爱的感恩的祖国”。而此刻，她和罗伯特却在这个冰天雪地的地方，离所有人都那么远。

“$E=mc^2$，”她突然说，“根据阿尔伯特的 $E=mc^2$，当质量消失，就会产生能量。”莉泽开始写方程，雪花飘了下来。她抖了抖纸，想把雪晃掉。

“来。”罗伯特用自己的帽子挡着纸，方便她在方程式里代入数字。他挪了挪腿，向她俯下身子，替她挡着雪。雪覆盖在滑雪板光滑的木头上，他一动，一团雪就从圆润的那头滑了下来，与地面上的雪融为一体。

“200 兆电子伏！”莉泽说，“1/5 的质子质量相当于 200 兆电子伏。当质量消失，就会产生能量。$E=mc^2$。就是这样。这就是能量的来源！”

莉泽盯着那张打湿的纸，风把它吹起来，把它从膝盖上吹到地上，消失在纷纷扬扬的落雪中。

“你知道这意味着什么吗？这意味着没有超铀。”她把双手紧紧地合在一起，她冻得几乎已经没法把手蜷起来了。她需要靠到火边取暖驱寒，于是，她慢慢地站起身，身体的每一个部分都因寒冷而疼痛。她走回酒店，罗伯特踩着滑雪板，笨拙地跟在后面。

“但是莉泽姨妈，想想……”

“4 年的工作，”她转过身，对他说，“你不知道这个损失对我而言意味着什么。”

§

新年那天，莉泽在车站向罗伯特挥手告别，登上了开往斯德哥尔摩的火车。回到酒店房间，她打开煤油加热器，拿着笔记坐在床上。铀原子核能以不同比例的中子和质子分裂，形成包括钡在内的各种碎片。这一点，方程显示得很清楚，她对自己的阐释很有把握。但在这段时间里——3 年，不，4 年——她一直以为他们找到了更高级的元素。但没有。相反，他们找到的只是中等重量的普通元素，没有任何奇异之处。她真是太蠢了。她没有看出溶液中真正发生了什么，她无法解释摆在面前的结果。她一辈子都在相信研究所，相信他们对更高级元素的探索。她想忽视在德国发生的事情，这样她就可以继续他们的实验，而眼下，那里的人正在破坏房屋和企业，当街屠戮。

莉泽翻遍了床上的文件和文章，好不容易找出一张便笺纸。她把它放在床头柜上，写道：

亲爱的奥托：

新的一年，我以这封写给你的信作为开始，愿今年对我们大家都是个好年头。你自然明白，关于超铀，我亲自参与了研究。如果过去 4 年的所有工作都是错误的，那责任不能只归咎于一方。我对它也有责任，因此我必须想办法参与修正工作。如果超铀不存在，你们的处境要比我好得多，因为这个事实是你们自己发现的，而我只有4年的工作可以作为反驳——这对我的新开端来说算不上是一份好的推荐信。

1939年1月1日

早上，莉泽收到了罗伯特从哥本哈根寄来的信，信中说他刚和尼尔斯·玻尔谈起了他们的发现。玻尔很吃惊自己没能更早地预见这种可能性，毕竟，根据当前的核结构概念，可以直接推导出这一结果。玻尔当时正在前往美国的途中，他对这一发现大感兴奋，甚至在自己的船舱里安了一块黑板。

莉泽在潮湿的小房间里无法清晰地思考，于是，她离开酒店，走到码头。这一次，冬日的阳光不再昏暗，它锐利得让莉泽必须把眼睛遮挡起来。河里不均匀地结着冰，一定是冰融化了又再冻结形成了板块。但在格拉斯坦的河岸边，水仍然在流动，船只上下颠簸。再往前走，人们在议会大楼外来来回回，她可以听到他们的脚步声在冰面上回响。她沿着码头走，过了桥来到岛上。走到一半时，她停下脚步，凝视着河面结冰和河水流淌的地方。随着太阳融开冰雪，她可以看到，尽管失去了超铀，铀的分裂完全合乎意义。通过质能方程，她得以计算出铀原子核以复杂而美丽的模式在整个元素周期表上进行分裂。只要她和罗伯特迅速就这一发现公布说明，哪怕只是《自然》杂志上的一页。奥托也可以在自己发表的文章中提及，如果他愿意的话。

是的，它是一滴液滴。原子是一滴液滴，可以裂变为两滴，质量的损失会转化为能量。她把戴着手套的手指伸进桥壁上的雪里，撮起少许雪，托到面前。经过几个小时甚至几天的分离和分馏，奥托和施特拉斯曼将会得到钡晶体，纯净、稳定。

莉泽用手遮挡着光线，朝远处望去。水面上，白色的太阳光球发射出强烈的光线，照亮了冰面和码头。无情的、灼热的光，如此炫目，从一颗能量无法计算的火球中喷射而出，烧焦一切阻挡它道路的障碍。

# 后记——
# 1939 年：莉泽 · 迈特纳和核裂变

大约在第一次世界大战结束时，科学家们开始撞击原子。他们向特定的化学元素发射各种各样的微粒，这似乎会击破一部分原子核，并常常把先前的元素变成一种不同的元素，例如，碳可以变成氮。为了识别和解释这些转变，化学家和物理学家必须合作。柏林是当时的世界原子化学研究中心，奥托 · 哈恩（Otto Hahn）自 1907 年起就与研究所物理部负责人莉泽 · 迈特纳（Lise Meitner）一起工作。迈特纳是德国（乃至全世界）为数不多的资深女科学家之一。

1932 年，剑桥大学的詹姆斯 · 查德威克发现了一种新粒子——中子，这为原子对撞机带来了有趣的可能性。在罗马，恩里科 · 费米领导的研究小组开始系统地用中子轰击每一种化学元素，纯粹是为了看看会发生什么。

和所有新研究一样，这个过程充满了令人困惑的复杂情况。中子的轰击同时产生了许多不同的产物，大多数产物本身并不稳定，会再次变化，往往还会发生许多次。所有的变

莉泽与奥托，1913 年

化过程是同时以完全不一样的速度发生的，人们把最终的结果视为一座“核丛林”，丛林里满是奇异的物种。为了理解此种局面，化学家们让样品发生化学反应、溶解和结晶，过滤掉特定的产物。物理学家采用的方法则不同，他们用云室来观测反应，用盖革计数器绘测产物的放射性现象。然而，撞击后新得到的物质通常与任何已知的物质都没有明显的相似之处。

1934 年中期，费米的研究小组轰击了已知的最重的元素铀，他们发现了一些令人极度兴奋的新产物。尽管到 20 世纪 30 年代，元素周期表上几乎所有的缺口都被填上了，但人们一直不清楚，为什么铀元素出现后，元素周期表就停滞了。许多人倾向于相信中子轰击会产生“超铀”——一种未知的元素，比铀重，因为太不稳定而难以在自然界存在。

面对日益严峻的政治背景，柏林团队对这一令人瞩目的前景作出了敏锐反应。迈特纳、哈恩和施特拉斯曼的合作超越了性别和学科的界限，但 1938 年，迈特纳被迫流亡他乡，这带来了地理上的研究障碍。离奇的是，惊人高效的斯德哥尔摩 – 柏林“次晨达”邮件让他们的合作顽强地维持了下来。即使迈特纳不能再看到实验，她仍然可以借助自己的理论知识来指导同事的研究。

在巴黎的竞争对手伊雷娜·居里等人的研究之后，化学家们发现了似乎存在 3 种不同形式的镭（88 号元素），这是一种与铀（92 号元素）大小相似的金属。迈特纳认为这一结果在很多方面都令人困惑。特别是，新产物往往是能量低的“慢”中子轰击出来的，按理说，较之“快”中子，慢中子撞击铀核形成碎片的能力应该更差。她敦促化学家们再多看一看。

施特拉斯曼使用了一种巧妙的化学方法来检验这种镭。在元素周期表中，位于镭正上方的是比镭轻得多的钡（56 号元素），它没有放射性，但在化学性质上与镭很相似。他将钡加入镭溶液，然后使其结晶，这会在钡的晶体结构中留下陌生的镭的痕迹。由于镭本身对晶体结构的吸引力比钡还稍强一些，所以理论上来说，重复使用钡，大部分的镭在第一次结晶时就会出现，剩下的几次里，结晶体里的镭应该会逐渐减少。但哈恩和施特拉斯曼发现的现象恰恰与此相反。经过 4 次结晶，晶体中的镭的比例保持不变。它有放射性，这意味着它一定是一种新的物质，但它的化学性质与钡载体完全一样。经过无数次试验之后，只剩下一个可能的结论——这种“镭”不是镭，它就是钡。

从化学上看，结果很清楚，但现象背后的物理原理却令人费解。是铀变成了中等大小的元素吗？它必须以某种方式脱落近一半的原子核才能形成这种物质，这意味着发生了一连串巨大却又没人注意到的反应。这是由温和的慢中子以 3 种不同方式触发的吗？化学家们完全摸不着头脑。迈特纳同样困惑——但她困惑的时间并不长，因为她想到了“铀核分裂”，铀核会相对整齐地分裂成两个中等大小的部分。比方说，钡原子核。那么，另一部分会是什么呢？也许是另一种已知元素的新形式，比如氪。

分裂过程说［迈特纳和弗里施称之为“裂变”（fission）］对所有新近的核理论，尤其是神秘的“超铀”投下了怀疑的阴影。在任何人的眼里，分裂后的元素在化学性质上似乎与众所周知的中等大小的元素相似，如果它们属于元素周期表中重金属元素正下方的空白区域，这就说得通了。但如果它们就是单纯的中等大小的元素呢？化学家们开始重新检验之前的发现，用新的框架重新阐释。他们发现了另一件更让人吃惊的事——铀并没有完全分裂成两部分，它通常还会释放出一些多余的中子，如果这些中子反过来又撞击了其他的铀原子核，会发生什么呢？在合适的条件下，裂变过程会成倍增加，正如弗里施所说的，“就像草地上的兔子一样”。根据爱因斯坦的质能方程，每一次裂变都伴随着质量的轻微损失和能量的释放。经过谨慎控制，这种连锁反应意味着一个稳定的能量源。倘若放开控制，它将会引发一场极其猛烈的爆炸。

核科学家跟其他所有人一样，面对人类最基本的希望和恐惧会作出反应。多年来，他们一直在谈论“地狱炸弹”，但似乎“核丛林”里并没有什么令人恐惧的东西。然而，铀裂变是完全不同的，赌注一下子变得非常高。1938 年年底，核裂变的发现原本可以公之于众，但此刻，德国正准备发动一场大规模的扩张主义战争，它要把这笔本钱紧紧攥在自己手里。很快，像迈特纳和哈恩这样的同事就无法交流了，通过信件也不行。流亡在外的物理学家们严肃地思考着他们留在身后的东西——辉煌的核化学，强大的德国工业，疯狂的希特勒政权。

1940 年 3 月，弗里施在伯明翰与另一位流亡物理学家鲁道夫·佩尔斯尝试计算“超级炸弹”的实用性。他们判断，不到 1 公斤的可裂变铀就可能会摧毁一座城市。英国政府也着手展开研究，1941 年，在英国的压力之下，美国开启了庞大的“曼哈顿计划”，不惜一切代价研发核弹。迈特纳此时仍被困在瑞典，有人请求她为这项计划提供帮助，但她拒绝了:“我不会跟炸弹发生任何关系！”弗里施和佩尔斯参与了核弹的研究，尼尔斯·玻尔也一样。

此事的后果无须赘述。1945 年，核弹摧毁了广岛和长崎，定义了“冷战”行为的技术竞赛拉开了序幕。民众的恐惧反过来又促使政府努力说服民众，称核裂变的力量可以用于和平目的，包括核能生产。裂变的发现改变了世界，这是科学史上最诱人的“尤里卡时刻”之一。但这个瞬间带给人的诱惑，又恰恰是我们应该抵挡的。

任何一位科学历史学家都会告诉你，“尤里卡时刻”是创作出来的，它本身并不存在。它们是故事，是提炼，是传授和推广科学思想的工具，但它们并未捕捉到科学认识产生的真实情况。把“裂变的发现”视为历史上的一个重要瞬间，意味着把它局限在了以下两处空间——要么是哈恩和施特拉斯曼在柏林的实验室，要么是迈特纳和弗里施进行对话的白雪皑皑的孔艾尔夫。到底是哪里呢？这个问题问错了地方。整个发现的过程既复杂又分散，散落在哈恩与迈特纳的信件里，散落在哥本哈根的会面中，还有那一连串的工作——所有科学家共同完成的工作里。（推翻既定假设的过程并不像迈特纳最初担心的那么剧烈，到 1940 年，已经有科学家证实了比铀重的元素的存在，比如钚。）

然而，发现核裂变的同时，几乎也就诞生了“尤里卡时刻”的神话。1946 年，迈特纳访问美国时发现自己成了名人。全美女记者俱乐部评选她为年度女性；她被介绍给杜鲁门总统，并被誉为原子弹的“犹太之母”（当时人们仍普遍认为，是原子弹这一技术胜利结束了“二战”）。这个神话

在 1937 年的一次会议上，迈特纳与尼尔斯 · 波尔、维尔纳 · 海森堡、沃尔夫冈 · 保利等人坐在前排，希尔德 · 李维是房间里的另一位女科学家

最极端的版本来自一篇令人困惑的新闻报道，它说迈特纳将原子弹藏在手提包里，偷偷带出了德国。自己与原子弹竟然建立起了这样的联系，并成了公众的关注焦点，让迈特纳大感震惊。

与此同时，另一个神话也在逐渐成形。从战争废墟中崛起的德国，在有望提供非军事复兴道路的领域，比如科学和技术领域，迫切需要与纳粹无关的公共代表人物。奥托·哈恩符合这个要求。到 1946 年，他在德国科学管理部门担任高级职务，他影响深远地在盟军的心目当中形成了这样一种印象——他和他的科学家同事们没有受到纳粹主义的影响。故此，他得以更广泛地塑造德国科学的故事，特别是在与他自己的研究相关的地方。

战后不久，哈恩因“发现重核裂变”获得诺贝尔奖。迈特纳未获提名（施特拉斯曼也未获提名）。出于显而易见的原因，纳粹统治下的核裂变故事排除了哈恩和迈特纳的合作，而日后哈恩也没有做出任何努力来恢复故事的原貌。实际上，他还积极地宣扬了故事当中“分道扬镳”的一面。“裂变的发现”意味着化学家们得出了钡的结果，他在 1958 年指出，迈特纳和弗里施“很快就各自出版了具有历史意义的著作”。

在后来的日子里，迈特纳和哈恩仍然是朋友——只是很疏远。迈特纳从未能接受前同事在面对纳粹恐怖时保持沉默的态度。在哈恩看来，迈特纳未能理解希特勒统治下的德国的现实生活；对迈特纳来说，哈恩未能理解纳粹给流亡科学家带来的苦果。合作本身“裂变”了。哈恩留在德国；迈特纳成为瑞典公民，后来移居剑桥。两人均于 1968 年去世。

影响深远的发现者，常常会彻底地从公众的记忆中消失。迈特纳的一生，以及她留下的遗产，比大多数不幸的人要稍微幸运一些。1966 年，声誉卓著的美国政府能源研究奖“费米奖”承认哈恩、迈特纳和施特拉斯曼共同进行了“广泛的实验研究，最终发现了核裂变”。物理学家们当然理解迈特纳的重要性，一些化学家也是如此，包括露丝·森，1996 年，她完成了传记《莉泽·迈特纳：物理学生涯》（*Lise Meitner: a life in physics*），再次引发了公众对迈特纳在这一发现中所扮演角色的新兴趣。

围绕神话产生的争论仍在继续。至少在一个方面上来看，莉泽·迈特纳的地位比前同事高了一阶。自 20 世纪 50 年代以来，有几位科学家的名字安放到了新发现的比铀重的元素上，以示纪念。在不同时期，曾分别有人提议将 105 号元素和 108 号元素命名为“hahnium”［以纪念哈恩（Hahn)］，但 1997 年的正式决议案并未接受这两项互为竞争的提议。相反，对 109 号元素的命名采纳了支持最广泛的建议，该元素被命名为“鿏”[meitnerium，以纪念迈特纳(Meitner)]，如今，你可以从任何一张最新的元素周期表上看到它。

故事作者

佐伊·兰伯特
Zoe Lambert

东英吉利大学创意写作硕士，现任博尔顿大学创意写作专业讲师。

后记作者

詹姆斯·萨姆纳
James Sumner

曼彻斯特大学科技史讲师。他的大部分工作着眼于科学和技术理念如何在不同的专家与非专家群体之间进行传播。

# 形态发生

# Morphogenesis

09

“在他们之后，又将出现另一拨追求真理的人，这些波浪将以有规律的不规则方式，
在时间之中起起伏伏，直至他无法理解的尽头。”

他10岁。很热，袜子里沾着一颗让人痒痒的草籽。波光粼粼的湖泊在他身后，湖边，一片紫色的石楠花海包围着他。他停在了棚屋旁，这里是52条蜜蜂飞行路线的交汇处，现在他的身体正向他那仍在计算的大脑发送信息：肺正在拼命喘息摄氧，胃里空空荡荡，新鞋磨得左脚跟生疼，耳边传来越来越强的嗡嗡声，眼睛——在扫描……有了！视线锁定在拐角处柱子旁的裂缝上，蜜蜂在那里降落、爬进，爬出、起飞。那地方的高度跟肩膀齐平，他可以把蜂蜜搞到手，很容易。

他观察着蜜蜂笨拙的舞蹈，心脏的怦怦响动竟然消退了，他的膀胱发出一股哀怨的酸胀。他用右手解开裤子的纽扣，瞄准柱根，用尿在尘土上钻了个洞，木头上溅起黑乎乎的水花。热烘烘的氨水味猛地升腾起来，接着与石楠花的气味和灰尘混在一起，稀释、扩散，消失在夏天的空气中。等尿液蒸发后，它会在尘土中留下一道小小的泥巴脊状圈，就像一个火山口。那是他的一部分——他的尿液，他体内的细胞会留在泥里。到它完全干透时，泥土被风吹走，一粒灰尘落在石楠旁边的土地上，石楠落下一颗种子，种子从浸润过尿液的灰尘中发芽，新长出来的石楠里会有他的细胞吗？从尿尘里长出的石楠开了花，蜜蜂从花上采蜜，蜂蜜里会有他的细胞吗？如果他回来，吃掉了蜂蜜，那粒细胞能认出自己回了家吗？

他系上扣子，蹲下来看那个尿坑的形状。现在，石楠花与视线齐平，他注意到一朵白花。5片花瓣，脉纹分明，像眼睑般柔嫩，是泻亚麻，仿佛一颗白色的星星映衬着黑乎乎的泥煤。他凝视着它完美的形状，5片花瓣绕着黄色的花心等距分布，它是怎么知道的？它怎么知道应该像这样生长？而不是长成石楠花那般暗淡的、疙疙瘩瘩的模样？它怎么知道要长出这样简单而坦诚的面孔？当它只是茎秆上的绿色生命时，它怎么能保证每一次都以同样完全可识别的模子绽开呢？（每片花瓣的基部都很窄，中间膨大至圆形，花尖又逐渐收束到一个点。）它怎么知道不应该长得更长、更厚、更宽或者更暗呢？为什么不是圆的，不是方的，也不是7片花瓣？是什么让它长成了这样的形状？再聪明的人也造不出能生长成这种形状的东西。完全不可能。除非，他种下一粒种子。

艾伦笑了。那么，看来是种子知道一切。可能是种子里有缩影，也可能是通过代码。他喃喃背起了刚看过的新书《儿童必读自然奇迹》。这是他读过的最好的一本书，但书里不知道的事情，反而回响得最久。

> 我们是由小小的活体砖块砌成的。我们生长，是因为这些砖块对半分裂，接着又长成完整的砖。但它们是怎么知道什么时候、什么部分应该长得快，什么时候、什么部分应该长得慢，以及什么时候、什么部分完全不用长，目前还没有人着手进行哪怕是最初步的研究。

还没有人着手。他站起身来。现在他要掏蜂蜜了。

§

他16岁。坐在图书馆的最里面，一张从图书管理员的办公桌看不到的桌子旁，有书目索引挡着。他们的桌子，他和克里斯的。他正在翻看一篇拉丁文译本，页面上一如既往地到处画着乱七八糟的钢笔痕迹。他仔细地数着斯坦斯特在数学上到底犯了多少错。图书馆的门被推开了两次，但都不是克里斯。

他的膝盖在抖动，内心有些焦躁不安，但都在控制之下，他不用抬头就能判断克里斯什么时候开门，他能感觉到。“恺撒，占领了他们的许多城镇，察觉到无法对他们造成伤害，决定等着自己的舰队到来。”是对敌人的伤害吗？还是对他的舰队的伤害？他根本没必要担心，不管发生什么事，反正总会发生的。认为恺撒可以改变局面的设想根本就是无稽之谈——但这正是关键，他并不想改变，只是按照设定好的去做——但艾伦呢？难道艾伦的设定就是坐在这里，大气也不敢喘地等着克里斯到来，因为他还没来？既然会发生的事情注定会发生，他为什么如此焦灼不安？

每颗胚胎都由两个细胞发育成一个精确规定好的人形——历史不过是一连串预设事件的渐次展开。神经和选择的幻觉都是无知的，自由意志只存在于无知的罅隙里，思考只通过“不知”而发生。昨天晚上，他和克里斯一起坐在这里预习，他把指尖（右手的食指和中指）放在克里斯裸露的手腕上，好叫克里斯注意看一张图。克里斯抬起头，微笑着看着他的眼睛，把胳膊随意地放在桌子上。所以，如果艾伦愿意，他可以在自己和克里斯对视的时候，把手指直接滑到那大理石般冰冷的手腕上，把它圈起来，这样他们俩就都知道了，就不用再因为恐慌而屏住呼吸了。但他没有那么做。因为他太害怕克里斯厌恶地跳开了——因为他害怕，他绝不会像那样触碰克里斯，什么也不会发生，因为他的命运刻在他的细胞里，就像他的头发每次脱落，又会长回同样的砂色一样。所以，事后看来，一切不可避免，但这种想法现在出现了，因为他的大脑仍然假装选择是存在的。他兴许还会故意去触碰克里斯，而不是在最后一刻又隐藏起来。他可能会这么做，如果他做了，历史将会不同。该发生的总会发生，但他事先并不知道。他认不清自己的字迹，“虽然建造了炮塔，但野蛮人船只的茎干高度却超过了……”茎干*？笨蛋，不是茎干，是船尾**！

他来了。艾伦能感觉到他。一团移动的高密度物质，

* stem

** stern

通过万有引力吸引着周围的一切。他自己的头，不受自己控制地，像木偶一样倾斜抬起，向克里斯打招呼。克里斯草草点点头，坐在艾伦旁边的座位上，让艾伦身体右侧的每一个细胞都向往着他的光芒，就像一块向日葵地里的每一朵花都把脸朝向太阳。过了漫长的一瞬间，“斯坦斯特！”克里斯嫌恶地嘟哝着，两人都笑了，打破了一种不可能。

“你知道斐波那契数列吗？”艾伦趁着有机会再次抓住他，迫不及待地把数字一个个地报了出来，“1，1，2，3，5，8，13——你知道吧？”

“每个数字都是前两个数字之和？”

“是的，冷衫球果里重复着这种数列，看。”

他用手指把口袋里的球果捧了出来。它在温暖的环境里半开着。他把它放在两人中间的桌子上。这就是这枚冷杉球果的命运，它不光要按照斐波那契数列的顺序精确地生长成螺旋图案，还要被当成祭品献到年轻的神明克里斯面前，放在这张图书馆的桌子上，成为它的物种里的独一无二的典范。

“看，从最上面开始。”他翻转着冷杉球果，一一数着，展示着。克里斯从他的手里接过球果，用冰凉而纤长的手指握着它，一边转动一边仔细地看着。艾伦想象着克里斯冰凉而纤长的手指抚摸着自己——不，不！阻止它，堵住它，拼命地堵住它，把椅子挪到桌子下面，把自己藏起来。他得控制。

但他脑子里的一些东西发生了改变。有些东西已经转移到它应有的位置上了。知识。承认不可避免之事，带来了快乐。他不会再害怕了，因为它发生了。冷衫球果当然会生长成冷衫球果。而他，艾伦·图灵，也就是这个样子。

§

他 17 岁。一个星期前，1930 年 2 月 13 日星期四，18 岁的克里斯·莫尔康死于牛结核病。现在是凌晨 3 点。

艾伦跪在宿舍窗边，把望远镜放在窗沿。在他身后，其他男孩的呼吸声起起落落，贝茨一如既往地轻轻打着呼噜。天空晴朗，星星摇曳。艾伦把右眼放在目镜上，产生了一种要从黑色的镜筒里掉进太空的眩晕感，如同一颗星星朝自己压迫而来。是哪一颗呢？他不记得了，在调整和倾斜望远镜时，不可知的庞大太空让他感到一阵眩晕。他抬起脸，再次用裸眼观察，看到星星都落在各自的星座里，落在克里斯教给他的名字和图案中：仙后座、英仙座、大熊座、小熊座、北极星——北极星。他感觉到克里斯自信地站在他身后，“在那儿，图灵，要从左到右调整。用教堂的尖顶当你的方位仪。慢一点，你总是急匆匆的，你这疯小子。”

克里斯在这儿。图灵的大脑客观地报告了这个消息，一如它注意到了恒星的锐利光芒，早落的月亮在树梢发出幽暗的光，宿舍地板上颗粒状的寒意，透过他的旧睡衣，在他的膝盖上压出纹路。这一事实，足够他向自己的母亲和克里斯的母亲作出论断，它甚至驱使他在几个星期后从科学上作出了解释。

“关于精神和肉体之间的实际联系，我认为，肉体在有生命的时候，可以‘吸引’并承载‘精神’。当两者都活着、都清醒的时候，它们是紧密相连的。当身体入睡时，我无法猜测发生了些什么，但当身体死去，承载精神的身体‘机制’就消失了，精神迟早会找到一具新的身体，或许很快就能找到。”克里斯的精神吸引着艾伦——因为两人是那么相似。“我确信自己会在某个地方再次见到莫尔康，我们会有一些工作要一起做，就像我相信，我们在这里同样有一些工作要一起做一样。现在，只剩下我一个人做了，我不能辜负他的期望。”

但灵魂不是身体。僵硬地跪在冰冷的地板上，艾伦感觉自己就像眼前的星星一样古老而遥远。他必须坚持自己的路线，坚持发光，哪怕周围只有冰冷黑暗的虚空。他必须尽最大努力发光。因为，如果不这样，生活还有什么意义?

§

他 38 岁。在他一生中，一种念头始终在向他靠近——

穿过未知的迷雾向他靠近。它遵循一种模式，所有的念头都是这样。它是一种理论，在这个理论中，我们称之为真实的东西（证据来自我们的感知，而感知本身是一套无形的电化学反应系统）由数学公式表示，故此能够证明：它能够为真。这是一个贝壳，棕乳白色，上面点缀着深深浅浅的波浪条纹图案。他把它捧在手里，用脸颊感受着它凉悠悠的曲线。把它放到鼻孔下，吸进大海最微弱的气息。视觉、触觉、嗅觉，这 3 种感知可作为证据。他的理论解释了条纹的产生机制。在他看来，理解了这一点，他便掌握了赋予所有生物“形状”的机制。

这不是新的发现，它并不新鲜。但为它提供数学上的证明则是全新的，并将为不愿跟物理学家混为一谈的其他思想家、化学家和生物学家们创造出一个探索寻找物理证明的新空间。他们可以设计实验，为缺乏想象力的人士提供需要的所有证据。

如果非要说它是谁的设想，也许是爱丁顿的。如果克里斯一直在他身边，克里斯会发现它，应该早就发现了，不，它通过图灵的主体发现了。尽管图灵不再完全相信一切都是必然的——但或许，它必然会发生。

很久以前，他就读过爱丁顿的文章——在克里斯还活着的时候。《科学与看不见的世界》——他们一起争论，不愿被爱丁顿的宗教观念所说服。他吸收了一些句子，在他的记忆里，在他头骨里的灰色组织里，以化学序列的形式留下了一些文字和图像。埋藏的宝藏，一串串的细胞将沉睡了（或是未曾召唤过的）20 多年的知识，转移到了意识的表面，现在交付出来——爱丁顿对宇宙形成的描述。

“微小的电粒子，即将形成之物的胚芽，零零星星地打破虚空。岁月流转，几百万年倏忽而过。在一个地方和另一个地方偶然发生的轻微聚集，吸引到了越来越多的粒子，直至物质聚集在凝结中心，留下巨大的空隙，供其遁入。就这样，引力渐渐分开了太初的混沌。”从同质变为有形和无形。从扩散变为集中。从光滑到团块。从混沌到模式。从无到有。

那时，大地空虚混沌，还没有成形，黑暗笼罩着深渊，上帝的灵运行在水面上。上帝说:“要有光！”就有了光。这是一个前人用过的比喻。等他走后，还会再次被用起来。但在这个时间点上，是他得以用这种精确的方式将它表达出来。这是一场对未知的突袭。有好几天，他都在思考论文的开场白该怎么写。这个主张如此宏大，语言必须谦逊。

“这篇论文的目的是讨论一种可能的机制，通过这种机制，受精卵的基因可以决定最终形成的生物体的解剖结构。”这一机制的化学和数学解释，使得一束组织朝着这个、那个、这个、那个方向发育，形成 4 条不同肢体的萌芽，而不是再发育出 4 条（就人类而言），除非它是章鱼的受精卵。

> 我们是由小小的活体砖块砌成的。我们生长，是因为这些砖块对半分裂，接着又长成完整的砖。但它们是怎么知道什么时候、什么部分应该长得快，什么时候、什么部分应该长得慢，以及什么时候、什么部分完全不用长，目前还没有人着手进行哪怕是最初步的研究。

但现在他正在着手研究。而且，他是对的。他身体里的每一块活体砖块都知道这一点。多亏了形态发生素（他自己起的名字）天才般地对自身的反应和扩散加以控制，生物体才能顺从地成长为正确的预定形状。化学物质通过打开或关闭每个细胞内部的潜能，在这里抑制生长，在那里培育生长。

“形态发生素从浓度较高的区域移动到浓度较低的区域，其速度与浓度梯度成正比，也与这一物质的扩散性成正比。”因为没有什么东西是完全同质的，哪怕是最轻微的不平衡，哪怕是最轻微的失衡或外部因素——热、重力、运动，任何因素——的入侵，都会导致相应的不稳定，促成扩散和反应，触发那个缓慢而永不结束的过程，触发所有生命物质成形和形成的趋势，从混沌变为有序的趋势，触发一团随机的同质组织分层、聚集，形成可识别的形状。

形态发生，从一团无法区分的细胞萌芽、开花，变出形状。不是靠上帝之手，而是靠简单的机械反应和化学物质的扩散。进入细胞，拨动开关，就像一个人走进自己的房子，打开灯。

§

他39岁。他把亚瑟带回了自己的房间，一如既往地，眼下进入了不知道该怎样继续下去的巨大尴尬状态。亚瑟是个英俊的小伙子，但现在他似乎正在闹情绪，盯着架子上的瓶瓶罐罐，从壁炉台上捡起贝壳和松果，仔细地看着，好像在期待它们是些值钱东西。他闻了闻，它确实还有味道，连艾伦都能察觉到。瓦斯，但也有氨、甲醛、氰化物、碘，他呼吸的空气中有很多混合物。一想到它进入了亚瑟的肺里，他自己的呼吸也加快了。

“这是什么？”

“化学品的混合物。我在等它们发生反应——它们的反应非常缓慢——以形成一种模式。”

“为什么？”亚瑟问道。

他是感兴趣吗？还是在打发时间？他是想留在这里，还是只是为了钱？他的长相女人也会喜欢。

“我又不傻，你知道的。”亚瑟用委屈巴巴的声音说，

“你可以解释给我听。”

“好吧，我会的。”艾伦跪到地上，点燃了克莱顿夫人架好的柴火。火焰舔舐着报纸的一角，跃进干树枝的窝，开始噼啪作响。他捡起一块发亮的煤块，放到火堆中央，享受着热流对手的冲刷。“我写过一篇关于形态发生的论文，也就是说，万物是如何成形的。”

“我知道这是什么意思。”亚瑟不以为意地说。

艾伦想笑。他笑着，用胳膊搂着小伙子。没人会知道那是什么意思，只有他知道。

“好吧，如果你有一颗卵子——人类的卵子——刚刚受精，它会长成一个球体。细胞繁殖，变成了一个球。”

“对。”

“但当你出生的时候——任何人出生的时候，都不是球形。”

“这不是明摆着的吗？”他从瓶瓶罐罐前转过身，朝着艾伦和炉火走过来。火光让他俊美的脸闪闪发亮。

“所以我想要解决的问题是，是什么让球体生长出了不同的形状？”

“是什么呢？”

艾伦没料到他又冒出来一个问题，也没料到亚瑟边问边一屁股坐进了扶手椅，而不是继续朝艾伦走过去。艾伦一直站在壁炉前的地毯上，因为渴望而虚弱。“你真的想知道？”

“是的。”他坦然甚至惊讶承认的语调里有些别的东西，他承认得有几分粗鲁，粗鲁里又有几分对艾伦温柔的让步，所以这个“是的”里，既有好奇，也带着一丝“这还不明显吗”的粗鲁特点。他的话语里交织着许多微妙而矛盾的意义线索，完全俘虏了艾伦的心。

“好吧。细胞里有化学物质，我叫它们形态发生素。它们进行扩散并相互反应。这种反应使得一部分形态发生素强化，一部分减弱，这影响了细胞的遗传内容，因此一些细胞发育繁殖，另一些细胞受到抑制。这你能理解吗？”

“能。”这个回答里只有一个音符，反抗。也就是说，他恐怕并不理解。艾伦朝火里加了更多的煤。

“你知道什么是原肠形成吗？”

“不知道。”

“在球体里，胚胎——很小很小的婴儿——的最初发育是出现了一道沟槽。先是一个完美的球体，接着是一道沟槽。沟槽决定了球的哪一端是头部。它不再是一个球体，甚至变得不再对称，那么，是什么让它发生的呢？是什么让球体改变了形状呢？是形态发生素触发引起的分子的个体运动：球体中所有的细胞本来都是一样的，但现在，它们有了变化，有些在复制，有些没有，它们得到了化学指令。”

“你说得对。”现在，他的语气变得不那么在乎了。艾伦猜课应该上够了。火开始发热。他让自己手脚并用地爬到亚瑟的椅子旁。

“课程结束了吗？”艾伦问。

亚瑟停顿了片刻，笑了。他把自己的犹大之手放到了艾伦头上。

§

他 41 岁。如果他注定要死，就一定会死。“人存在选择”的想法，无非是缺乏知识带来的错觉。活细胞在死亡时转变成另一种状态，克里斯已经处在这种状态 24 年了，一直陪伴着他。现在加入他也没什么可耻的了。

活着并不可耻，但他再也不能去找另一个亚瑟了，如今，女王陛下的政府对他的私生活很感兴趣。他的身体是一台老旧的机器，一直没受到过良好对待，现在连骑自行车都会让他喘不上气。等他死了，他会降解蜕变为一连串其他有用的物质。他的大脑所产生的知识，将继续通过他的讲座、他撰写的论文和他设计的计算机器传播。载体停转后，扩散仍将继续。扩散是复杂的，包含了其他人的思想的许多元素（爱丁顿、克里斯，他的大脑曾给出反应的所有生者和逝者），从本质上说，扩散将随着其他人的反应继续传播并改变，直至稀释到几乎认不出任何属于他的东西为止，成为一罐蜂蜜中的一个细胞。

他笑了。日后，将有一位名叫爱德华·洛伦茨的气象学家发现，初始条件中最细微的变化，就能剧烈地改变一个系统的长期行为。他会发问："一只蝴蝶在巴西扇动翅膀，会在得克萨斯州引发一场龙卷风吗？"他自然知道艾伦关于适当的不稳定性的设想，以及它导致同质性消失、以增量方式发展出特定形状的途径。洛伦茨之后，还会出现混沌理论的倡导者，在他们之后，又将出现另一拨追求真理的人，这些波浪将以有规律的不规则方式，在时间之中起起伏伏，直至他无法理解的尽头。在这出哑剧里，他自己的身体已经完成表演。法律不允许他成为他自己的细胞所塑造的那个人，所以，现在他要创造机会，让反叛的细胞逃出去。较之女王陛下的政府近来强加给他的化学束缚，他的细胞恐怕更喜欢获得自由吧。他要试试氰化物在他身上的作用。

随着改变逐渐出现，并通过反应和扩散达到临界点，一场激进的转变就会出现。在不同的城市、不同的国家、不同的大陆，一次打开一盏灯，照亮一条街上的一个房间，随着灯一盏盏地打开，数百万盏灯渐次亮起，紧接着，一道强大的闪光，炸毁了电网，遁入黑暗。

# 后记——
# 1952 年：艾伦·图灵和形态发生学

我经常开车经过艾伦·图灵（Alan Mathison Turing）的纪念碑。曼彻斯特环城公路的一段路是以他的名字命名的，再加上曼彻斯特大学立着的一尊落满鸽子粪的图灵雕像，就是这座城市纪念它最有影响力的一位人物的全部了。他死于 1954 年，正值当局持续迫害期的尾声。

据说，图灵为击败纳粹所作的贡献比艾森豪威尔还大。当然，这是因为人们相信他在破译德国恩尼格玛密码系统上的贡献对战争起到了决定性作用。然而，与图灵同时代的杰克·古德却言简意赅地说："幸好当局在战争期间不知道图灵的同性恋倾向，因为如果他们知道了，一定会解雇他——那么我们就会打输了。"

尽管图灵最出名的成就是破译了德国密码，帮助结束了战争，但他也因在计算性质方面的开创性工作而闻名，非专业人士甚至可能听说过与他同名的测试机制，即通过对话评估一台计算机能否真正可以被称为"智能"的方法。然而，

16 岁的图灵

很少有人知道他对自然界研究所作的贡献。简·罗杰斯在前文故事中对此作了生动的介绍。

现代世界是一张密集的互动网络，这些互动既有实体的，也有虚拟的。连接就是一切，然而图灵却与这个世界格格不入。他对人类事件的看法，我们知之甚少，但很明显，他渴望连接——与宇宙的连接，与死去的童年朋友和初恋的连接，与自然的深邃模式的连接。

图灵的连接是知识性的，而且涉及多个学科。在当代，科学几乎必然会“跨学科”，我们将这样的思考视为理所当然。然而，在图灵的时代，他是少数几位能够洞察看似不相关领域之间的共性的先驱者之一。

他将数学逻辑建立在工程的物理世界中，创造了日后被称为“图灵机”的东西。通过定义计算的概念，界定计算机所能实现的限制，他为现代计算机科学奠定了基础，并给出了一个严谨的框架。后来，他受人工智能的概念吸引，定义了可以合理将机器（或计算机程序）称为“智能”的标准。1951 年，他清楚地解释了自己的动机：“完整的思考过程对我们来说仍然很神秘，但我相信，尝试制造一台会思考的机器，将会帮助我们了解人类自己是怎么思考的。”

童年时代，因受布鲁斯特《儿童必读自然奇迹》一书启发，他着迷于大自然。他所做的实验，属于化学领域而非数学领域。在他生命的最后阶段，他专注于形态发生的问题。一颗受精卵怎样成长并发育为完全成熟的有机体？什么过程可以把这么微小的一粒种子转化成动物？或者像伊恩·斯图尔特所说的，“你怎样才能把一头大象塞进一个细胞？”①

1952 年，图灵发表了开创性论文《形态发生的化学基础》（*The Chemical Basis of Morphogenesis*）②，此时距沃森和克里克公布 DNA 结构还有一年。但很明显，即使在那时，身体也是一种突变形式。图灵的灵感来自在许多植物结构中观察到的斐波那契数列现象（例如，树的枝丫或松果的排列）。他想知道，复杂的生物生长和发育如何通过简单的自然机制实现。

图灵特别感兴趣的是从动物斑纹中观察到的图案。他想从科学的角度解答吉卜林提出的问题：豹子身上的斑点是如何形成的？斑马的条纹，奶牛的斑点，所有这些现象都指向了同样的谜团。图灵从一个假设着手：斑纹作为胚胎的预设图案或“模板”，设定在了发育中的动物体内。随着时间的推移，随着胚胎的生长，这个模板会被胚胎表面（即皮肤）的色素“填满”，相当于按数字填颜色。

从这里出发，图灵开始精确地理解这种预设图案是怎样用化学物质勾勒出来的。他想象了两种不同的过程相互作用——反应和扩散。他创造了“形态发生素”（morphogen）

图灵的签名

一词，指那些可以相互反应生成其他分子、进而影响组织发育的化学物质。这些形态发生素及其产物可以在胚胎表面“扩散”或弥散，特定的皮肤细胞是否产生色素取决于细胞中形态发生素的相对水平。

在这样的系统中，图灵提出形态发生素包含两种化学物质：一种是催化剂（或“活化剂”），可以刺激形态发生素的生成；另一种是抑制剂，可以减缓其产生。当这些化学物质在表面扩散时，每种化学物质的浓度会在“高”和“低”之间振荡，如果抑制剂扩散速度比活化剂快得多，就会产生复杂的图案（相对于预设图案）。

图灵把对自然世界中的问题的分析和计算机建模结合起来，开创了计算生物学研究。然而，他的形态发生学研究基本遭到了实验生物学家的忽视，这些生物学家认为，他的模型是建立在一些未经检验的假设之上的。但没过多久，自然界里存在“图灵斑图”（Turing patterns）的证据，以“B-Z反应”（B 和 Z 分别是该反应的共同发现者别洛乌索夫和扎博特斯基的名字首字母）的形式出现了。该反应证明，将一组特定的化学物质进行混合，人就能在培养皿里自发地得到环、螺旋、斑点和其他图案。即使如此，观察人士仍持怀疑态度，指出 B-Z 图案会在培养皿里移动，跟动物身上的静态斑纹不同。后来，人们用凝胶重复这些实验，图案变得更加

"逼真"，但一如伊恩·斯图尔特所说的，"生物学家这时对争论失去了兴趣"，[3]图灵亦已过世多年。[4]近年来对鱼、鸡和老鼠的研究，越来越多地支持了图灵斑图的实际意义，[5]但它的真正力量在于证明了秩序是如何从无序中自发产生的，它提出了一种理解生命系统的全新方法。

图灵在科学和历史上的贡献将永远存在，从人工智能到自组织和混沌理论等研究领域，他的远见卓识将一直延续下去。他的传记作者安德鲁·霍奇斯[6]曾解释说，图灵的哲学"……依赖于一种综合的视野，这种视野与分割为多个语言、数学或技术领域的知识世界背道而驰。他宣扬可计算性，但从未失去天然的好奇心。法律杀死了他，而精神赋予了他生命"。[7]

故事作者

简 · 罗杰斯
Jane Rogers

作家，英国皇家文学学会会员，谢菲尔德哈勒姆大学文学硕士课程写作教授。著有多部作品，小说《手杖击树》（*Hitting Trees With Sticks*）入围 BBC 国家短篇小说奖。

后记作者

马丁 · 阿莫斯
Martyn Amos

曼彻斯特城市大学新颖计算小组领导者。他的研究兴趣在计算机科学和生命科学的交叉领域，包括合成生物学、受自然启发的算法和群体动力学。

# 丹尼斯·诺布尔的心

# The Heart of Denis Noble

10

*“丹尼斯每天花 4 英镑买两颗心。”*

随着心血管生理学教授丹尼斯·诺布尔逐渐臣服于阿片类药物——静脉滴注的芬太尼形成了一道蜿蜒河流——的作用，他听说自己的心脏已经在路上了。再过 20 到 30 分钟，赛斯纳空中救护飞机将在 12 月如水晶般剔透璀璨的夜空里，降落在拉德克利夫医院后面的小跑道上。

一个长满胡须的下巴出现在他上方。从这个角度看，这张嘴有着奇怪的唇形。他理解吗？诺布尔教授在氧气面罩的另一侧点了点头。他很想加入团队聊天，但面罩妨碍了他，而且，不管怎么说，他必须躺着不动，这样护士才能剃掉他胸部残留的几根毛发。

没有冷却箱，没有放在冰上的心。他们这样告诉他。这一回采用的是全新的技术，他还记得曾展示给他看过的模型。他的新心脏将装在最先进的圣物箱里，它将从营养丰富的血液和氧气池中取出。“尽管放心休息吧！”有人补充说，“它正从 4 万英尺全无湍流的高空中稳稳当当地飞过来。”“我们需要您的研究，教授，”心电图机后方传来另一个声音开玩笑地说，“我们可不能冒险！”

这并不意味着整件事不是一场惊险的赌博。

护士把剃须刀换成了一把指甲刀，开始为他的右手——他弹吉他的那只手——剪指甲。真有这个必要吗？他想问，那可得好一阵子才能长出来呢，当然，前提是他还有“时间”的话。护士把脉搏血氧仪戴在他的食指上，他琢磨着，约书亚对继承他留下的古典吉他到底有几分兴趣。按儿子妈妈的说法，约书亚喜欢电子音乐和城市灵魂乐。

第二个护士弯下腰，像情人般在他耳边低语：“现在，你只需要放松，丹尼斯。我们已经把一切都安排好了。”她的呼吸温暖，她的乳房靠得很近。他能想象她嘴唇的光泽。他希望她永远待在自己的耳朵边。“我们很快会让你恢复知觉的，你甚至都察觉不到。”

他觉得自己可能生病了。

不久，他选择的术前音乐——舒伯特《降E大调钢琴三重奏》的第二乐章——似乎甜蜜而深沉地从她的嘴里流淌到了他的耳中，他甚至看到了半个世纪前他从自己的阁楼房间望出去看到的戈登广场上的黄澄澄的树顶。地板上响起舒伯特的乐曲，在他狭窄的床上，身旁的女孩暖暖的，她的嘴唇拂过他的耳垂。光是她的声音、她的低语，就足以把他唤起。但当她的手指在被单下找到他时，他却惊讶地发现，那儿竟有一根导尿管，他不得不闭上眼睛，抑制住泪水，抵挡年龄带来的荒谬。

§

1936年3月5日，丹尼斯·诺布尔的心脏第一次在艾瑟尔·诺布尔的身体里跳动起来，当时，她在威尔逊-杰弗里斯裁缝店的楼上房间里为一套垂坠剪裁式样的西装缝制胸袋。就是在这间裁缝店，隔着一段闪光的金丝衬里，她第一次遇到了未来的丈夫乔治，那时他是个见习裁缝。

当她用针扎过花呢的时候，想起那天早上乔治在她的锁骨上留下的温柔而笨拙的吻。丹尼斯的心脏，此刻不过是一根管状物，开始了它 20 多亿次跳动中的第一次。艾瑟尔这时还不知道，她已经怀孕 21 天了。

不久，那根将成为丹尼斯·诺布尔的心脏的管状物，一张中胚层的纤细碎片，便将向着生命推进。在艾瑟尔的身体深处，它会扭曲、摸索，在本源的知识中盲目往返——这圈循环，这生命的呼啸，厌恶直线。凭借一根管子，我们可以从这头看到那头，可以吹出声响，甚至吹出曲调——如果不够笔直，一根管子就什么也不是。但往复的循环，则是只有它自己才能理解的能量回路。

在这出子宫内部逐渐展开的大戏中，丹尼斯·诺布尔——一枚悬在生命之线上的纽扣——很快将浮现成形，固定下来。他将继承乔治高高的额头，艾瑟尔几近东方式的明亮的杏仁眼。他的手很小，但异常灵巧。一道胎记，会戳在他的左臂上。但在艾瑟尔的身体深处，他除了是骨肉之躯，也是一股声音和感觉的活流，是刺激的微妙流淌，不管是在那时还是在此刻，他的影响避开了所有已知的测量。

他是艾瑟尔用冰凉的手掌抚平的布，是她的脚在缝纫机踏板上来来回回地踩动。他是她熨衣袖时熨斗发出的嗞嗞声，是她的围裙口袋里铜制砝码发出的叮当脆响。他是敞开的窗户透过的柔和春光，是沐浴在她脸上的暖意，是她看到一棵玉兰树开花时神经突触里涌动的血清素。他是路人发出的各种声波：汽车的鸣笛声，老人的叫卖声和吐痰声，送货小厮裹着比自己身体大得多的制服在萨维尔街上蹒跚走动的声音。事实上，很难说哪里是丹尼斯的止步之处，哪里又是世界开始的地方。

§

只有在 1940 年 11 月一个晴朗无云的夜晚，世界似乎才从这个小男孩身上分离出来，变成了一种奇怪的东西，另一种东西。丹尼斯睁开眼睛，眼前一片漆黑。妈妈把他从床上抱起来，飞快地跑下楼梯，他的脑袋在她的肩膀上起伏。

楼下，父亲没有举着报纸坐在扶手椅里，而是坐在客厅的地板上，借着手电筒的光裁剪布料。爸爸为什么要在室内露营？“我们唱首歌吧。”妈妈低声说，但忘了告诉他该唱哪首歌。厨房是一个黑暗的地方，不，现在还没到吃水煮蛋和吐司的时候。她发出“嘘”声，甚至连她自己的说话声也很小，她把他放在桌子下面，挨着裹有他妹妹的黄色襁褓。妈妈在他身边伸了个懒腰，穿着高跟鞋的脚伸到了尽头。“好了，好了。”她边说边把他们俩拉到身边。

然后，他们把耳朵转向看不到的天空，听着飞机如同黄蜂一般，在伦敦南部的夜色里轰隆作响。爆炸声传来，地板在他们脚下颤动，天花板上的灰泥一大块一大块地落下来。他的父亲从客厅冲了进来，嘴里还叼着别针。母亲还没来得及祈祷完毕，丹尼斯就觉得自己的双腿未经妈妈的许可，甚至也未经他自己的许可，就把他推到了窗前。他掀开遮光窗帘的一角，看到花园的尽头，有火焰在跳跃。

“着火啦！”他喊了起来，但他父亲喊得更大声，差一点把针都吞进肚里——“离开窗户！”一把把他拽了回来。

他母亲后来告诉隔壁的韦斯特夫人，他们的命都是内阁部长定制的西装给的。要不是为了剪裁赶工，他们原本会蜷缩在花园挖好的防空洞里，结果炸弹正落在那上方。

那天晚上，乔治用一台蹩脚小型手摇泵与大火进行了一场失败的战斗，直到邻居们带着毯子、水管和沙桶加入进来。丹尼斯跟在母亲身后，站在敞开的门口。他的小妹妹在手摇婴儿提篮里号啕大哭。他看着自己的红色新马车在热浪中融化，冒出阵阵浓烟。艾瑟尔微笑着看着他，紧紧地握着他的手，这似乎很奇怪，因为他的母亲在微笑中颤抖着，在颤抖中微笑着。这应该很难，就像一边揉肚子，一边拍脑袋。丹尼斯看着母亲——她的眼睛里噙着泪水，头发散开，胳膊上起了鸡皮疙瘩——他感到胸腔里有什么东西散发开来。这感觉很美妙，一股暖流从内往外流淌。他感到脚下轻盈。要不是母亲穿着她那双沉甸甸的海军蓝高跟鞋，他们俩，他想，兴许已经从门口飘进了夜空。

与此同时，这感觉又是身体里的一股疼痛，一个洞，酸酸胀胀的。这使他感到沉重。他的心，就像他吃下肚的东西走错了方向，让他难以呼吸。4 岁的丹尼斯·诺布尔对此并不理解。当母亲的手臂的颤抖顺着他的手，传递到他的胳膊、他的腋窝上，又进入他的胸膛里时，他第一次感觉到心脏的神秘生命。

§

当然，手术前的几个星期，他已经了解了大体情况。

他的会诊医师，伯纳姆先生，坐在办公桌前，翻阅着他的病历——因为情况太过严重，伯纳姆的下巴绷得紧紧的。化验结果尚未确定，但有一点很明确：移植的需要“相当紧迫”。

伯纳姆先生说，手术流程自然是他很熟悉的。在胸腔切口，摘除心包膜——“很棘手，但是例行公事。”丹尼斯的心脏将被清空，并在切除前夹住主动脉。“跟教科书里写的一样。”清除胸腔，双心房袖带保留原位。然后，新的心脏就会“揭开面纱”，植入主动脉，接着是肺动脉。

伯纳姆先生向他保证，大多数移植手术无须干预就能恢复正常的心室功能。当然，也有风险——出血、右心室衰竭、心动过缓、传导异常、猝死……

伯纳姆先生透过他半圆形的眼镜打量着病人。“我猜，您是无神论者？”

“恐怕不是。”丹尼斯带着礼貌的耐心看着自己的外科医生。人们都说，伯纳姆是英国国家医疗服务体系硕果仅存的几个怪人之一。

“那就是个有信仰的人了。棒极了！在这种时候更方便。别害怕。我不会告诉皇家学会的！”

“这也许正好，”丹尼斯说，“因为我担心我也算不上什么有信仰的人。”

伯纳姆先生摘下眼镜，“这时候可得弄弄清楚。”他对着眼镜吹了口气，用一块皱巴巴的手绢擦了擦，又把眼镜架回鼻梁上。“我私下里有种预感，您看，碰到重大手术，不可知论者的表现不太好。虽说《柳叶刀》上还没有数据，但——”他努力睁了睁眼睛，“即使如此，您看您能不能拿出一点……确定性来。”

丹尼斯的脸上慢慢绽出笑容。“佛教建议不要有太多形而上学的确定性。”

“您是佛教徒？牛津大学的佛教徒？在贝利奥尔学院？”

丹尼斯强忍着笑。“我只是想尽量保留选择的余地。”

“我明白了。”伯纳姆先生没明白。房间里冒出一阵“分类”带来的尴尬气氛。他的脸涨得通红，丹尼斯看着外科医生翻阅病历，觉得自己的机会在动摇。

§

现在是快板乐曲。《钢琴三重奏》的第三乐章——越来越快，越来越快——但舒伯特的声音正在消退，丹尼斯从睡梦中醒来，意识到自己正被人推着在心脏病病房白色的宽敞走廊上飞驰。他的病床推车是一台精准的交通工具。它滑行，绕过拐角，没有时间可以浪费——心脏必须是新鲜的——他怀疑自己是不是错过了站点。肯蒂什站、拱门站、高门站、东芬奇利站，站名忽闪而过，就像做梦回到了他都记不太清的某一年。一条又一条的隧道。他一定不能再打瞌睡了，绝不能坐过站。可是车厢摇摇晃晃，现在才凌晨 5 点 15 分，北线列车那慢悠悠的催人入眠的行进节奏，实在叫人难以抵挡。

西芬奇利站、伍德塞德公园站。

1960年。

就是这一年。

这是1960年，但似乎没有人告诉托特里奇站的好人们。每当他踏上这个古朴、整洁的车站月台，就感觉自己仿佛回到了过去。

沿着一条乡道走15分钟便可来到屠宰场，丹尼斯通常是当天的第一位顾客。站在身穿白色工作服、头戴安全帽、围着金属围裙、脚踏铁头长筒工作靴的工人们身边，他觉得自己穿得太不正式了。他们一起盯着他的软底便鞋。

虽然屠宰工们天生不善言辞，但几个月来，丹尼斯已经知道了每个人的名字。房子前面有给牲口挂链子的阿尔夫，负责敲击的弗兰克，负责放血的吉米，负责拔毛的马蒂，负责分割的迈克。弗兰克告诉他，几年前，他每天工作用的是一把大锤，但现在用的是气枪和螺栓，直接对准牲口的脑袋开一枪，每天他要开上几百枪，这意味着他必须戴上护目镜，因为“大脑灰质满天飞”。他担心自己会发展成“扳机指”，他还脱下塑料手套，让丹尼斯看看“那根伸不直的手指”。

阿尔夫肌肉发达，但说话轻声细语，有一双几乎像是女人的亲切的眼睛。每天早晨安静的时候，他都会扔给丹尼斯一双长筒工作靴，免得弄脏他自己的鞋子。没有人提及这个地方的臭味，废血、粪便和内脏的气息一股脑地踹到肺里。尽管这个地方每天晚上都会像寺庙一样打扫得干干净净，但煤渣砌的墙壁和地板仍然散发着臭味。

对屠宰场来说，吉米长得过于英俊了，一头脏兮兮的金色卷发，一口美国式的整齐白牙，但他自己并不知道这些，因为他是个乡下小子，从来没去过东芬奇利以外的地方。马蒂则来自敦刻尔克，他的脖子粗得如同攻城槌，脑袋里有块弹片。每天下班后，他都会把刀放在自己的莫里斯迷你小车的副驾驶位上带回家。他向丹尼斯解释说，他每天晚上都要花整整一个小时来打磨刀刃，确保刃口光滑，没有凹痕。“他还想知道，”迈克吼道，“为什么他不能养只鸟！”

丹尼斯每天花 4 英镑买两颗心，这个价格，让他在第一次来的时候出于礼貌性的困惑说得结结巴巴。在威尔逊 - 杰弗里斯裁缝店，他父亲每周才挣 20 英镑。

不可否认的是，他们愿意为他通融。弗兰克像往常一样“敲掉”了第一头羊，阿尔夫给它挂上链子，绞起来。但握着放血刀的吉米——吉米是这几个人里最年轻的，总是热切地“插进去”——并没有割断喉咙，给牲口放血。因为丹尼斯来的时候，流程会不一样。吉米站到一边，马蒂直接切开胸腔，舀出“果实”，血浆四溅。在马蒂手里，心和肺都热腾腾地冒着气儿。马蒂手起刀落地开始屠宰，其他人像老妇人看到被糟蹋的兽皮一样啧啧有声。他把羊的肺扔进一道滑槽，把暖乎乎的心递给丹尼斯，把被捅了刀的羊顺着生产线滚到“切块的”迈克面前，对着迈克大喊“砍吧！砍吧！”，然后便像个老手一样，等着阿尔夫把第二只羊滚过来。

通常，丹尼斯并不急着回到实验室。他从手提箱里抽出一把大剪刀，伸直胳膊抓住心脏，剪开肥厚的心室，检查浦肯野纤维是否完好，然后将平衡盐溶液源源不断地倒进心脏。冲洗干净血液后，他把心脏扔进保温瓶，等待下一颗心的出现，也不管地板上的水沟里都是血。平衡盐溶液模拟血液中的糖和盐，是一味简单而奇妙的灵药。丹尼斯总是情不自禁地像个小学生一样享受着它的魔力。在他的保温瓶里，在今天这颗打开的心脏的内核里，浦肯野纤维再次开始在平衡盐溶液里跳动。偶尔，整个心室都会在他冲洗时活起来。如果是这样，他会让吉米捧着这颗脱离了身体的心，仿佛它是一只受伤的鸟，在他手掌里拍打扑腾。

接着，北线列车掉头飞驰而过，直到尤斯顿站再次出现。丹尼斯跳下车，一路小跑——手提箱里的保温瓶和剪刀叮当作响——他跑过高尔街，穿过中心广场，走进解剖学大楼的入口，踏上百岁高龄的宏伟楼梯，来到二楼，在墙上的挂钟敲响 7 点前，进入空荡荡的实验室。



§

在拉德克利夫医院静悄悄的手术室里，在丹尼斯·诺布尔麻醉后插管的身体旁，伯纳姆医生对捐赠者的心脏做了最后一次评估。

心外膜表面光滑，富有光泽。脂肪量可以忽略不计。瓣膜上方的主动脉内膜光滑，无动脉粥样硬化——这颗心脏毕竟还很年轻——真遗憾，才 17 岁。但按照规定，他没有向病人透露任何有关捐赠者身份的信息，诺布尔教授最好也别问。冠状动脉管腔较大，无明显狭窄。肌性动脉壁良好。术前监测证实室壁运动强劲，瓣膜功能良好，传导良好，心律正常。

他提醒手术团队，即使一切顺利，这也是一件需要谨慎从事的工作，但现在，他已经做好动手的准备。



§

在解剖学大楼实验室里，丹尼斯把心脏像情人节礼物那样钉在培养皿里。埋藏的宝藏，今天的战利品，紧紧依偎在核心部位。在心室的红肉旁，是浦肯野纤维网这束精致的黄色网状物。它们亮闪闪的，就像母亲从前放在刺绣篮里的一捆捆珍珠棉。

找到它们的位置是一回事，得到它们是另一回事。把它们剥离出来是桩很棘手的工作，更棘手的是要在不破坏它们的前提下进行部分切除。他需要一双好眼睛，一把手术用的小剪刀，还有他稳稳当当的“裁缝手”（他乐于把它们想成是从父亲那里继承的）。如果他稍有不耐烦，如果他打了个喷嚏，如果他的剪刀剪偏了，那就会浪费一颗新鲜而昂贵的心脏。

实验室门外，一个本科生咋咋呼呼地从楼梯上走下来。屋外，透过维多利亚时代的又薄又脆的玻璃窗，罗伊·奥比森在晶体管收音机里低声吟唱着《只有孤独》。

丹尼斯放下剪刀，伸手去取镊子。他像个钟表匠般工作着，取出了一段剪断的部分，第二个培养皿在等着它。再用加了氧的平衡盐溶液冲洗一番，促进恢复。如果一切顺利，他通常可以从每颗心脏上摘下 12 段浦肯野纤维。但在真正的工作开始之前，还需要把末端收好口。有时需要一个小时，有时更长。

咖啡，他需要来上一杯咖啡。他用别人从化学实验室里顺来的一盏本生灯烧水。速溶咖啡放在架子上，跟钟形玻璃罩一起。他把袖子当成防烫的手套，把咖啡倒出来，因为没有勺子，他用总夹在耳朵上的铅笔当搅拌棒。

透过巨大的教堂式拱形窗，他正好可以看到戈登广场的树梢，在秋天里变得锃亮，远处的树下，园丁们正在耙着树叶，摘着球茎。从这个高度再往前方眺望，他可以看到塔维斯托克广场，尽管他和学生宿舍顶层阁楼的窗户之间，有一棵老紫叶山毛榉半挡着视线。

他尽量不去想艾拉，他希望几个小时后能在那扇窗的另一边（那里是他的房间）看到她——在他的床上。他们约好在那儿见面，“聊聊各自在这些日子里的发现”。艾拉是文学专业的学生，这几个星期，她一直虚张声势、假装冷静地坐在伦敦“老贝利”（中央刑事法院）的媒体席。对他来说，在登上新闻头条之前，他从未听说过那本黄色小说，但艾拉提起它时却滔滔不绝，甚至连她在他耳边的声音，都在为他注入对“最佳淫书”的渴望。*

他手捧杯子，踱着步。他不能让自己的纤维在愈合过程中无人照料。

他看了看时钟。

他检查了一番纤维，还早着呢。他把杯子放到窗台上，

* 英国作家D.H.劳伦斯的小说《查泰莱夫人的情人》首次出版于1928年，在英美遭禁长达30余年。1960年，该书的审判案在伦敦“老贝利”正式上演。诸多知名作家、学者、教育界和出版界人士轮番上阵为《查泰莱夫人的情人》的文学价值辩护，最终，出版方胜诉，该书得以出版发行并畅销数年。

为准备工作忙活起来。他在第一支玻璃微量吸管里注入氯化钾，插入银丝线，并将其连接到自制放大器上。他手里的玻璃吸管总是让他想起父亲在春耕时用的木制挖洞器，因为用得多而分外光滑。丹尼斯能看到他穿着套头衫，打着领带，跪在花园里，为一场并不急于到来的胜利挖呀挖。只有他的根茎类蔬菜才能回报这番功夫。

很快，他的本科生助理安东尼和冈特就会过来值班。他会安排安东尼拿着相机和一堆胶片，站到示波器的屏幕前。冈特会去实验室旁边的暗室，等一天结束，他会脸色苍白地出来，使劲眨眼睛。

屋外，晶体管收音机和它的主人离开了。他喝完咖啡，看了看表，检查指甲里有没有羊血。还有多久？他到楼梯间徘徊了一会儿，接着又回来。他在黑板上乱涂乱画——镰刀形的月亮，树，一个靠着树干的火柴棍小人——然后把这3幅画擦掉。

快了，快了。他准备好载玻片，架起蔡司显微镜，打开灯，将镜头转动到位。在显微镜的放大下，纤维细胞就像游动的小鱼。他的“挖洞器”准备好了。丹尼斯一边斜瞟着镜头，一边将微量吸管插入细胞膜。视野很好，他甚至看到了两个“斗鸡眼”细胞核。如果第二支吸管能成功穿透细胞，他就能接触到细胞最深处的生命。他的手腕稳定，这意味着每一道脉冲，每一次快速放电的激发，都会沿着吸管穿过导线进入放大器，示波器会“收听”放大器的“声音”。稍纵即逝的电压波动会在屏幕上忽高忽低，安东尼会用尼康相机捕捉每一次波动和每一条轨迹。至于冈特，他已经像个忏悔者似的进入暗房了。在那里，如果一切顺利，他将在柯达相纸上一遍又一遍地捕捉到生命的神圣火花。

再过一会儿，他们会把当天捕捉到的电信号转换成滚动的图表，他们将绘出渐次推进的波峰和波谷，他们会在纸上看到一股无法言喻的电流，驱使心脏活下去的电流。

细胞接细胞，脉冲叠脉冲，电压起起落落。在千分之一秒里，展开着一拍心跳的故事。

§

“给我讲讲，”艾拉说，“你那些令人兴奋的细胞，我喜欢那些。”

他们的头共靠着一个枕头。舒伯特的《钢琴三重奏》正从学生宿舍的地板上扬起，楼下住着个大提琴手，但他还没见过。

“我会让你兴奋的。”他捏着她的屁股，她咬了他的鼻尖。透过窗户打开的缝隙，他们可以闻到被人踏过的树叶、潮湿的路面和冻伤的泥土的味道。夜晚，阁楼的窗户外，星星在跳动。

她长长地舒了口气，动了一下，丹尼斯不得不抓住狭小单人床的床垫来稳住自己。

“对不起，小姐，但我就要掉下去了。”

“是你掉下床，还是你掉出了健康的精神状态？你找到那些运河*了吗？”

“是通道**。”

“没错，钚通道。瞧，我听着呢。你以为我没听，但我听着呢。”

“是钾，钾通道。”

“我不就是这么说的？”

“恐怕你没这么说。它的意思是……”

“什么的意思？”

他皱起眉头，做出一副在思考的样子。“意思是说，我很遗憾，我恐怕要打你的屁股了。”他为自己的厚脸皮感到惊讶。跟她在一起时，他成了一个全新的人，与此同时，又更为自我。

“不要脸！”她大声说，用羽绒被盖住了自己的脸。“但

* canal

** channel

我现在在听。再给我讲一讲，你对这些钾离子通道做了些什么？”

“我绘制了它们的电活动图，我展示了离子——也就是带电的离子——穿过细胞膜的运动。”他从床垫边缘抓住她的身体，让自己往里靠了靠。

“你干吗不再舒服点儿？”

“给我讲讲你今天参加审判的情况吧。”

“我记得你说那些通道很有挑战性，是新发现，生物学家的新世界。”

“我挺高兴的，谢谢，一切进展得很顺利。”他掀开被子，一跃而起，在她的背包里翻找她的笔记本，“是在这里面吗？”

“什么东西？”

“你的笔记本。”

“男人绝不会在弯腰的时候处于最佳状态。”她观察道。

“那么‘假发乐队’今天表演得好吗？”

她双臂交叉放在被子上，“除非你告诉我你的钾什么来着，要不我今天就没完。”

“钾通道。”在房间另一边，他背对着她。“它们只是细胞膜上的通道或孔，允许大量带电离子流入细胞内，如果太多了，也允许它们再次流出细胞。”

她叹了口气，“如果这就是事实，你为什么会烦恼呢？”

他走回床边，吻了吻她的头顶，越过她回到床上。“我老板让我负责这件事，就像我说的，一切顺利。我得到了结果，而且比我想的快得多，所以我很高兴，我甚至松了一口气。因为实际上，要是我没找到它们，会显得有点傻。它们在肌肉细胞里的存在是人们早就知道的，而心脏毕竟只是另一种肌肉罢了。”

“只是另一种肌肉？”

“是的。”他翻开了她的笔记本。

“但这玩意儿让你大半夜穿过布鲁姆斯伯里，离开我去跟电脑约会？”

他吻着她的肩膀，“电脑可没你这么可爱。”

“丹尼斯·诺布尔，你到底是不是在做有趣的工作？”

“我要写一篇论文。”

“拜托。别这样，你知道的……要么接受，要么放弃，但绝不要感到厌烦。感到厌烦的人，只会让我感到厌烦。”

“那我每次想打呵欠的时候我都会憋着。”

“你得再做得更好点才行。给我说说你接下来想发现什么。”她掀开他那一半的被子，尽管很冷，他还是笑了。

“不管它是什么，你都会第一个知道。”

“或许根本不是什么‘它’。”她若有所思地说，“你想过吗？”

“怎么不是‘它’了？”

“我说不准。”她把自己像非洲女王般地裹起来。羽绒被发出静电的噼啪声，她闪亮纤细的头发在台灯的灯光下飞舞。“但是，一本书，比方说，就不是‘它’。”

“它当然是。它是个物体，一种东西。你可以去女子仪态课上问任何一个头上顶着书走来走去的姑娘，它到底是不是‘它’。”

“那我就换个说法，好吗？一个故事不是‘它’。如果说故事好在哪儿，那就是它比‘它’更有活力。一个了不起的故事，每一个部分里都‘包含着’其他每一个部分。每一个小的部分都预示着整体。没有什么是被动的或者静态的，没有什么只是一个部分。或者说，它并不真正是一个部分。因为整体，如果足够强大，就无法分割。这就是伟大的作品，它有着不可思议的统一性。”她停下来，看了看他屁股上的胎记，这是个新发现。“当然，我完全清楚，我这话说的，一来很像个女孩，二来很像个爱幻想的艺术生，但我认为，心脏是伟大的作品，故此适用同样的规则。”

“那到底是哪一条规则呢？”他喜欢听她说话，虽说他这时候没法不嘲笑她，当然，是温柔的嘲笑。

“同样的规则。”

他好奇地挑了挑眉毛。

她调整了一下自己高耸的胸部。“爱神厄洛斯的规则。厄洛斯是一股引力，它让世界结合起来，它创造连接。在最好的时候，它散发着一种完整感，甚至神圣感；在最坏的时候，它会让人视线模糊。逻格斯，你的竞争者，它让万物有了特色，它让世界的元素独一无二。在最好的时候，它启明心智；在最坏的时候，它简而化之。两者都很重要，平衡是关键。你需要厄洛斯，丹尼斯，你错过了厄洛斯。”

他把笔记本递给她，拍了拍，“在这一点上，我完全同意，我将怀着最大的耐心等待。”

她怀疑地打量着他，然后打开螺旋装订的速记员笔记本。在审判前的几天里，她自学了速记，想及时记下——就像媒体席上的其他所有人一样——文章里被禁止的段落。她下定决心要帮忙把它们的冲击力带到这世上。她说，“T.S.艾略特本应在今天出庭辩护，但显然，他坐在出租车里，无法‘付诸行动’。”

“老男人——不举；年轻男人——”他害羞地笑了笑，冲着自己裸露的身体点了点头，“准备着。”他打开她的笔记本，随便翻了一页，墨水是紫色的。

“我开的小玩笑，”她说，“幽默感是媒体席上的必备素质。”她依偎在枕头里，松开了他那一半被子。他拍了拍她飞扬的头发。

“摘自书的第 10 章，”她开始念了，“‘他带着一阵颤抖的美妙快感，抚摸着她那温暖柔软的身体，吻着她的肚脐。他必须立刻进入她，进入她柔软平静的身体里，寻找这世上的和平。对他来说，进入女人的身体，是一个纯粹的和平时刻。’”

“这个猎场看守员可真是直奔目标。”他一边说着，一边笑得打哆嗦。

“安静点，”她嫌弃地说，“他其实是个很高尚的人，不像你这么下流。”

“我的出生证可以证明我生来‘高尚’。”*

“哈哈。”

丹尼斯把头靠在她的胸前，听着她朗读时的心跳。她的声音像一股电流进入了他的身体，穿透了他，直到他觉得自己几乎在和她一起哼唱，自己如同是一把小提琴或大提琴的琴身，只是为了放大她的声音而存在。他怀疑自己并没有爱上她——这倒也无妨——只不过，他突然想到，自己从来没有经历过这样的甜蜜和快乐。他试图停留在这一瞬间，徘徊在她所读的词句和呼吸的节拍之间。他的手顺

* 本文主人公名叫诺布尔（Noble），有“高尚”之意。

着她的曲线游走，试着不去想还有不到4个小时，自己就要踏上布鲁姆斯伯里黑暗的街道，冲下一连串的地下室台阶去上夜班，用伦敦大学学院唯一一台足够强大的计算机，把以毫秒计的数据转换成可解读的方程式。

身为一位地位低微的生物学家，物理学家和计算机学家眼里无足轻重的家伙，他分配到的这台计算机的使用时段是最遭人嫌弃的：凌晨2点到4点。等到了凌晨5点，他又会搭乘北线列车，前往屠宰场。

他离开时，艾拉半梦半醒。

“继续睡吧。”他轻声说，抓起夹克和提包。

她从床上坐起来，在灯光下眨着眼睛。“你现在就要走了？”

“是呀。”他微笑着，扫了她一眼，找到自己的钱包，检查里头是否有足够的钱买今天的心脏。

“再见，丹尼斯。”她轻声说。

“做个好梦。”他说。

但她并没有舒展身体，钻回被子。她依然坐得笔直，光着身子，哪怕房间里很冷，两人呼出的气变成了窗户内侧的一层白霜。他隐约觉得她的表情有些古怪。他犹豫了一会儿，想知道那到底是灯照出来的影子，还是梦的残留。不管怎么说，他不能上班迟到。如果迟到了，计算机地下室的门卫就不会让他进去了。

他没有时间再胡思乱想了。他关掉了灯。

§

在日后的岁月里，丹尼斯·诺布尔暗地里会思考爱的生理学。他爱自己的父母、兄弟姐妹、伴侣和两个孩子——虽说既有感恩，也有沮丧。他问自己，如果爱不是一股内在的力量，那它是什么？如果内在的力量不是通过身体体现的东西，那它是什么？然而，作为心血管生理学的名誉教授，他不得不承认，他对爱的了解并不比他爱上自己的母亲的那天晚上多多少。那天晚上，他们的避难所遭到轰炸；那天晚上，他确定无疑地感受到了他胸膛里的心脏的奇怪而隐秘的生命。

1960 年快结束的时候，他会——就像其他数万名获得解放的读者一样——购买那本禁书，努力像艾拉那样理解它。人生更晚些的时候，他沉浸于奥克语（主要通行于法国南部的一种方言）游吟诗人的音乐和诗歌。（“我只知道，因为爱得过头，悲伤向我袭来，向我那被爱折磨的心袭来……”）他会一遍又一遍地反复阅读来自古代远东的《爱经》。他几乎能用心背出圣特蕾莎对自己所见的“六翼天使”的描述：“我看见他手持长长的金矛，矛尖似乎燃着一小团火焰。他对我显现，不时地把它插进我的心脏，刺穿我的五脏六腑；他把矛尖拔出，似乎也就是拔出了我的五脏六腑，只留下我对上帝的热爱熊熊燃烧。疼痛剧烈得让我呻吟起来，可这过度痛苦又如此甜蜜，我并不希望摆脱它。”

但是，他想问问圣特蕾莎，心脏，这由血肉与电压构成的壮举，和爱情有什么关系呢？爱情，他想知道，在哪里呢？爱是怎样的？

§

在前往托特里奇的火车上，他的手上仍然能闻到艾拉香水的柑橘味，尽管他整晚都在给计算机喂穿孔纸带。他一小时前才离开他的地下巢穴。这些天，他日程表上的时段就是他每天的戒律。他可以在每天晚上 7 点到次日凌晨 1 点半之间“生活”、睡觉，等到了 1 点半，闹钟便会把他叫醒，让他去计算机室干活。他在黑暗里关上宿舍的门，飞奔穿过布鲁姆斯伯里。干完活，他从计算机系的地下室赶往北线列车，再从北线转到屠宰场，从屠宰场到尤斯顿，再从尤斯顿回到实验室，整整 12 个小时。“7 点到 7 点。”他对导师说。7 点半，他回到宿舍吃晚饭，艾拉 8 点来，10 点睡觉，3 个小时后闹钟响起，循环再度开始。

一想到有个漂亮姑娘还睡在他的床上，他不免短暂地陶醉其中，这是他作为一名理科生从未奢望过的美梦成真。透过污迹斑斑的车厢窗户，黑暗渐渐淡去，变成朦胧的黎明。他脚边手提箱里的保温瓶摇晃着，车门哐啷哐啷地响着，他的头向后仰着。

在前方，艾拉大喇喇、赤裸裸地站在塔维斯托克广场一条明亮的林荫小路上。她似乎并不在乎上班通勤的人和匆匆赶着去上课的学生看到自己。她从广场西端的大门溜了出去，转身迅速关上了门。当他伸手够过去时，他意识到那是一扇仅容一人通过的"接吻式"旋转窄门。她站在另一边，但拒绝了他的嘴唇。"门打开，"她温柔地说，"又关上。"他努力想挤过去，但她摇了摇头。他拉开门，却挨了一记电击。"你干吗吃惊？"她说。然后，她穿过另一扇门，消失在戈登广场，她的头发在晨光中飞舞，就好像她浑身带着电。他又拉了拉门，但门纹丝不动。

后来，当马蒂从流水作业台上的第一头羊身上挖出心脏时，他又回想起了这个梦。

他再次感到了那记电击的力量。

那扇门是通电的……

它打开……它关上。

他从马蒂那里拿到了今天的第一颗心脏。热量在他手掌间传递，他没有去拿剪刀，也没有打开保温瓶，他几乎没有动作。在他的内心深处，就好像他自己的心脏活了起来。

§

手术室内，在伯纳姆医生和他的团队连续工作了 3 个半小时之后，他发出了命令。诺布尔教授可以和体外循环机断开连接了。他的脉搏很强劲，伯纳姆医生断言，新的心脏“正怦怦跳动”。

§

梦见艾拉站在门口，意味着他无法尽快完成在屠宰场的任务。在回城的火车上，每一站的停留都像永恒那么久，他忍不住低声骂了句脏话。在实验室里，他想知道浦肯野纤维的末端到底会不会关闭并愈合。他有 12 个小时的实验时间，早 7 点到晚 7 点。这够不够呢？12 个小时就像两小时那么快。今天的纤维很棘手。

他解剖时搞砸了不少，微量吸管的插入也屡屡碰壁。安东尼和冈特交换了一下眼神，他们发现他已经积累了数不清的胶卷，而且他还告诉安东尼他想要快门速度更快些。两人要求午餐休息，而他只是盯着吸管。冈特抱怨说定影液开始让自己的手火辣辣地痛，丹尼斯才把头从吸管上抬起来，他的眼神，就像在看着一个说着另一种语言的向自己求助的游客。

最后，当窗外被黑暗和雨水笼罩，他才关上实验室的门，上了锁。他的外表暗示着他经历了漫长的一天的工作。他从解剖楼宏伟的楼梯上经过，没有人注意他，没有人因为直觉或者多心而回头看他。他没有忘记带上手提包和明天用来装心脏的保温瓶，他忘记带夹克了，但一个衣冠不整的学生，并不值得任何人多看一眼。

然而，当他走进夜晚的滂沱大雨，脑袋里的每一盏灯都闪烁了起来。他的大脑是皮卡迪利广场，在混乱的光线下，他几乎不知道自己在往哪儿走，他跑了起来，穿过戈登广场，朝着塔维斯托克前进……

他想大声向那些在树下避雨的酒鬼们喊出这个消息。他想对着每一扇亮着灯的窗户，对着每一个正在迷迷糊糊思考的学生大声呼喊。他想冲上学生宿舍的楼梯，敲开神秘大提琴家的门，大声说出他要说的话。明天，到了屠宰场，他告诉自己，他甚至可能要拥抱马蒂和阿尔夫。

“它们关上了！”

这是他亲眼所见——钾离子通道关上了。

它们的行为与人们的预期相反。

他以为这是某种实验错误。他又看了一遍冈特的底片印样，他检查了放大器和仪器的连接，他不知道自己观察到的是不是他一厢情愿的想法。他重新开始。他改变各种条件参数，他让细胞发生变化——改变电压，改变离子，改变温度。安东尼愁眉苦脸地请求早点离开，他明天要参加大体解剖学考试。难道安东尼不明白吗？“它们不是随随便便打开的，”他冲着一卷10斤重的全新坐标纸宣布，“它们打开了。”

安东尼的脸上一片茫然。冈特建议他们到此为止。

但通道打开了。它们是活跃的。它们打开，而且，更惊人的是，它们还会关上。

艾拉是对的，他会告诉她的，他会第一个承认的。这些通道不仅仅是被动的管道，它们不仅仅是机器或零件。它们是活的，有反应的。细胞内的离子太多——太多的压力、运动、愤怒、绝望、爱和欲——它们就会关上，阻断所有传入的电流。它们在纷乱的生活中保持平静，它们使得离子梯度趋于稳定。

他自己都难以置信，心在“倾听”自己。因果关系不仅仅是向上的，它也毫不含糊地向下。这是一道美丽的反馈循环。心脏的各个部分彼此倾听，一如合奏中的音乐家彼此倾听。这就是他想告诉艾拉的，这就是他所发现的。忘掉二重唱吧，心脏是一支管弦乐队，是BBC的夏季逍遥音乐会，是波士顿交响乐段。哪怕他也是今天才刚刚理解它的节奏部分，但他总算是知道了，心脏的整体远远大于它的部分之和。

而且他可以从数学上加以证明。超级计算机可以为他担保，他对此很有把握。他会设计方程，他会构思出一套计算机模型，让物理学家和计算机科学家目瞪口呆。

这时，他突然想到：如果心脏的核心不停止跳动会怎样？如果连接并未终止，那会怎样？

就连他自己也不太明白他这么想的意思。

他会去问问艾拉，他会告诉她在梦里两人在旋转窄门相遇的事。他会向她索取梦中的自己被拒绝的那个吻，他会享受她脸上甜蜜的困惑。

艾拉 8 点来。

艾拉总是 8 点来。

他在窗边等待，直到塔维斯托克广场上的灯光熄灭，树木融入黑暗。

他等了 3 天。他躲到被子下面。他没去屠宰场，没去实验室，也没去计算机地下室。

两个星期过去了。

一个月过去了。

新的一年到来了。

当《钢琴三重奏》的第二乐章从地板上升起时，他什么也感觉不到了。这花了他几个月的时间，但最终，他不再有感觉了。

§

当他苏醒过来，喉咙里插着管子带来的羞辱感让他确信自己没有死。他看到的第一个场景，是孙子站在床脚，敲打着新手机。“嗨，爷爷！”乔希说，好像丹尼斯只是打了个盹。他蹦蹦跳跳地来到了重症监护床的旁边，对哔哔作响的监视器和管子毫不在意，“把你的食指放在这儿，爷爷。我来帮你……不，就放在镜头前面，就是这样，这款手机有一款即时心率应用程序，我们来看看你的心脏是不是还在跳。”

“太棒了。”丹尼斯说，只可惜，因为喉咙里插着管子，话里的讽刺感没了。

乔希皱起眉头。他研究着手机屏幕，就像医生专注地盯着医用肥皂。“每分钟 62 次。恭喜你！爷爷，你好像……还活着。”乔希捏了捏他的手，笑了。

丹尼斯从来没有这么高兴见到他。

在床的另一边，妻子抚摸着他的肩膀。她面色疲惫，灯的荧光让她显得苍老。她弯下腰在他耳边嘶哑地低语，门牙上沾着口红印，眼里噙着泪，“你回到了我身边。”

还是从前那句话。

§

过了一个星期，他放弃了希望。他意识到自己甚至不知道她住在哪儿，哪座学生宿舍，哪间公寓，哪台电话交换机。他从没想过要问问。有一次，他甚至试着在老贝利法庭外面等她，但有人告诉他，审判已经结束了。几天前就结束了。他难道没看报纸吗？

1961 年 1 月，当她打开他的房门时，她站在门口，像一个随时可能再次消失的幽灵。她静静地等着，在楼梯口光秃秃的灯泡的映照下，她闪亮的头发仍在飞扬。他站在已经不指望再次看到她的窗户跟前。在窗那边，紫叶山毛榉也因为冬天的到来落光了叶子。楼下的房间里，舒伯特的唱片正卡在一处刻痕上。

当她终于开口时，她的声音沉静而愤怒，在一种他几乎已经遗忘的节奏里起起落落。“你为什么不知道你爱上我了呢？你有什么毛病吗，丹尼斯·诺布尔？”

烹饪的气味——煮熟的蔬菜和肉末——从楼下的公用厨房飘进了他的房间。她似乎不可能在这里。艾拉。不是 8 点要来的艾拉。艾拉。楼下，大提琴手拨动了唱片指针。

“你回到了我身边。”他说。

他的眼睛红了。

§

随着他逐渐恢复，他将会非常急切地意识到，他对爱的下落一无所知。他只知道它不在哪里，它不在心里，如果在，也不仅仅是在心里。那颗在威尔逊-杰弗里斯裁缝店里的艾瑟尔·诺布尔体内第一次跳动起来的器官，已经被扔进了心血管历史的垃圾堆。然而，此刻，带着一颗严格来说并不属于他的心，他爱着艾拉，跟她再次出现在他房间的那天晚上同样强烈。

但如果爱不局限于心，那么，记忆似乎也不会局限于大脑。这个概念让他大感兴奋。丹尼斯感到自己比以往更加确信，那些让人成为人的东西或品质——爱、意识、记忆、亲和力——分布在全身。就像艾拉很久以前说的那样，单一部分也必须包含整体。

他希望，自己的新心脏能让他活到看见证据的那一天。他必须催促人体生理学项目组的好同事们一起努力。

他希望自己有一支铅笔。

与此同时，丹尼斯每一天的每时每刻都在调整自己的新心跳，在乔希的陪伴下，他将前所未有地了解嘻哈说唱歌手 Jay-Z 和 OutKast 的歌词——哪怕了解得还不够完美。他会向艾拉宣布，他很想买一辆极限运动小轮车。他拿不准自己是不是在开玩笑。他将对烤肉串产生离谱的好胃口，而且不会被艾拉、女儿和乔希提出的观点吓到——他们说，他这辈子都没吃过烤肉串。

不过，在伯纳姆医生晚间巡查病房的时候，他听到自己对医生说，今年他更想去奥尔顿塔游乐场，而不是到法国多尔多涅河畔休假，这话连他自己也不免吃了一惊。

丹尼斯·诺布尔

## 后记——
## 1960 年：丹尼斯·诺布尔和心脏细胞的数学建模

虚构作品能比事实更真实吗？我第一次读到这个故事的时候，我的笔忍不住想要修正一些想象中的细节（其实，这种情况出乎意料的少）。但毫无疑问，是我的笔产生了误解。虚构作品可以捕捉到超越事实本身的真相。如果艾拉能读到这本书，“宿舍姑娘”将对它报以最畅快的放声大笑。

但回过头来，让我们看看科学，也就是这个发现本身：为什么钾离子通道会在每次心跳时关闭呢？这样做，它们可以节省宝贵的能量。心脏可以跳动 70 年或更长时间（跳动超过 20 亿次），同时不消耗多余的身体能量。此外，如果每次电激发过程中不关闭通道，其他离子（钠离子和钙离子）的微小滴流就会引发更大的后果。其中的奥妙，一定是在 5 亿多年前的进化当中，在某一次“与魔鬼的约定”（这样的约定遍布整个进化过程）中得以发现的。生命的智慧并不存在于基因当中，基因是我们传给后代的死去的 DNA 片段，就像我们把自己的音乐唱片传给那些想要听的人一样。生命的智慧位于纤弱油滑的膜结构中，细胞膜上的蛋白质通道通过改变膜两侧的电位差来相互“交流”，从而产生电和机械的节律。基因对这些油性膜一无所知，它们既不是蛋白质，也不是 RNA，没有针对它们的 DNA 模板。我们继承的东西，并不全都是由 DNA 决定的。

这种“膜智慧”应用在生命系统中的所有地方，包括生命之初的阶段——一颗成功的精子会触发整个卵细胞膜的电位差，告诉其他仍然满怀希望的竞争者：这颗卵细胞是自己的，而且只属于它。

在每一个层面上，生命都在其他层面上形成了对自身的隐喻。触发电信号时，精子用同样的力量将带反向电荷的基本粒子吸引到一起。为什么初吻会有如此强烈的触电般的感觉呢？依然是那些蛋白质通道，它们遍布嘴唇和舌头上高度敏感的神经细胞的细胞膜中。

但这同样错过了重点。我仍然不知道爱是什么，但不管它是什么，它不仅仅是带电的吻和高潮，不管这多么令人兴奋！

吟游诗人贝尔纳·德·文塔多尔在《帕斯托雷拉》（*pastorela*）的第二节中说得很好：

*Ai las! tan cuidava saber*
*d'amor, e tan petit en sai*

唉，我以为我对爱情
了解得很多，
但我知道的却是这么少。

但我对心跳机制的了解的确比以前多了一些。我有幸能接触到这些知识，要归功于一位杰出的导师。在长达 40 多年的时间里，我并不知道他的全部故事。伦敦大学学院的奥托·哈特（Otto Hutter）向我介绍了电生理学和心脏方面的研究。就心跳怎样由神经和荷尔蒙控制，他完成了一些开创性的工作，后来他成为格拉斯哥大学的生理学教授。

我永远不会忘记，当我第一次发现特殊的钾离子通道在兴奋时会关闭，我涌起的触电的感觉。我们把它们叫作“ik1 通道”，这个名字一直沿用至今。奥托当时正在教实践课，我冲到楼下的教室去告诉他我的发现，那真是个“尤里卡时刻”。几个月后，我们在《自然》杂志上共同发表了一篇文章，宣布了这一发现。与此同时，我编写了方程，运行了计算机模拟，揭示了这种机制在心脏节律生成的过程中发挥的作用，它也被发表在同一期《自然》杂志上。就这样，我在获得博士学位之前，就在《自然》杂志上有了两篇文章。

这个故事有很多奇怪的细节，尤其是我甚至没有拿到过高中数学的合格证，更别说这门学科的学位了。阻碍我回到宿舍的东西，不仅仅是屠宰场、实验室和地下室的大电脑，我还忙着快速自学能吸收到的数学知识。

奥托的故事又是什么呢？大约在我上大学的 20 年前，纳粹逼近奥地利，他几乎是最后一批搭乘“儿童运输列车”* 逃出维也纳的男孩。我还是他学生的时候，他什么都没告诉我。我得知这个故事是在 40 年后，他寄给我一份他自己写的珍贵记录，讲述了战前那些可怕的岁月，以及在大屠杀中失去挚爱的经历。

在《自然》杂志发表这些论文的 50 年后，我们在牛津举行的一次盛大的庆祝会议上再次相聚。1960 年，伦敦大学学院的实验室里只有我们两个人。而在 2010 年的牛津会议上，有差不多 100 个人参加，其中许多人正在从事着如今被称为“心血管生理组项目”的工作，这是一个旨在为整个心脏构建计算机模型的国际项目。

在最近的一些回忆记录中，我写道：

> 那么，如果我能问 1960 年那位 23 岁、正沿着破旧的台阶走进计算机地下室的年轻人，他认为这一切会带来些什么，他会怎么说呢？他可能什么也说不出来。

---

* Kindertransport，第二次世界大战爆发前，英国组织的从纳粹控制的领土中拯救犹太儿童的行动。

有多少学生在写论文的时候能看清论文之外会有些什么呢？

确实如此，可能这就是为什么故事中的学生甚至没法向他的女朋友表达自己的兴奋！幸运的是，他长大了，激发了许多人加入这个项目，并在日后的岁月里制作出了世界上最好的人体器官计算机模型。

那么，我们可以用数学模型来模拟爱情吗？忘了这回事吧！有些事情，故事中的那些非“它”（其实也就是故事本身），是哪样就是哪样。简化太多，就破坏了它们的存在。

故事作者

## 艾莉森·麦克劳德
## Alison MacLeod

作家，奇切斯特大学当代小说教授。已出版作品包括《换子疑云》（*Changeling*）和《天使的波动理论》（*The Wave Theory of Angels*）等。2008 年，她获得作家协会奥利弗·库克短篇小说奖。

后记作者

## 丹尼斯·诺布尔
## Denis Noble

系统生物学研究先驱。1960 年构建了第一个可行的心脏细胞数学模型。他的研究重点是使用生物器官和器官系统的计算机模型，阐释从分子到整个生物体的功能。他带领团队使用超级计算机创造了第一个虚拟器官——虚拟心脏。1984 年至 2004 年，他在牛津大学担任伯顿·桑德森心血管生理学主席，目前是计算生理学名誉教授和联席主任。

# 让水母发光

# Making Jellyfish Glow

11

*“他很好奇，几年前刚刚加冕的现任女王会不会也想拥有以自己为名的水母。”*

她朝着目镜向下看，起初什么也看不见，只有一片漆黑。“妈妈。”他边说边挪动着她的手，教她怎样调整焦距。莎拉转动旋钮，突然，鱼的心脏跳了一下！她自己的心脏也跟着跳动起来。这么小，又放得这么大。她看到一团小点，全都闪着绿光。一个点动起来，留下一道影。“免疫细胞。”他在她的耳侧轻声说。她像看电视一样，看着生物的内部运作。“真美呀。”她的儿子，这个小伙子骄傲地站着，如同是他造出了这台显微镜，造出了这条小小的斑马鱼。“怎么回事，”她一边说，一边看着绿色的点来回穿梭，“怎么回事？”

§

这种水母的名字叫“维多利亚多管发光水母”。年轻的科学家听到它时，想起了上一任英国女王。他很好奇，几年前刚刚加冕的现任女王会不会也想拥有以自己为名的水母。他在普林斯顿，听新上司提到过“（水母）挤压液”一类的词。他想，“挤压液”，就是挤、压、榨出来的东西。使劲地挤，一个古老的词汇，变成了新奇的东西。年轻的科学家还没见过一只这样的水母，更别说上千只了。他还不曾带着妻子坐在老板新车的后座上，进行为期 7 天的旅行，也没有躺在港口的划艇上，看着天上的云彩。年轻的科学家试着再听一遍年长者的话，不去想所有可能会发生的事，所有他不知道的事，所有他可能会问的问题。

§

莎拉咯咯地笑着，尖叫着，因为她的朋友都在这么做。她们从桶里捧起每一只，都咯咯地笑着，尖叫着。在第一个夏天，她们用双手把每只生物捧出来，低语着，有些紧张。她的朋友们一边这么做，一边尖叫着，咯咯笑。但莎拉并不认为它们奇怪，更不觉得有什么恐怖的。她喜欢这种沉甸甸的感觉，就像是一块布丁或一个枕头，但却是活的，至少曾经活过。她轻轻地把它拿出来捧着，想象着有什么东西在它和自己之间穿过，而当它穿过的时候，她没有发出任何声音。她静静地站着，让它过去。

年轻的科学家一边看着她们，一边从自己的桶里抬起头。他希望姑娘们遵照他的指导，他付钱给她们，他心中有所期待，他希望她们能小心点。这不是去购物中心，他希望她们能理解。他自己的小孩做得很好，他们年纪更小，但动作很慢，十分小心，只剪下该剪的部分，不弄错任何必须保留的部分。这位科学家本来希望独自完成这项工作，就在安静的实验室角落。但他需要这么多的这种生物，只是为了得到最小的部分，用一些点滴来测试，他需要大批的助手。他的嘴角微微向下撇了撇。他拿起剪刀，把手伸进桶里。

年轻的科学家躺在划艇上，做着梦。他梦见自己在水下，在它们中间。它们为什么会发光？为什么不直接使用它们吸收的蓝光，为什么下一步要把光变成绿色？维多利亚多管发光水母没有回答他。有一个梦是这样的：每只水母的皮肤上，都坐着小小的萤火虫，一旦受到刺激，就清醒过来。还有一个梦：水母身上发出的光，就像是一根点燃的火柴，水下的火柴。也许这些发光点就像灯塔，用空中的光道指引着找不着方向的飞行员。也许它们在标记一些非常重要的地方。

他并不认为这些是无稽之谈，他不会嘲笑任何事情。这是他的思考，这是他的工作方式。他抬头看着云彩，继续做梦。她看到过他，那个年轻的科学家，在划艇上。在从学校回来的路上，莎拉站在码头上，看到他躺在那儿，漂浮着，晃悠着。一开始她以为船是空的，是自己漂出去的。她走到视野更好的地方，接着便看到了他。他的眼睛也许睁着，也许没有。她站了很长时间——他在做什么？他在想什么？其实他什么也没想，只是尽量清空大脑。他没有想过自己的妻子，没有想过水母，没有想过实验室里的紧张气氛，没想过蓝光绿光，没有想过是怎么回事。

§

另一个人，在另一个时代，只想着蠕虫。蠕虫是他的领域，秀丽隐杆线虫——这是一种不可爱东西的可爱名字，一种透明的虫子。他走进即将举行研讨会的大厅，心里一直想着它们；他坐到自己的位置上（最后一排的中间），一直想着它们。他对今天没抱太大期待，他不曾期待着发光、洞察力、蛋白质、绿色和革命。他一听到台上传来的话，就合上耳朵，开始想象。

§

有个男孩想带莎拉去看电影。这是第一个邀请她的男孩，也是第一次。她的朋友们为此咯咯笑着，推搡着她、揶揄着她，她喜欢她们咯咯地笑，因为她也可以，在她的内心，一声巨大的尖叫正伺机而动。一个男孩和电影，一个男孩，坐在她身边，和她一起！日子是这周的星期六，她的父母经过讨论，询问了一些关于男孩的问题，同意了。他们并未当着她的面讨论，而是在厨房里，而她静静地坐在沙发上，什么也没有想。她没有想过西蒙，他的手、他那好玩的微笑，他的胳膊挨着她，她的肚子，还有她肚子里的那声尖叫。

§

在划艇上，他再次试着不去想。不去想维多利亚多管发光水母，不去想蓝色、绿色和发光。他想着自己的女儿，她多么享受学校生活，她说话已经像个美国人了，用的是他不知道的词，这让他很高兴。他儿子的步调则没这么快，年轻的科学家笑了，因为这一点跟自己挺像。他闭上眼睛，感受到了那股味道，妻子用它给他们做了晚餐（还有炸鸡）。菜谱来自一位友好的邻居，邻居以为他们要吃水母，很担心。这让这位年轻的科学家几乎大笑起来，他知道很多人都是这么想的。吃水母！他们昨晚吃的东西其实就像蛋白霜，但没有那么硬，而且——甜甜的！柠檬的甜味，他再次尝到了它，满嘴都是。等待。他坐起身，船晃了晃。

§

电影是西蒙选的，莎拉挺高兴，因为她不想做任何事情。他一直把手插在口袋里，接着，等他站到他们那排座位的尽头，让她先走下去的时候，他的手臂轻轻地挥动着，仿佛要去碰她似的。莎拉朝前慢慢走，她的腿擦着椅背，她走到放映厅中间，又往前走了两步，这样前面就没有人了。她坐了下来，西蒙还站着，她抬头看着他，他的嘴奇怪地往内抿着，这让她觉得他很开心，她的皮肤感到刺痛，肚子里有一团光。

§

实验室里弥漫着紧张的气氛。年轻的科学家不知道

“凝重得可以用刀割开”这个说法，但如果他知道，他一定会默念上几次，因为这正是此刻的感觉。他提出了一种新理论，但人们不同意。它不符合人们的期待，年轻的学者和年长的学者意见不同，存在着不和谐。人们没有用言语表达出来，但四处都有强烈的暗示，年轻的科学家颇感失望。随波逐流，人云亦云，科学不是这样的。当然，他不能说，他是受别人的邀请而来的，邀请是花了钱的，也附带了特定的假设。但他并没有受到阻挡，无非就是不同意，他忍受得了这个。所以，主管和他的助手继续坚持着已知的道路碾磨着组织体，而在房间的另一侧，年轻的科学家走着另一条路，在黑暗中，寻找一些微小的光来为反叛辩护。

§

莎拉今天是一个人来的。她的朋友们决定不来了，她们还试图让她一起，她们揶揄她、怂恿她，但她不想去她们要去的地方。所以只有她和她的水桶，没有傻笑或尖叫，只有安安静静的坚持。取出一只水母，小心地，小心地顺着边缘剪下外围。她循着指示，要做什么，虽然没人告诉她为什么要这么做，但她不在乎。他们付给她的那一小笔钱，让她觉得自己长大了，她得把钱存起来准备做点特别的事。她拿着水母顺着边缘剪的时候，想到了珍珠，是她妈妈的珍珠，除了偶尔的聚会，平时都不许她碰。她还小的时候想要抓，妈妈却一下子拍掉了她的手，很疼。等她再长大些，她能碰珍珠了吗？莎拉低头看了看她正在剪的地方，“真抱歉。”她低声说着，把剪刀往前推。

§

成功了！年轻的科学家做到了，现在，他拿给老板看，就是带他来这里的那个人，那个开了 7 天长途，带着他们穿越了那么多州的人。年轻的科学家发现了他们想要分离的东西，多亏了柠檬，多亏了从柠檬开始的想法，多亏了柠檬酸、pH 值的差异。不是任何人想象的那样。在他的祖国，他研究过其他生物内部的光芒和发光，但这次不同。不同的发光方式，他找到了，他分离出了发光的原因。他需要更多的样本来研究这种新的蛋白质，不久后，他会把它称作“水母发光蛋白”。他需要一桶一桶的水母，还有大批助手在码头上把它们捞起来。当年轻的科学家把自己的研究成果展示给那位老人看时，他尽量克制笑容，但其实肚子都快笑痛啦。柠檬！

§

莎拉怀孕了，肚子已经鼓得很大了，让她有点找不到平衡。她的丈夫——不是西蒙，是在他之后隔了一阵子才出现的男人，啊，那粗糙的电影座椅，第一次的上下张望——经常不在，所以莎拉大部分时间只能靠自己。她站在卧室的镜子前，双手捧着肚子，感觉有什么东西在她和肚子之间穿过。“来吧。”她一边说，一边等待着它的出现。

§

那个只想着蠕虫的人已经试过一次了。花了几个星期，用了许多个步骤，但有些东西不管用，显微镜下一片漆黑。他照着蓝色的光，睁大眼睛想找什么东西，但除了漆黑什么也没有。于是他再次开始，用新的蠕虫，用蛋白质繁殖它们，标记细胞。然后，过了几个星期，又过了几个星期，他把这种微小的生物推到显微镜下，聚焦，点亮蓝色的灯，它就在那里。绿色的发光细胞，四处乱窜。第一次，他看到了内部。他静静地坐着，看着这些活蹦乱跳的蠕虫。

§

莎拉站在画室（其实就是厨房靠外的部分）画架的后面。她的画作常有人买，有人称它们为“无声之光”，尽管对她来说，这些光非常“响亮”。她正在为她的儿子创造这一幅画，好挂在他的新房间里。她盯着看了一会儿，然后放下画笔，费劲地把椅子向后推了推，走进厨房。时间还早，橱柜台上的电视处在静音档，正在播放早间节目。她打开水壶时，看到了水母。她一动不动地站在那里，手掌再次感受到了它，看着它在桶里，听到了朋友们的咯咯笑。电视屏幕上出现了一张苍老的面孔，有什么东西让她想起了划艇和剪刀，想起了在实验室里剪割的无数个小时。他们说他赢了，她不相信那张脸就是他，但她觉得有可能就是他。她把音量调大，忘了茶和水壶的事。他们谈论他的奖金，他所做的研究，他们一边展示图片，一边展示绿色发光的小细胞，莎拉一边看着，听着，回忆着。

§

这种水母的名字叫“维多利亚多管发光水母”。年轻的科学家听到它时，想起了上一任英国女王。他很好奇，几年前刚刚加冕的现任女王会不会也想拥有以自己为名的水母。他还没见过一只这样的水母，更别说上千只了。他还不曾带着妻子坐在老板新车的后座上，进行为期 7 天的旅行，也没有躺在港口的划艇上，看着天上的云彩。年轻的科学家试着再听一遍年长者的话，不去想所有可能会发生的事，所有他不知道的事，所有他可能会问的问题。

## 后记——
## 1961 年：下村修和绿色荧光蛋白

在前文故事里，塔尼娅·赫什曼探索了一位年轻科学家下村修（Osamu Shimomura）的研究，以及他获得诺贝尔奖的大部分工作所发生的独特环境，也就是美国西海岸的一艘划艇上。在那里，下村修和同事们收集了一桶又一桶老鼠大小的维多利亚多管发光水母，并从水母纤细而半透明的身体的特定器官里，精心提取出磨碎的水母黏液——“挤压液”（squeezate）。下村修从挤压液里，带着些许偶然地，第一个分离出了促成维多利亚多管发光水母发光行为的蛋白质。

事实证明，在水母挤压液里，有两种不同的蛋白质让水母发出绿色的光。其中一种是“生物性发光”蛋白质，另一种是“荧光”蛋白质。生物性发光，就是萤火虫和其他生物体利用化学反应释放光——人们可以看到这些生物发光体在黑暗的房间里亮起来。然而，荧光的运作原理有所不同，它实际上并不产生光。相反，荧光体吸收一种波长（或某一波长范围）的光，然后释放出不同波长的光。用术语来说，荧光体

下村修

被所吸收的光“激发”，释放或“发射”出另一种波长的光。

下村修和同事们发现，在维多利亚多管发光水母制剂中，有一种名叫“水母发光蛋白质”的生物性发光蛋白质，它发出蓝光。还有一种荧光蛋白质，能把蓝光转化为绿光。这两种蛋白质协同工作，让维多利亚多管发光水母发出特有的绿色光芒。但在当时，人们并不知道，后一种“绿色荧光蛋白”（Green Fluorescent Protein）的分离和发现，在近 30 年后产生了深远的影响。毕竟，1960 年，下村修刚从日本搬到普林斯顿开始对水母发光蛋白质进行研究时，DNA 结构刚被发现不到 10 年，生物学家正开始真正了解 DNA 和蛋白质之间的关系。因此，经过了近 30 年的实验室技术和专业知识的

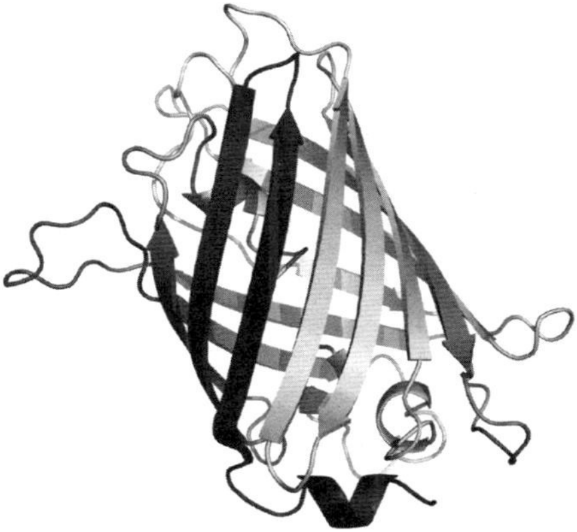

**绿色荧光蛋白结构**

发展，绿色荧光蛋白的真正力量才得以显现。

绿色荧光蛋白的神奇之处在于——构建这种蛋白的生物信息或指令，可以从一个大约包含 700 个碱基的 DNA 序列中找到，该 DNA 序列可以插入其他生物组织之中，使其发出“绿色荧光”。这是因为，在水母体内编码绿色荧光蛋白的遗传指令，很神奇地，在其他生物体内也可以得到解读。1994 年，马丁·查尔菲（Martin Chalfie，与下村修共同获得诺贝尔奖）的实验室报道，一种名为秀丽隐杆线虫的半透明小蠕虫，成为第一种通过基因工程表达绿色荧光蛋白的动物。不久之后，几乎能想象得到的每一种符合实验室基因操

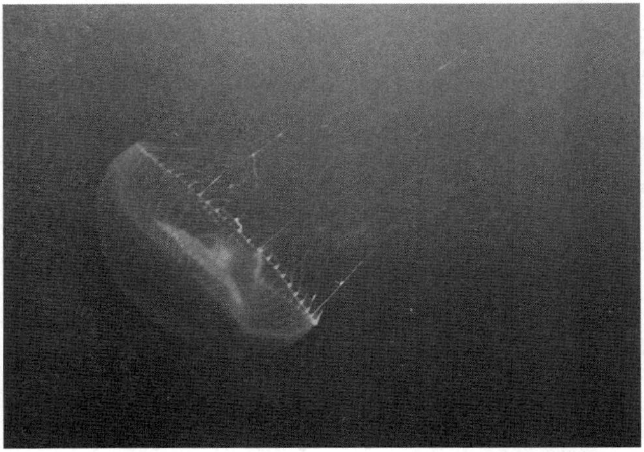

维多利亚多管发光水母

作规程的生物，包括兔子、青蛙、鱼、老鼠、猫、狗、猴子和猪，都有了可以表达绿色荧光蛋白的成员。随着绿色荧光蛋白被开发成为研究工具，从自然界中分离出来的或在实验室中设计出来的其他荧光蛋白，成为名副其实的多彩聚宝箱。在现代生物学研究的背景下，绿色荧光蛋白及其衍生物已无处不在，成为探索生物系统必不可少的工具。

那么，为什么诸如绿色荧光蛋白的这类荧光蛋白如此强大呢？一个原因是，它们能对生物体（如特定的组织类型或细胞的一部分）做“标记”，从而让科学家得以实时地观察生命系统炫目的复杂性。使用绿色荧光蛋白绘制生物系统，研究人员打开了观察生物活动的大门。例如，躁动的轴突（神经的“分支”）从脊髓迁移，嗅着“生长因子”的梯度，通往最终的目标；贪婪的白细胞瞄准并吞噬病原体；在细胞分裂期间，分裂的细胞核所表演的一场高度协调而神秘的“舞蹈”。如果没有绿色荧光蛋白，这些活动几乎不可见。除了标记生物系统中的实体，新近开发出的更花哨的荧光蛋白甚至可以充当生物传感器，可根据生物条件（如 pH 值）改变发光特性。

在《让水母发光》这个故事里，塔尼娅·赫什曼编织了一个撩拨人心的故事——一个人去钓水母，还获得了诺贝尔奖。他对认识生物发光的不懈追求，为世界各地实验室里的科学家带去了持久的兴奋。

故事作者

塔尼娅·赫什曼
Tania Hershman

记者，作家。曾出版《白路和其他故事》(*The White Road and Other Stories*)、《我的母亲是一架立式钢琴：小说》(*My Mother Was An Upright Piano: Fictions*)等。

后记作者

尼克·R. 洛夫
Nick R. Love

曼彻斯特大学博士，研究爪蟾蝌蚪再生和伤口愈合过程中的基因表达。

# 和昆虫一起生活

# Living with Insects

12

*“我会成为许多，吵闹得像一队摩托车。飞舞的虫子将把我的尸体带到星空下的巴西荒野，在我们所有人背上的美丽翅鞘下，腾空。”*

蚂蚁和甲虫，让我着迷。我欢迎它们来到我的住所。它们是同伴，你还用不着喂它们。

有时我感到孤独，这部分跟我的性情有关。我把大部分注意力都放到了群居的昆虫上，而这并不能让我擅长交际。和它们在一起，我是一名科学家，通过研究它们，我找到了自己的法则（我并不想为自己的同行们制定法则）。

然而，和其他人一样，我看出了，我对利他主义的研究也可以应用于人类。当然，也正是这些东西引发了一片哗然。利他精神竟然让我们争吵不休，这真奇怪。

人并不想听到让自己感到震惊的事情，但科学家无法随时预见什么东西会叫人大吃一惊。新的思想自有力量。经过多年的斗争，我们还是会被拉向它。部分原因在于，我们曾与它缠斗，检验过它，最终发现了一些与我们的所知相符的东西，以观察为护栏，以方程为基础——而当完全理性的人为此面红耳赤、大发雷霆时，我们这些科学家不免会感到意外。

我经常把别人气得满脸通红，这些人，有些本身也是科学家。但脸红过后，总会恢复正常。我的观察一贯很长远。

我在研究生期间孤身工作了颇多年，我穿梭于伦敦政治经济学院和伦敦大学学院之间，不适合战后的鸽子笼。我从来没有过办公桌——我端着午餐盒，坐在公园和花园里工作。我对这并不感到困扰，我喜欢待在户外。鸟儿在邱园啄食我的文件。我的很多思考，都是在滑铁卢车站午夜过后的长椅上产生的。我喜欢那里，因为那里总是人来人往。

我到处走动，从奇斯威克到国王十字车站，假装我仍然住在乡下——因为我喜欢从小生长的肯特郡乡村，渴望看到那些从人行道的缝隙中、从潮湿的地下室或摇摇欲坠的墙脚里一路挤出头角来的神奇植物。黄色的狗舌草，闪耀如星。

（我认为植物也可能是利他的。正是这样的陈述，给我惹来了麻烦。）

我在剑桥的最后一年读了罗纳德·费希尔的书。他的研究比本科生的自然科学要有趣得多。费希尔是个天才，但他关于进化论的观点不够完整。我当时很年轻，又孤独，当然，我也没有孩子。我还能有“最大数量的后代”吗?

费希尔的模式似乎没有给我留下位置。他的自然选择基本定理排除了我。但这个问题，无关具体的某个人。这套理论对利他主义的看法……太过狭隘了。

没错，对自己后代有益的行为会提高繁殖机会，故此，生物会做出有利于自己后代的行为便于基因的传播。听起来很有道理，但这是一个封闭的世界。我想起了我妈妈放在家里的防油纸包，纸包上画着一幅让人烦恼的图片，一位女士微笑着，举着一包防油纸，这包防油纸上又有一幅更小一些的图片，一位女士微笑着，举着一包防油纸，上面还有一幅更小的图片……没有人能逃脱，永远都没法逃脱——家庭厨房里爱好整洁的主妇们……没有人能逃脱，也没有人能进入。

膜翅目昆虫也被费希尔的定理排除在外了，这一大群昆虫有目的地嗡嗡叫着，它们大多都是不育的工蜂，忙于照顾自己的姐妹（也就是蜂后）的后代。工蜂没有自己的孩子，它们一生都在为别人服务。当然，这里的别人，是它们的近亲。

我还想到了霍尔丹的未解之谜：“我会牺牲自己的性命去救我的一个兄弟吗？不会。但如果能救2个兄弟或者8个表亲，我会。”

所以，归根结底，我们都是相关的。活着的一切都是相关的。这不仅仅关系到一个人自己的孩子。

我们得到的不是适者生存的原理，而是汉密尔顿的广义适合度法则。我发现的法则能包容每个人。我

> 发现的法则里包含了我，也包含了巴西高速公路旁的黄蜂和蚂蚁。在我发表论文的那天，我就在那里。1964年，我开着吉普车朝着巴西利亚一路颠簸。路旁是一棵棵白色的木棉树，一朵朵木棉花像雪白的绒球。那年我还年轻，烈日底下，我眯缝着眼睛使劲看。
>
> ——西蒙 · 史密斯博士，《著名科学家的生活》第5章《W.D. 汉密尔顿和“汉密尔顿法则”》

林肯郡，2011年。

丽莎茫然地看着它，雪地上的蚂蚁。午后的阳光直射在书页上。具体地说，是直射在3个字母和1个“小于”符号上：

$$c < br$$

这是汉密尔顿法则。谁是汉密尔顿？这是个真正的人，还是澳大利亚或者新西兰的那座小镇？她毫无头绪。如果这是个人，她也根本不认识他。

但汉密尔顿的东西是“过去30年生物学里最重要的事情”，她的老师说。

但她不懂，她的嘴微微张着，像一条鱼，像“c”和“b”之间的符号，意思是“小于”或“少于”，她知道的东西不多，而现在生活中的一切都在变少。

她家里本来就只有3个人。现在比这还少。少于，少于，少于以前。

从昨天开始，世界变了。

昨天晚上，爸爸离开了家。他是个什么都懂的科学家，但在她参加高中毕业考试的这一年离开了家，尽管她9月还对他开着玩笑但句句认真地说："爸爸，爸爸，这是你参加高中毕业考试的年头。"

这是她参加高中毕业考试的一年，但爸爸走了。

"真抱歉，那头猪居然选在你高中毕业这年离开，他永远都选不对时候，对不对？"她妈妈和她坐在楼道的地毯上，语带苦涩地说，眼泪顺着两人的脸颊往下淌。虽然她为妈妈感到伤心和同情，但丽莎心头还是飘过了一丝不快，因为妈妈中伤爸爸，暗中乞求女儿更多的爱，这让她感觉受不了。

她妈妈立刻说了声对不起，"我不该叫他猪。"她嘟哝着说。

"爸爸不是猪。"丽莎说，面无表情。那儿有一堵黑色的墙，全是她看不透的痛苦。

"请原谅，我很绝望。"她妈妈说。

我永远不会原谅他们，丽莎现在这么想着，茫然地盯着自己的高中课本，反复阅读方程式，却根本记不进去。

汉密尔顿的广义适合度法则是什么？好像是跟进化有关的某件事。但在电视上，她看过一个穿灰色夹克的教授说，21 世纪，进化已经停止了，因为就连最不健康的婴儿也被救活了（虽然这不是真的，丽莎知道），所以实际上再也没有什么适者生存的问题了。

难道进化现在成了一件只存在于历史上的事情了？那这就是……废话。丽莎讨厌历史。

过去消失了，它让你失望。

丽莎需要知道并理解未来。那条可怕的长长的走廊打开了挡住她视线的空白墙面。走廊从她身边一直延伸到黑暗之中。炎热、洪水、全球变暖。不时会出现一扇窗户，一扇可怕的长方形窗户，散发出令人恐惧的炽热红光。她和母亲孤零零的，没有爸爸，没有保护。只有她们俩，直到时间的尽头。

接着它又坍缩成一个可怜的东西。未来只是一堆空箱子。一个孤独也更小的新家，她的父母突然变成了陌生人。他们彼此陌生，对她来说也很陌生。

她这辈子都认为爸爸和妈妈是理所当然的家人，但家人在一瞬间就消失了。

一切再不会跟从前一样了。丽莎叹了口气，继续做作业。

这个汉密尔顿法则，或者不管它是什么，据说永久性地改变了进化认识，它跟利他主义有些关系。丽莎理科很差，但语文很好。有一次，老师问学生“利他主义”是什么，本来完全没指望他们回答得上来，而她是班上唯一举手的人。

“利他主义就是有人为别人做了一些事。”

“举个例子呢？”

“比如，嗯，在家里，爸爸泡茶，为妈妈。实际上，他为每个人都做过事情。”这是真的，她妈妈曾经抱怨过。他修理自行车，把轮椅从公共汽车上拖下来。

“你说得没错，”泰瑞女士说，她对居然有人知道颇感意外，“他这么做吗？那可真好。”在后排，有人不以为意地咯咯笑着，但除非他们乱扔东西，否则老师是不会搭理他们的。“问题在于，这总是有代价的。这就是汉密尔顿法则的要旨所在。”她用黑色记号笔在白板上写来写去。

$$c < br$$

此刻，同样的方程式出现在丽莎的书上，她努力地回想着。

c 是利他主义者要付出的代价，b 是对他人的好处。r 是什么？是什么？

亲缘关系。对，就是这个。当然，爸爸和妈妈没有亲缘关系，但仍然为她做了很多。

但不会再做了。再也不会了。他们会离婚，生活结束了。

现在，爸爸可能和丽莎也没有关系了。

“少于以前。”她痛苦地喃喃自语，竭力忍住袭来的痛楚。她盯着方程式，生气极了。

如果爸爸在就好了。如果爸爸在……

但，不，他不再是从前的爸爸了。

这是最叫人恶心的事情，妈妈昨天突然告诉她的。太阳下山的时候，在小小的楼道里，她蜷缩在地板上的老旧蓝色地毯上，母亲跪在她身边，两个人看起来一定像是在祷告。惊恐扰得她的世界天翻地覆。

“你是什么意思？”

“他可能不是你父亲。别那么看着我，是真的。”

“你疯了。你太……可怕了。他当然是我爸爸。”

“我对你说过，我们结婚前我就怀孕了……”

“所以……”

“我当时还有一个，呃，你懂的，男朋友……”

“……你真恶心……”

“……其实我更喜欢他，他并不窝囊，可他觉得自己太年轻，不想养孩子，而西蒙又不想我去堕胎。我只是想把所有的事儿都告诉你。”

在楼道里的这一刻，她的世界变了。

她面前的墙冷酷无情。她颤抖起来，尽管暖气声嗡嗡作响。

“我不信，你疯了，你是个巫婆！”

她妈妈瘦骨嶙峋的脸颤抖起来，“现在他去找别人了，那个带着脏孩子的恶心荡妇。”

“特蕾西·布彻？他当然不会这么做。”特蕾西住在他们附近，在路的尽头。她有5个让她疲于应付的孩子，拖欠的房租，一辆抛锚的破车。传言说他们打一枪换一个地方。大儿子骑一辆闹哄哄的摩托车。她有一头卷曲的棕色头发，脚上穿着廉价的细高跟鞋，夏天把皮肤晒得黑黑的，看上去更漂亮。有时你会看到孩子们在酒吧前院转来转去，“像一群苍蝇似的”，她妈妈说，“他们一边吃着薯片一边笑着等特蕾西。”春天，他们的草坪会开满蒲公英，变成黄色。爸爸会把家里的割草机借给特蕾西，还会带着电动工具去修剪她的树篱。特蕾西对丽莎总是很友善，但她妈妈受不了她。

现在丽莎不得不伤害别人了，“难怪他走了！你对他太刻薄了，我恨你，妈妈，我永远恨你，我的生活成了一坨屎，都怪你！”

她妈妈满是倦意的眼睛，突然因为一圈泪珠亮了起来。“我们不想伤害你。爸爸只是想……西蒙说……我们想要的东西不同，但都是为你好。”她把泛着青筋的手伸向丽莎的手，丽莎让她握住了。丽莎说了声“对不起”，转过身坐在了妈妈瘦得只剩一把骨头的膝盖上，她觉得自己又笨又胖，强壮的小腿压住了妈妈苍白瘦削的腿，她和妈妈拥抱在一起。她们在地毯上，又热又局促地抱着，泪流满面，互相轻拍。

但后来，丽莎隐约觉得被骗了，因为她妈妈哭得比自己还厉害，谁是母亲，谁是女儿？

只有她们两个人，在楼道里，笨手笨脚，滑稽可笑。而现在，隔了整整一天后，可怕又恶心的新的事实开始沉淀。沉淀，变硬。我们少于以前。

“你在说什么？”她妈妈惊愕地问，抬头看了看台灯的光线，于是，台灯在她的脸颊上投下灯罩的影子，丽莎这才意识到自己自言自语得太大声了。

“我说‘少于从前，’”她说，“这是我的家庭作业，生物学。”

但她妈妈一直盯着她，皱着眉头，灯光在她的头发上留下了银色的痕迹，照着她肩膀上的油腻的灰色披巾。“你还好吗？”她问，“你看起来很奇怪。”

“你一直看起来很奇怪，那又怎么样？”说完这话，丽莎又觉得很难过。她妈妈看起来很苍老。“我只是在想，等爸爸搬出去了，我是说永远搬出去。那么，你知道，我们就‘少于从前’了。”

“是比从前少，”她妈妈说，“或许，这里的语法不太对……你经常不按规矩来。”

“少咬文嚼字了。”

“别那么粗鲁，继续做你的作业吧。”

“如果爸爸在，我就能做。这是生物学，但里头有数学的内容。”

“要我帮忙吗？”

“不可能的。”丽莎往后一撤，椅子发出难听的嘎吱声，或许椅子希望在瓷砖上留下痕迹。接着丽莎手里抓着作业便上了楼。

她喉咙很疼，肚子也痛，但她必须得做作业。

要是爸爸在就好了。要是爸爸在……难道他好些年前就不再爱她们了？

她12岁那年，弟弟一生下来就死了。而且他也算不上是个像样的弟弟，他先天发育不良，出生得过早。（他们甚至没法给我一个像样的弟弟，她现在这么想着，内心充满苦涩。）她甚至没机会抱一抱他。她瞥见过他，躺在棺材里，苍白得像条鱼，几乎没有下巴，皮肤泛青，薄薄地绷在凸出的眼睛上。在她的记忆里，那以后，他们一家就不那么快乐了。吵闹越来越多，悲伤越来越多。“不健康的婴儿不会死”的说法是错的，因为他们家的宝宝就死了，这才是最重要的。

丽莎没有做作业，反倒看起了Facebook。她叹着气，点开了爸爸的个人资料。因为她禁止父母加自己为Facebook好友，所以她不能查看他的联系人。他肯定有上千个好友，因为他是个温柔的人，就像她妈妈常说的那样。她在自己能看到的地方中寻找线索。“格兰瑟姆大学生命科学学院进化生物学教授”，他的头像是一本书的封面，一本关于生物学的无聊书，西蒙·史密斯博士写的书。

还有一本他写的书，他说过她可能会喜欢读——《著名科学家的生活》。

“她才不喜欢科学呢，她绝不会读的。”他对丽莎说的时候，妈妈反驳他。爸爸看起来不太开心，“但你应该读一读，丽莎。是一本小说，虚构的，是爸爸想象的这些著名科学家会是什么样子的。”可是妈妈又开始打压他，“当然是虚构的，因为你爸爸并不出名。”

“说得好，”爸爸说，“我以为这本书能让我出名……但我真的喜欢写它。我感觉自己有点像是他们的一部分。”

“书名是垃圾，西蒙，我一直这么说。”妈妈总是给爸爸的书做编辑，丽莎怀疑她是嫉妒爸爸，因为她写不出来，她只能编辑、删减、着眼于语法。

“书名是在讽刺，”他轻声说，“指的是19世纪式的确定性。可我知道这一切其实是我虚构的。他人是个谜。我们对彼此到底有多少了解？”

如今，他的话有了一种不同的可怕含义——他一直是个谜。

我的父母是骗子。我恨他们。

她在 Facebook 上了解自己的爸爸。这是多么可悲呀。

如果他真的是她爸爸的话。一阵刺痛伴随这个念头出现。她挣脱出来，继续做家庭作业——汉密尔顿法则中的瞎子蚂蚁。

$c < br$

她的思绪悄悄回到自己的生活，这对她来说开始有了一丝意义。所以，如果爸爸是个帮人修剪篱笆的唯心主义者，帮忙者（爸爸）的成本 c 一定小于 b，也即另一个人（特蕾西 · 布彻）的收益 b，乘以 r，这意味着……什么呢？她又试了试。哦，对了，r 代表他们的亲缘关系，他们之间的亲缘关系有多近呢？发生性行为——如果他们这么做的话（真可耻）——实际上并不是亲缘关系，对吗？

虽然爸爸说过，所有活着的东西都有关系。

这是胡说八道，丽莎想。他应该在这儿帮我做作业，因为他是我爸爸，我是他女儿。我恨别人抢走了他。他没用，就跟妈妈常说的一样，他总是浪费时间帮助白痴。

但爱就像一股疼痛从身体内升腾起来，丽莎不得不从椅子上站起来，在房间里踢来踢去，感觉房间就像一个装满了吵吵闹闹的不同的人的垃圾袋。她抓起他寄来的生日卡，“啊，全世界的爱给我们美丽的女儿。”她狂乱地亲着它，又把它一撕两半。

在这时候，她听到了妈妈的叫喊。“他来了！他想跟你谈谈！”

她的胃抽搐起来。“我不想和他说话！”但她把撕碎的卡片藏在了垃圾桶里。

他突然出现在那儿，出现在卧室门口，跟原来的爸爸惊人地相像——那粉红色的圆脸，那慈祥而显现出担忧的嘴巴。“丽莎，我很抱歉。我们必须得谈谈。”

她挣扎着开口，声音颤抖。开始时像一声尖叫，然后结束得又太响亮，哪怕在她自己听起来也很假，像在表演。“你很抱歉，是吗？全是胡说八道——”

“等等，丽莎。让我解释一下。”

“我什么都知道了，我知道你是个骗子。”

“为什么我是个骗子？”

“妈妈告诉我的。”

他们对视了好一会儿。他试着把身体微微转开，但他说，“不管是什么事，我都想谈谈。你想问我什么都可以。”

但到了紧要关头，她却做不到了。她总不能说，你是我爸爸吗？“……你得帮帮我，我的作业卡住了。”

科学迅速填补了两人之间的缺口。

> 我想起了我的教父查尔斯·布拉什，几十年前，他爱过我母亲。他请我为他的杂志《着陆》写东西，帮我第一次发表了文章。我想到了所有没有孩子的人。比如，没结婚的叔叔的意义在哪里？
>
> 当然，他可以让自己的侄女和侄子受益，他们的基因和他有关。他可以帮助别人的女儿和儿子。
>
> 这样一来，每个人都可以加入进化之舞。所有这些都是有意义的。
>
> 这就是关键所在，我们都有关系（虽然有些人的亲缘关系更紧密），就连田野里的牲口、蜜蜂、甲虫，比如我最喜欢的食腐甲虫——它们围着尸体尽情享受的时候，蓝绿色的翼壳在夕阳下闪闪发光。就这样，逝者成了生者。
>
> ——西蒙·史密斯博士，《著名科学家的生活》第5章《W.D. 汉密尔顿和“汉密尔顿法则”》

爸爸滔滔不绝地讲了一个多小时的汉密尔顿法则，丽莎目不转睛地盯着他，试图集中精神。他的话语模糊不清。她提了问题，但没有听到答案："那它到底是关于昆虫，还是关于人的？"

"这个嘛……"他的嘴唇动了动，她注视着他，她需要理解这个陌生的新人物。"……广义适合度……"他接着说着，有些地方挺有趣的，他从自己的研究里举了例子，有些例子把她带回了过去，回到他们还……正常的时候。

"你还记得我把蚂蚁带回家的那次吗？装在一段一段的塑料管里。我在法国捡到的，用那辆老沃尔沃车带回来的。我告诉过你，还让你保证不告诉妈妈，可她打开后备厢时听到了沙沙声……"

丽莎立刻竖起了耳朵。"没错，还发生了一场可怕的争吵。"妈妈的脸因愤怒和恐惧而涨得通红，爸爸越是保持冷静，她涨得越红。现在，父女俩相视一笑，短暂地回忆了一下吵架的经过。"我以为你们当时就会离婚……但如果现在有蜘蛛的话，妈妈该怎么办？"她突然恳求说，心里十分痛苦。她妈妈有昆虫恐惧症，尤其是卧室和浴室里的昆虫。爸爸总是会来救她，小心翼翼地把昆虫放回花园里。有时他会先给丽莎看，让她别害怕。

"如果妈妈害怕，我还是会来的，"他说，"我就住在这条路上。"

“跟特蕾西·布彻在一起？”

“别犯傻了，妈妈是这么告诉你的？”

“我也害怕。”丽莎急切地说。

“我以为你跟它们相处得不错。”

“那只是因为我不像妈妈那样小题大做……对付蜘蛛的人可是你。当爸爸的必须做这类事情。”

“抱歉。”他确实显得非常难过，有那么一瞬间她几乎要可怜他了。一阵沉默过后，他说：“那么，你还希望我继续解释下去吗？”

“什么？”

“广义适合度法则。”他恳求她给自己一个机会。

“你是说这些蚂蚁、黄蜂一类的生物，大多数根本都没有孩子？”

“是的，没有它们自己的孩子，就是这样。”他变得兴奋起来。“在我所研究的物种中，‘蚁后’‘蜂后’会恐吓其他同类。它们会在蜂群或者蚁群里到处散发信息素，在所有东西上涂抹黏糊糊的东西，阻止同类排卵。它们会嗅探出自己的主要竞争对手，抓住它们的触角，用自己臭烘烘的腹部摩擦它们，压着它们直到后者放弃。”

丽莎觉得自己从爸爸的声音里听出了厌恶。他讨厌女人吗，她自己的爸爸？或许他只是讨厌她妈妈。“那么，这个汉密尔顿，是真有这个人吗？”她不想犯一个巨大的错误。

“是的，很有意思的人。但实际上，他……已经死了。他在刚果感染了疟疾，他很勇敢，当时年纪不大，为了帮助其他研究人员，他做了很多有风险的事情。他认为人不应该害怕死亡。”

“那为什么他的法则这么无聊？”她想要出言不逊，她想要伤害爸爸，此外，提到死让她非常害怕，因为父母没跟你在一起或是离开的时候，可能不容你准备好就去世了。

他看着她，很有耐心。“如果你感兴趣，可以读读我的书，《著名科学家的生活》。你喜欢读书，你能读懂的。”

“又来了，你总是这么做，总想着教我一些根本没必要知道的事情。”她所有的朋友都这么抱怨过。父亲从不真正帮忙做作业，因为他们忙着教育你。

“是你要求的呀，”他温和地说，“书就在楼下。”他声音里流露出一丝打算离开的意味。

“那就这样吧，现在你要开溜了。”

“如果你不希望我走，我就不走。”

“走吧，反正你最终是要走的。”她不想哭，但眼泪涌了上来。“你跟特蕾西·布彻有一腿吗？”

他没有否认，他的手插在口袋里。他们周围的空间开始黯淡下来，“我想帮助她，妈妈嫉妒了。”

“那你到底是不是我爸爸？”她突然说，发出一声痛苦的哀号。“妈妈嫁给你的时候就怀孕了，也许我真正的爸爸是其他人。我长得跟你不像，我并不擅长理科，我理科拿优只是想取悦你。”

他仿佛被蜇了一下，“你不希望我做你父亲吗？”

“但这是真的吗？到底有什么是真的？我怎么能相信你？你不爱我们，你要离开我们了，妈妈说你不是我爸爸。我希望……我希望……我希望你死了。”她伤心地哭了起来，鼻涕从鼻子里吹出一个泡泡，一个愚蠢、空洞、丢脸的泡泡。

他穿过房间，拉起她的手，拇指抵着她的拇指。“妈妈是这么说的？她不懂，她不如我清楚。我喜欢阅读和写作，和你一样。无论如何，你都是我女儿，丽莎。基因无关紧要，我一直都会是你爸爸，直到我死的那天。”

“一切都变了（抽泣），一切都（抽泣）结束了。”

“我怎么可能不再爱你呢？我知道你生活的每一天。你还没出生，我就爱你。我会做任何事——一切事——来帮助你。”

“但是你谁都帮。”丽莎吸溜着鼻子，但在他手里，她的手开始放松下来，把两根指头塞进他的指缝里，一瞬间，两人的手紧紧相握。

“我努力，这总是会惹恼你妈妈。实际上，这全写在汉密尔顿的法则里。”

“别再提他了。”

“我现在得走了，你可以读读我的书。不是非读不可，没关系。我明天再来看看你是不是还好。”

他下楼后，丽莎听见一阵平静的对话，接着是一阵嘟哝声，然后声音突然大了起来。再接着传来关于特蕾西·布彻的短促的喊叫声，门砰地被关上，她听到了啜泣声。

凌晨1点，她无法入睡。她感觉冷得像死了一样，她拉开窗帘，哆哆嗦嗦地看着无云的夜空，远处苍茫的星网。它们都如此渺小。他们都会死。爸爸会死，她不会在他身边。他可能会去世界上的任何地方。她只想和他靠近些。她说过，“希望你死了。”上帝可别听到我说的。但进化论里并没有上帝。

她在黑暗中蹑手蹑脚地下了楼，拿起他的书。书页已经微微发黄，仿佛厌倦了等待。她一直读到凌晨4点才放下书，太阳开始爬上窗帘，映出暖暖的长方形轮廓。在随后的梦里，她是他的孩子，尽管到了早晨，只有文字在她身边。

> 我会在遗嘱中留出一笔钱，把我的尸体送到巴西的丛林里。尸体需要放得足够安全，以防负鼠和秃鹫……这只大食腐甲虫将埋葬我。它们将进入、埋葬、

寄居在我的血肉之上，以它们和我的后代的形状，我将摆脱死亡。对我来说，没有蠕虫，也没有肮脏的苍蝇，我会像一只大黄蜂，在暮色中嗡嗡飞舞。我会成为许多，吵闹得像一队摩托车。飞舞的虫子将把我的尸体带到星空下的巴西荒野，在我们所有人背上的美丽翅鞘下，腾空。最终，我也将像石头下的紫色地甲虫一般闪耀。

——西蒙·史密斯博士,《著名科学家的生活》第5章《W.D.汉密尔顿和“汉密尔顿法则”》，P236,“我打算举行的葬礼以及为什么”

“我也将……像石头下的紫色地甲虫一般闪耀。”第二天下午，丽莎坐在花园里，大声读着书里的最后一句话。她信步走到花床边，那里开着黄色的花朵。她真希望自己像爸爸一样知道它的名字。她开始捡石头，不知道自己在寻找什么。每块石头下面，都有些活的东西。那么多，让她目不暇接。

“该喝下午茶啦！”妈妈从房子里喊到，“你一定不想一个人待在那儿。”

“我不是一个人！”丽莎喊着。尽管妈妈朝花园里看时，那儿一个人也没有，只有她女儿奇奇怪怪地盯着一块石头发呆。

# 后记——
# 1964 年：威廉·汉密尔顿和广义适合度

威廉·汉密尔顿（William Donald Hamilton）恐怕是 20 世纪下半叶最重要的进化生物学家。正如玛吉的故事所表明的，通过引入“广义适合度”（inclusive fitness）的概念，汉密尔顿改变了我们对自然选择的看法。在此之前，“适者生存”（survival of the fittest，这个说法并不是达尔文发明的，尽管他最终在作品里选择使用它）的概念侧重于个体生存和留下后代的能力。1964 年，汉密尔顿发表了两篇十分艰涩的论文，为理解“广义适合度”提供了理论基础——从个体本身及其亲属的生存角度，衡量个体的成功。

达尔文考察所谓“不育”的昆虫（也即不育的雌蚂蚁、蜜蜂和黄蜂）时，在《物种起源》中曾对这个问题表示过担心。个体行为、形状、颜色等方面的细小差异，导致了生存或繁殖率的差异，就是自然选择带来的进化。即使这些差异的一小部分得以遗传，你也能得到适应的进化。但在许多种类的群居昆虫（蜜蜂、黄蜂、蚂蚁和白蚁）中，绝大多数雌

威廉·汉密尔顿

性并不繁殖，事实上，它们没有繁殖能力。它们的卵巢萎缩，甚至可能缺少生殖器官。达尔文的难题是要解释自然选择为何产生了这样无法留下后代的不育“工人种群”（他最初认为，这个问题是“无法克服的，事实上，对整个理论也是致命的”）。

达尔文的解决办法是研究人工繁育的运作（他的许多研究都是这样的）。如果你想培育出一种美味的动物或植物，在实践中，你必须先品尝过它，然后才能繁育它。人类已经选择了一些非常美味的农作物和动物，但并不是用所吃的东西繁育的，而是用它的近亲。这种选择不是直接的，但是你吃的东西和用来繁育的东西之间的亲缘关系越近，你就越有可能选择出你想要的性状。达尔文认为，同样的解释也适用于群居昆虫，它们一定是利用了他所谓的“家系选择”（family selection）。自然选择并不施加于不育的工蚁，而是施加于它们那忙着繁殖的母亲或姐妹——蚁后。

这个简单的口头解释，在一个多世纪里让每一个人都感到满意。而汉密尔顿的论文，把它变成了若干相当复杂的数学。最重要的是，汉密尔顿提供了一套理论框架，对自然选择所塑造的最神秘、最违反直觉的一个特征的演变，进行了解释。这个特征是：以牺牲自己为代价，做出有利于他人的行为，可宽泛地称为“利他主义”（altruism）。汉密尔顿推断，如果涉及此种利他行为的两个个体有着共同的基因，那么，一个个体做出降低自身适应性而造福另一个个体的解释，就与自然选择并不矛盾了。把这一简洁的辩证法放到广义适合度的透镜之下，这种利他主义的行为看起来就是自利而非无私的了。

理查德·道金斯在《自私的基因》(*The Selfish Gene*)中，对这一概念作了精彩的阐释。通过把我们看待自然世界的方式变成道金斯所说的“基因视角”，汉密尔顿改变了我们对进化的认识，并就利他主义等特征怎样演变，提出了可检验的假设。他的理论，为不同性别比例的演变、社会和养育行为的演变，以及表面上统一的家庭中父母和后代之间的冲突（但要再借助辩证法进行一次反转）提供了解释。

另一位杰出的英国数学生物学家约翰·梅纳德·史密斯，至少部分地受到汉密尔顿工作的启发，创造出“亲缘选择”(kin selection) 这一术语来形容同样的现象，它也是我们今天经常使用的术语。1966 年，美国生物学家乔治·威廉姆斯出版了《适应与自然选择》(*Adaptation and Natural Selection*) 一书，同样聚焦于用基因来解释复杂行为的进化。事实上，自然选择并不直接作用于基因。虽然基因从一代传递到下一代，但这些基因对适应性的影响往往是间接的，受到生物体生长和生活的环境，以及个体基因组中的其他基因的缓冲与过滤。

汉密尔顿的见解并没有立即获得认可——过了 10 多年的时间，才逐渐广为引用。这可能是因为它包含了相当令人生畏的数学——就连梅纳德·史密斯也承认自己并未遵循汉密尔顿早前研究的数学细节。如今，虽然汉密尔顿 1964 年的两篇论文的被引次数位居行为生态学研究的前几位，但我很好奇，在引用汉密尔顿的人之中，有多少人真正读过（且不说是否理解）那些论文（我读过第一篇，但第二篇实在应付不了）。我们中的大多数人，能理解玛吉在故事开头给出的简化版本就够用了。（$c < br$，或者这么说，如果利他个体付出的成本小于接受方获得的利益乘以两者的亲缘性，在这种情况下，就会演化出利他主义。你明白汉密尔顿为什么要使用方程了吧？）

如果汉密尔顿的数学论证是如此之复杂，为什么它的影响力又这么大呢？对最具数学思维的生物学家来说，汉密尔顿理论的吸引力来自它的优雅和简洁。他们可能会说，它有着内在的连贯性、真理性和美感，这意味着它必然是真的。但这种观点大多是在物理学和数学中用来强调给定理论的准确性的，在生物学中就没那么受欢迎了。生物学家研究的是一种非常特殊的物质——活的东西。活的生物体是其历史的产物，也是构成该历史的随机和选择过程的产物。故此，生命的演进过程中发生过的各种各样离奇的事情，在我们所有人身上都留下了痕迹，这使得生命形式有可能不够简洁，不够连贯，甚至是丑陋的。法国分子生物学家弗朗索瓦·雅各布说过，演进不是设计，而是用手头有的任何东西来修修补补。

迄今为止，汉密尔顿的研究仍影响巨大，因为它解释了诸如利他主义、合作行为或亲子冲突等乍看起来令人困惑的特征是怎样演变出来的，进而还提出了可以加以检验的预测，最终也得到了验证。换句话说，它是有效的。“亲缘选择”支撑着我们对社会行为演进的认识，并得到了绝大多数进化生物学家的认可和应用。近年来出现了一些反对的声音，反对者创建了同样晦涩难懂的数学模型，并声称这些方程能够证明亲缘选择是错误的。但模型是人为创建的，可以用来证明任何你想要证明的东西——不管方程多么简洁，生物学家对实验和观察的感受，始终比对希腊字母更深。这或许可以解释，为什么超过 150 名科学家对上述反对进行了反驳，强调汉密尔顿研究的解释力，并给出了很多例子，说明从汉密尔顿理论中产生的预测在自然界里得到了验证。

和任何伟大的科学贡献一样，汉密尔顿的研究分为两个方面——它澄清并重新阐释了现有的知识，接着激发了大量的发现。未来的研究或许会最终证明它是错误的，或者至少没那么正确，但就眼下而言，它的理论积累了大量的支持数据，遭到推翻的可能性极小。近半个世纪以来，汉密尔顿的见解改变了我们看待世界的方式。遗憾的是，在现实世界中，中学课程并未对此加以明确的论述。但不管学生们是否能意识到，汉密尔顿理论都构成了他们学习所有进化相关知识的语境。

故事作者

玛吉·吉
Maggie Gee

作家，英国皇家文学学会理事会首位女性主席。作品《怀特家族》（*The White Family*）入围橘子小说奖和国际IMPAC都柏林文学奖，代表作包括《我的司机》（*My Driver*）、《我的动物生活》（*My Animal Life*）和《蓝色》（*The Blue*）。

后记作者

马修·科布
Matthew Cobb

曼彻斯特大学动物学教授。他研究行为的遗传基础，特别是动物如何探测化学信号——气息、味道和信息素。他用了7年的时间研究蚂蚁的行为，并向本科生教授汉密尔顿法则。

# 寻找宁静

# In Search of Silence

13

“要是他能以某种方式把信号放大，比如咬着某种金属，然后把它接到放大器上，整座城市的人都能围着他的嘴巴开舞会了。”

在霍尔姆德尔科学博览会上，鲍勃·迪克狂乱而沮丧地比画着，手表从手腕上飞了出去，滑过镶木地板。“太不公平了！”他说，“他们偷走了我的点子！”

“今天之前我们都没见过你！”个子矮得多的阿诺站在隔壁的摊位前说。

“而且你的点子根本不管用！”阿诺的同伴罗伯特做着鬼脸说。

“你好像才……10岁吧，你怎么可能一个人想得出来？不可能！”

“我11岁了。”阿诺把眼镜朝鼻梁上推了推。

3名评委里的头儿，像扇扇子一样挥舞着一等奖证书和信封，让他们冷静下来。“孩子们，这两个项目都很了不起……”

“但他们根本没有在寻找大爆炸！”

“但我们找到了呀！”

“你们是偶然找到的！”

“但我们还是找到了。”

“好啦，迪克先生。”另一名评委说，他穿着西装，尽管天气很热，让人汗流浃背。“不管是谁做的，这都是一项伟大的发现。你提出的大爆炸余热信号理论得到了证明，哪怕证据来自这两位。”

"这是个惊人的发现，"第一个评委补充说，"报纸会想采访你们所有人的。"

"但你看，"迪克说，"他们甚至抄袭了我的号角形天线！以前从没有人这么做过。没有人！如果他们没有抄袭我，那是怎么知道的？"

"我们可没有用号角，"罗伯特说，"我们用的是蛋筒。"

§

故事始于一声巨响。新年前夕，冠达邮轮公司乔治号客轮上的所有男孩，都聚集在船尾甲板上的三英寸大炮周围，等候船长的到来。今晚将是阿诺，以及其他数百名乘客第一次看到这门炮开火。

在过去的一个星期里，阿诺花了很多时间勾勒这门大炮长长的炮管、轮子和电线。他想象自己拥有透视眼，能够穿过装甲外壳看到内部的活塞和部件——在他的想象里，这是一套绝妙的蒸汽和电气工程混合系统。

人们都来到甲板上，带着船员们夜晚来临时从板条箱里取出来的闪亮的帽子。他们欢呼着，喝着酒，颤抖着，手里举着带纸护手的蜡烛，星星点点的火光在甲板上闪耀，阿诺觉得这神奇极了。

离午夜还差两分钟的时候，船长转动火炮的手轮，炮筒朝天仰得更高了。“朋友们，新年就要到了！”他说。

这艘船到底要去哪儿，船上流言四起。他们说，在美国，人人可以自由地做各种无耻的事情，他们的财富令人咋舌，吃饭用的是上菜的大盘子，汽车不像汽车，倒像是火箭飞船。

船长在炮周围清理出一块空地，抬起头来环顾人群，好像丢了什么东西。他的目光落在了阿诺身上。“孩子，”他说，“你愿意来点火吗？”他把阿诺放到炮管后一个不受后坐力影响的安全地方，又将阿诺的双手放到冰冷的扳机上，告诉他数到0之前别开火。

随着船上的每张嘴集体倒数“5、4、3、2、1、0！”，阿诺扣动了扳机，纽约湾的第一道闪光进入了视野。爆炸让他的胸腔鼓了起来，掏空了他的肺，他只得加快速度喘息吸气。船后喷出的烟云，被风卷回甲板上，散发出刺鼻的金属味道。

歌声响起。船长拨开阿诺的头发，凑近他的耳朵，让自己的声音盖过喧嚣，他说：“欢迎来到未来，我的朋友。”

§

阿诺在门垫上擦了擦脚，威尔逊太太站在楼梯口大声喊着：“罗伯特！罗伯特你在哪儿？”

过了好长时间，才隐约听到罗伯特的声音：“我在这儿。”

“这儿是哪儿？”威尔逊太太说。她把头侧向一边，好让自己的听力更敏锐些。

“就在这儿！”罗伯特的声音再次响起。

阿诺竭力把视线从威尔逊太太袜子后面的黑色丝线上挪开。那条丝线从她的裙摆里露出来，顺着她的小腿肚，消失在她的鞋子的红色敞口里。

“我想他在那边。”威尔逊太太正准备朝着错误的方向动身，阿诺说。

威尔逊太太的鞋跟在地板上敲打得又快又重。她站在楼梯左边一扇上了4道锁的门跟前，发起脾气来。她说了各种威胁的话，说要收回零用钱、糖果和使用收音机的特权。

阿诺退后一步，再次看了看威尔逊家兼冰激凌店屋顶上那个巨大的玻璃纤维蛋卷冰激凌。

蛋卷的顶部裂开，巧克力冰激凌球不见了，只剩下几勺香草和草莓。两只鸽子栖息在金属支架上，支架将蛋卷的尖端高高托在空中。蛋卷尖是这周围最高的东西，在这散布着低矮建筑和大草坪的小镇边缘，简直就像一座灯塔。

更奇怪的是，这座房子坐落在一条圆形轨道上。房子的每一个角，都被巨大的轮子支撑着，轮轴上满是黑色的油珠。阿诺把手指放在轨道上，等手指差点被压碎，他才注意到轮子在缓慢转动，那速度慢得只要稍微隔了一点距离，就难以察觉。

冰激凌店入口处的一块牌子上写着“来一勺”，只是“勺子”里的“点”已经掉了下来，斜挂在屋子前。

“你在那里干什么呢！”威尔逊太太的声音从屋子里射出来，惊动了鸽子，把它们从天线上赶跑了。

阿诺回到屋里，穿过威尔逊家的走廊，进了店里。威尔逊夫人站在冷冻室前，一只手扶着门，另一只手按着自己的额头。

完全走进房间时，阿诺看到了罗伯特。这个比他大几岁的男孩，正坐在冷冻室里的一个纸板箱上。大桶大桶的冰激凌围着他。他脖子上露出好几种颜色的领子，他至少穿了 5 件套头衫。

“罗伯特，”威尔逊太太说，“这是阿诺。他从德国来，不识字。我已经告诉了他的监护人说你会帮助他，好吗？”

罗伯特的牙齿直打战。他揉着膝盖，嘴里吐着白气，说，“哦，真棒，非常感谢您。”

§

罗伯特又指了指单词，用手指轻敲着每一个字母，一边念着“Sm-a-ll”。他翻了翻眼睛。

“什么？”阿诺说，“我不识字。你一直识字吗？”

罗伯特什么也没说。

在罗伯特的书架上，所有的书都是按高矮次序排列的。最矮的一本书是《人猿泰山》平装本，在书架最底一层的左手边。最高的是一套百科全书，在书架最上面一层的右手边。

从放在床底下的鞋子，到挂在衣架上的衬衫和裤子，再到装着玩具士兵、汽车和飞机的盒子，到处都是这种讲究的布置。大小依次排列，颜色谱系依次推进。

"你喜欢'闪电侠戈登'？"阿诺拍了拍罗伯特的被套，"我也喜欢。你在冷冻室里干吗？是在做实验吗？"

"那是唯一安静的地方。"罗伯特说。

"你在开玩笑吧？整座小镇都很安静，你真该去慕尼黑试试。"

"我们能不能先看完这本书，这样你就可以回家了？"罗伯特说，又戳了戳让阿诺卡住的那个单词。

"这是本蹩脚的书，"阿诺说，"我对会说话的大象没兴趣。都是些废话。我们能读点别的吗？你能帮我读一下这个吗？"阿诺从裤子后面的口袋里掏出一个信封，信封皱巴巴的，信纸边缘还被新买的牛仔裤染成了蓝色。

"不可能！"罗伯特看着阿诺展开信纸，见到了信的长度和文字的密度。"如果你连《大象霍顿》这种书都读不了，你永远没法读懂那个，绝不可能。"

楼下，店门上的铃铛响起，有人进来了。

“住在冰激凌店上面是什么感觉？”阿诺说，“你随时都能吃冰激凌吗？还有，为什么你的房子下面安着轮子？”

罗伯特对他皱起眉头。“我们现在必须停一停，”他说，“我受够了，我头疼。”

§

电话铃响起的时候，阿诺正跪在自己房间里的小桌子旁。一时激动，他以为铃声来自他从家里带来的听筒。他甚至伸手去接电话。在从慕尼黑出发的火车上，在乔治号上，以及他到达后的每一天，阿诺都在拆卸和重新组装这支听筒，拧开它的螺丝和电线——这个过程让他感到非常舒服。

他的监护人拉西特太太来到楼上说，罗伯特身体不舒服，所以阿诺今天不能去他家了。“她说罗伯特明天就会好的。”她补充着，一边咳嗽着，竭力想把声音发出来。

在 3 张桌子里最大的那张上，放着那封信，3 页纸都摊平了，两头压着电池。阿诺盯着它，希望那些潦草的线条安静地待着别动，唯一得体的字是信纸上的第二个字，那是他自己的名字。

第二天，威尔逊先生请阿诺进门，“真是不好意思。”他用拇指指了指楼上，威尔逊太太和罗伯特正在争吵。罗伯特说他的脑袋痛得要命，威尔逊太太让他别再疑神疑鬼，罗伯特说：“我可能得了肿瘤！你连这都不在乎！”威尔逊太太说：“让医生找肿瘤，那是浪费他的时间！”

“阿诺，你想吃冰激凌吗？”威尔逊先生问。

尽管已经是第三次来这栋房子里，但这还是头一次有人请他吃冰激凌。阿诺咧开嘴开心地笑起来，因为笑得太开心，他感觉有点失态，便又正了正脸色。“好的，先生。”他说。

坐在吧台的高凳上，阿诺的脚高高地悬在方格油毡上方，他用舌头在覆盆子波纹冰激凌上舔出一个个小坑洞。他问威尔逊先生，罗伯特是不是又病了。

“他没病，”威尔逊先生说，“他很快就好。他只是有点太敏感了，想得太多。”

“先生，”阿诺说，“我一直挺好奇……为什么你的房子有轮子？”

“这样店门才能始终对着太阳，”他说，“那边墙上的那个盒子在控制。”

阿诺看了看外面，发现太阳的确就在正前方。

一辆黑色的大汽车低声嗡嗡驶过，阳光在它优雅的曲线上闪闪发光，就像来自未来的使者。炎热的天气，嘴里甜丝丝的冰激凌，威尔逊先生的善意，远处房子顶上飘扬的国旗，还有他屁股下面转动的凳子，让阿诺产生了很久没有感受过的完整感。

“那么，你的家人什么时候过来？”威尔逊先生说，“我看到那边的情况不太好。”他用手指轻轻敲着报纸头版的照片，上面是身着制服的人在一栋大楼外挂国旗。

阿诺耸耸肩。他把门牙深深咬进冰激凌里，一股疼痛的寒意突然袭来，穿过上腭，直扑头顶。他使劲眯缝着眼睛抵挡它。

“脑袋结冰了？”威尔逊先生说，“那可是职业病。”

威尔逊夫人推了推阿诺的背，把他领进罗伯特的房间，说：“别理这位暴躁脸先生就好。”然后关上了他身后的门。

罗伯特躺在床上，头的左右两侧各放着两个装着冰块的蓝色塑料袋。

“还痛吗？”阿诺说。

罗伯特别开脸，望向窗外，窗外除了乌云，什么也没有。

“你知道，我想我从来没有头痛过，”阿诺说，“不过，如果我做了很长时间的实验，眼睛有时会痛。你的眼睛痛吗？”

“不痛。”罗伯特没有把目光从窗户移开，调了调冰块袋的位置。

“那是什么感觉呢？”阿诺问。

罗伯特沉默了很长时间。阿诺站在门口没动，手里拿着威尔逊夫人给他的《大象霍顿》。但后来罗伯特开口了，

“它噼里啪啦地响。”

“就像，”阿诺朝床边走了两步，“就像搓捏纸袋那样？”

“不，”罗伯特转过头来看着天花板，“更像是收音机在搜索电台时的那种声音，只是我没法关掉它。它一直都有，持续不断的噼啪声。”

“收音机？”阿诺走到床边说，“我从前听说柏林有个人，脑袋里整天都响着收音机的声音，只不过，他听到的是音乐和对话一类的东西。”

罗伯特侧转身子，直视着阿诺。他把头靠在一个冰袋上，另一个放在自己朝上的耳朵上，这样他的脸就夹在了两个冰袋之间。

“那他把它弄没了吗？”罗伯特问。

“起初没人相信他，他们以为他疯了。但后来，他去牙医那里补牙，更换里面的填充物。牙医用钻头把填充物取出来，收音机的声音就消失了。是填充物导致的，就像天线那样。”

“但我没有填充物呀。”罗伯特说。

“哦。”

“其他人听不到他嘴里的收音机？”

“据我所知听不到，”阿诺说，“但我猜，要是他能以某种方式把信号放大，比如咬着某种金属，然后把它接到放大器上，整座城市的人都能围着他的嘴巴开舞会了。”

罗伯特笑了，阿诺很高兴。

“你知道，”阿诺说，“如果这不仅仅是你脑袋里的声音——”

“我没有瞎编！”

“那么，我们可以试着放大声音，让其他人也能听到。”

“你做得到吗？”

阿诺捋了捋自己黑色的头发，带着早熟的紧张感看着地板，说：“我可以试试。”

“我还以为你应该是笨蛋什么的呢。”

“我只是现在还不识字，字母跳来跳去的。但电学就简单啦。”

§

两天后，罗伯特的母亲走进他的房间，大叫一声，脸色瞬间发白。罗伯特坐在椅子上，头上戴着她的新滤锅。滤锅周围接着电线，连到他脖子上的金属链项圈上，那项圈原本属于家里死去已久的可卡犬阿尔伯特。在他的脖子上，还绕有一圈圆锥形的塑料项圈，那是阿尔伯特在手术失败的日子里戴的。项圈内部衬着被切开并压平的苏打水罐，用绝缘胶带粘在一起。从这圈项圈里又窜出一红一绿两根电线，连到罗伯特的床上，接入了一台被拆开的收音机。

罗伯特的妈妈喊叫的主要内容是一份物品清单——你的收音机！我的滤锅！等等。她穿过房间，伸出胳膊想把厨房用具从虐待中解救出来，但她纤细的鞋跟踩到并压碎了地板上的一块电路板，这叫她绊了一跤，差点扭伤脚踝。

“别！”罗伯特说，“我们马上就要完工了！”

就在威尔逊太太猛地打开罗伯特卧室门的那一刻，阿诺已经僵住了，他的手指正用最后一根胶带粘上最后一根电线，把它固定在狗的医用项圈上。他就那么等着，哪怕威尔逊太太扑过来，指甲和口红都鲜红鲜红的，看起来强劲又凶猛，他也一动不动。

“让他做完！”罗伯特说。

随着威尔逊太太向他们逼近，她嘴里不断地冒出没人回答的问题、没人应和的指责。

“把它打开！打开！”罗伯特说。

“不行！”威尔逊太太说，指尖离滤锅的边缘只有不到一尺远，“你会电死他的！”

阿诺张开嘴向她保证，罗伯特并未接入主电源，那里只有一对 9 伏的电池，但他还没来得及说完，罗伯特便吩咐说，“打开开关！”阿诺顺从地把开关打开。

罗伯特向母亲竖起手掌，不让她靠近。收音机里传来一种轻微的噼啪声，随着阿诺调大音量，声音越来越大。威尔逊夫人用手指戳着阿诺，要他关掉。罗伯特拍打着双手，想让她别出声。“嘘！”他说。阿诺和罗伯特把耳朵倾向收音机，旋钮一路转到10，传出了另一种声音。构成静电的爆破粒子与一种高亢的嗡嗡声交织在一起，让房间里的一切都颤动起来。

“就是这个！”罗伯特指着收音机说，“这就是我一直以来听到的东西！看，妈妈！我对你说过，就是这个！我的头是台收音机！”罗伯特兴奋的表情中夹杂着深深的欣慰。他眼圈的皮肤发红，好像要哭出来似的，阿诺被这一幕惊呆了。他甚至担心了一秒钟，这声音说不定是固定在罗伯特头上的齿轮导致的。他把手伸向开关，但罗伯特把他的手扇开了。

威尔逊太太吐出一长串气哄哄的话，“如果你知道什么对你自己好，”她说，“趁着你爸还没从纽约回来，把所有东西都放回原处。”

§

有一阵子，房间里只剩下了拆卸的声音，还有橡胶鞋底在木板上发出的吱吱声，直到罗伯特说：“我一直在想，你觉得这送到霍尔姆德尔科学博览会上的话，会是个好项目吗？”

"我猜是吧，但我们得先弄清楚这种声音到底是什么。"

"如果我要随时忍受这该死的嗡嗡声，它至少可以为我做点什么，帮我拿到奖金。"

"还有奖金吗？"

"只有2000美元！我以前从没参加过，因为它总是落到那些高年级书呆子学生手里，但你……像个超级书呆子。"

"哦，谢谢。"

"不，这是件好事。凭着我的头和你的脑……想想看，我们能用那笔钱做什么！"

"你知道，"阿诺说，"我想兴许有个办法能让你的噪声停下来。"

"那怎么弄呢？"

"我感觉，你的整个房间，也许这整座房子，就像一口无线电天线锅，通过屋顶上的蛋筒接收无线电波。这就是为什么你体温低的时候它会变得安静。"

"你必须再说得更慢更详细些，爱因斯坦。"

阿诺搓了搓双手，"任何高于绝对零度的东西都会发射无线电波，"他说，"你的身体，那把椅子，外面的地面，还有那边的纽约市。无线电波让天线里的分子摇晃。这种摇晃，就变成了收音机里的声音，或者你脑袋里的声音。"

"所以……"罗伯特的声音带着不太明白的疑惑。

“所以，要是某个物体的温度非常低，它就不会发出太多无线电波，变得更安静。这就是为什么你觉得冷冻室里那么安静。”

“这对我有什么帮助呢？”

“让我试试。”

§

威尔逊先生的大学运动衫长得耷拉到了阿诺的膝盖上。因为冷，他不停地流鼻涕，频繁地吸溜着。

“怎么样？”他说着，嘴里冒出白色的雾气。

“安静些了，”罗伯特说，“但还是有。还能再冷些吗？”

随着阿诺一路调低恒温器的温度，天花板中央的灯闪烁起来。等待期间，他们花了半小时练习阅读罗伯特的《X战警》漫画，比起《大象霍顿》，阿诺对解读这本书更感兴趣。半个小时过去了，两人呼出的雾气越来越浓，窗户上的水珠凝结成霜，玻璃的透明度越来越差。阿诺用铜管做了一个能延伸到正下方冷冻室的迷宫般的装置，铜管咔嚓作响，拉扯着遮挡着它的《007之诺博士》里的肖恩·康纳利的巨幅海报（虽说这掩盖只是欲盖弥彰）。

“如果这一招管用，我还可以对它稍加改进，”阿诺说，“让它更安静些。我感觉，跟你脑袋里的嗡嗡声比起来，这样的噪声同样让你没法入睡。好了，现在怎么样？”

“声音还在。”罗伯特说。阿诺已经从用一台烤面包机、玩具机器人罗比上的运动装置、拆散的乔治·华盛顿大桥模型、一辆坦克拼凑成的图表记录仪上看出了这一点。记录仪通过两根电线连接到包裹着罗伯特脑袋的口香糖锡纸上。绘图的铅笔画出了一条缓缓的波浪线，上下波动很小，只比完全寂静高了一点点。

“好吧，别放弃，”阿诺说，“我们还有好多办法可以尝试呢。这只是第一阶段。”

“第一阶段？”罗伯特问，“那接下来是什么？”

阿诺抬头看了看屋顶，“鸽子。”他说。

§

阿诺从没有听过有什么声音像威尔逊夫妇的卡车在屋外突然发出的刹车声那么可怕。他左右脚踩在屋顶顶端的两边，撑着一把餐椅，罗伯特踮着脚尖站在椅子上。他张开双臂，正好可以够到巨大玻璃纤维蛋卷的顶端，他用手里的扫帚扫掉堆起来的鸽子屎。罗伯特一听车来了，赶忙把扫帚插进椅子两脚之间的桶里，着急地想要下来，桶里的肥皂水溅了出来。肥皂泡一碰到屋顶滚烫的瓦片，就迸发形成了蒸汽。

在随后响起的气急败坏的尖叫声中，阿诺低头看着车道上残存的几根羽毛，脸因为羞愧而红了起来。他只能安慰自己，幸亏他们赶在罗伯特的父母回家之前，就把他爸爸的气枪放回了衣柜里的老位置。

铝箔成了压垮威尔逊太太的最后一根稻草。她对罗伯特吼道，说她的惩罚手段已经快用完了，她忍无可忍了。她拿走了他的零花钱，他的漫画书，他的甜点。她把他的“熄灯”时间提前了10分钟，然后是20分钟，再接着是一个小时。“你失控了！”她尖叫道。然后，她说阿诺必须走，再也不能来。

“可他还没学会识字呢！”罗伯特恳求她。

她说，尽管阿诺很有礼貌，她也很同情他和他家人的困境，但阿诺一来，男孩们才真正展现出了淘气本色。

“他激发了你的某种潜能，”她说，“但这玩意儿我不喜欢。”

罗伯特在为阿诺争取留下来的权利时，阿诺坐在罗伯特的床尾，双手放在膝盖上。

威尔逊先生到家后，听到罗伯特使劲踢着椅子、玩具和金属箱发出的砰砰声，从楼下喊道：“到底发生了什么事？”但罗伯特用一记没瞄准的投球搞砸了自己的辩护，它击中了藏在肖恩·康纳利海报后的铜管迷宫，铜管发出了警报一般的啸叫。

发现阿诺和罗伯特的淘气行为已经蔓延到了房子的管道装置里，威尔逊太太沮丧地号啕着冲出房间。10 分钟前，她发现罗伯特在阿诺的帮助下，用光了她上星期买的铝箔纸，他们用铝箔纸盖住了他房间里所有螺丝的钉头，以“阻止它们唱歌”，她就疯了。但管道的事情太过分了，各种约束孩子的手段都相形见绌。

她站在后面，捂着嘴看着威尔逊先生拿走罗伯特的抽屉柜，一条管道穿过拆开的地板，一路延伸到冷冻室上方粗略焊接的连接处。“你最好现在就走。”威尔逊先生对阿诺说。

§

回到拉西特太太的家，阿诺排练了自己想向威尔逊太太道歉的内容，详细解释了自己的科学研究思路，而这一切只是为了帮助她的儿子。他真希望自己有能力写封信，废纸篓里装满了他幼稚的尝试。

他为她摘的花已经枯萎了，没送出去。

羞愧甚至逼得阿诺想躲开自己的实验。他把它们从卧室里拿出来，放进橘黄色的包装盒里，塞到床底下。晚饭后洗碗时，他带着一股自我厌恶的情绪，洗碗的泡沫溅到沥水板上，吞没了一边的干净碗具和另一边的脏碗具。

以前从来没人要求跟阿诺通电话，所以他走下楼梯时，拉西特太太带着紧张的神情，把话筒严肃地递给他。她用手捂着话筒，说：“赶快！”

她的语气让他确信自己知道电话那头会是谁，他情不自禁地笑起来。还没下到最后一级台阶，他就已经想象出了电话那头的情景：他妈妈站在码头上，一只手盖在耳朵上，挡着雨，也遮住轮船发出的低沉汽笛声。他可以想象当她听到自己的声音时，她会多么激动，她会告诉他她爱他，她想念他，她现在和他的父亲即将启程离开德国，几天后就会见到他，她为他的勇敢感到自豪，但是现在爸爸妈妈要过来了，他不必再全靠自己了。

但当阿诺把电话放到耳边时，那个叫他名字的声音并不是他妈妈的，是罗伯特，他正压低了声音。“阿诺，”他说，“你还想赢那 2000 美元吗？”

阿诺转过身，背对着拉西特太太，她正从厨房里看着他。“但我们还不知道那声音是什么。”

“那不重要。它们全部接起来的时候，看起来很能给人留下印象。就算我们没能拿到一等奖，也可以赢回图书券。”

“但我还是不识字。”

“我知道，那是我的错。如果你这一回帮了我，我保证我会在阅读上帮你，直到你学会，好吗？”

“好吧，但你得再为我做一件事。”

“当然，是什么事？”

“我的信，”阿诺说，“你能读给我听吗？”

§

当鲍勃·迪克的父母告诉他要有风度，要把自己的东西轻拿轻放，那花了他们很多钱的时候，他叫他们滚开。

罗伯特拿着装满钞票的信封，笑容满面。“你父母不在这儿吗？”第一位评审说。

“不在，先生。”罗伯特说。

“好吧，你们一定要把钱直接带回家，交给他们妥善保管。”

“我们会的，先生。”罗伯特说。

当阿诺和罗伯特把他们的电线、易拉罐、滤锅和铝箔放进罗伯特的旧砖头手推车后面的盒子里时，阿诺意识到其他学生和他们的父母正在看着他。都是些怀疑的目光，但他没有作弊。他没有。这些全都是他自己的工作。诚然，如果博览会主办方没有把他们安排在鲍勃·迪克旁边的桌子上，他们也不会知道自己发现了什么。但这个发现仍然属于他和罗伯特，哪怕他们是误打误撞。科学充满了快乐的意外。

“别动，”阿诺对罗伯特说，“你头上有块管道胶带。”

“你知道，”罗伯特说，“我猜，这就像是我的超能力，我能听到数十亿年前宇宙爆炸的声音。”

“我猜，”阿诺说，“现在你能帮我读一下信吗？”

“当然！”罗伯特说，“但不是在这儿。我们回我家去庆祝一下吧。”

“可你爸妈再也不许我去你那儿了。”

“等他们看到这个，”罗伯特迎空挥舞着厚厚的信封，“你恐怕能吃一辈子不要钱的冰激凌。”

罗伯特坐在报纸自动贩卖机的顶上，蛋筒投下的阴影替他遮挡着阳光。

阿诺把信递给他。“是我妈妈寄来的，”他说，“要是她说了什么肉麻黏糊的话，你可千万别笑。”

“黏糊？你没告诉我会有黏糊的东西，”罗伯特一边说，一边假装要跳下去，但看到阿诺严肃的表情，他不再取笑了。

“既然她知道你不识字，为什么要给你写信呢？”

“她送我上火车时给我的。而且，她不知道我不识字。”

“她怎么能不……”

“我假装我会读。你到底能不能替我读信？”

“好吧，好吧，抱歉。”

罗伯特双手捧起信纸，开始读了。“最亲爱的阿诺。一想到要把这可怕的事情告诉你，我的心都碎了。”罗伯特停了下来，“你确定要我读下去？”

“继续读。”阿诺说。

“我写这封信的时候，你在隔壁的床上睡着了。这是你在自己床上度过的最后一晚。这将是你在慕尼黑度过的最后一晚。我们存了好几年的钱，希望有一天我们能搬到美国，逃离这座城市，但是，唉，我们存的所有钱只够买一张能让你安全到达美国的票。在那里，战争早就结束了。在这里，整个国家都在我们周围关闭，把我们封闭起来。一天又一天，逃跑的机会越来越少，越来越小。你父亲会尽他所能为我们买票，但我们不太可能提前到 1965 年去找你。但希望我们能走得足够远。阿诺，唯一重要的是你安全了。你比我们快了一大步，我们不太可能再见面了。”

读到这里，阿诺的抽泣让罗伯特停了下来。“你希望我停下吗？”

阿诺摇摇头，罗伯特继续读下去，声音稍稍柔软了些。“我们不太可能再见面了。一定要勇敢、坚强、善良，不说谎，只跟那些能让你为自己感到骄傲的人交朋友。努力工作，要知道，无论何时何地，我们都将为你感到骄傲。致以我们所有的爱，永远。”

罗伯特把信折了起来。

“但是，听着，”罗伯特说，又挥了挥奖金信封，“你现在有这个了！你可以给他们买票。你不能吗？要花多少钱？我打赌用不了这么多。如果你真的需要，我还可以借给你一些。”

阿诺用胳膊擦了擦脸。“你不能回到过去，”他说，“只能往前，你应该知道的。这不是超级英雄漫画，我也不是超人。”

罗伯特从报纸自动贩卖机上跳下来，用手臂搂住阿诺的肩膀。他问阿诺想不想吃冰激凌，阿诺说想。

§

阿诺离开罗伯特家时，天色已晚。他站在外面，听着房子的轮子仍然跟着太阳（哪怕它此刻正在地球的另一侧）慢慢转动。蟋蟀们快乐地玩耍，远处还有硕大的青蛙和夜鸟，虫子在街灯下追逐求偶。起初，他的头顶上只有几颗星星，但他看得越久，看到的就越多。天空为他绽放，亮起一束又一束的光，如同它沉睡的脸上无数的雀斑。他想象自己听到了飞机投下的炸弹在欧洲炸毁房屋时发出的微弱回音，爆炸声穿越时间在他耳边回荡。

这时，一声真正的响动从冰激凌店里传来，叫他分了心。此刻，他的眼睛已经从仰望天空的状态里调整好了，他看到前窗后面有动静。在那可怕的一瞬间，他以为是来了小偷，正想着要怎样发出警报又不让对方注意到自己。

但等他蹑手蹑脚地走近时，他发现里面的人并不是在偷东西，而是有些怪异地左右摇晃着。

等到他的脸紧紧贴在玻璃上时，他才看到两个人拥抱在一起，一只脚轻轻挪到另一只脚边，在地板上转圈，绕着对方转，他们的头倚在彼此的肩膀上。威尔逊太太穿了一条裙子，小腿肚紧紧地绷着。她的鞋子甩在一边，赤裸的脚轻轻地踮着，绕着威尔逊先生的大鞋子画圈。

哪怕把耳朵贴在玻璃上，阿诺也听不到音乐声。他们在沉默中跳舞。接着，他们看见了他，显然有一瞬间的恐惧，直到他向他们招手，他们才意识到那是他。他们一起笑着走到前门，打开门锁。

“你还在这儿呢？”威尔逊先生问。

“对不起，”他说，“我无心吓唬你们。我正想着离开。”

“好啦，”威尔逊太太说，“我最好送你回去。”

“我会锁门，”威尔逊先生说，“别耽搁太久。”

威尔逊太太把鞋子放在桌子上，光着脚走到阿诺身边。

“我也可以把鞋子脱掉吗？”

“当然。”她说。

阿诺一手提拎着帆布鞋，威尔逊太太握住他的另一只手。他们一起走在路边凉悠悠的草地上，感觉很好。

## 后记——
## 1965 年：阿诺·彭齐亚斯、罗伯特·威尔逊和宇宙微波背景辐射

1965 年，两位在新泽西州霍尔姆德尔贝尔实验室工作的射电天文学家做出了一项发现，彻底改变了我们对宇宙起源的认识。

当时，射电天文学还是一门相对较新的科学。数千年来，我们一直用眼睛仰望太空。自 17 世纪以来，随着望远镜的使用，我们的视野得到了扩展。但直到 20 世纪 30 年代，我们才第一次探测到了来自外太空的无线电波，由此开始研究看不见的宇宙。

有了射电望远镜，我们现在看到了以前从来看不到的宇宙。天空中布满了明亮的无线电光点——它们不是恒星，而是类星体，是由超大质量黑洞驱动的遥远星系。脉冲星的稳定闪烁，即爆炸的恒星旋转坍缩的内核，从众多的射电源中脱颖而出。就连爱因斯坦预言的时空扭曲，也可以从巨大的引力透镜效应所产生的扭曲图像中看到。

但射电天文学家——阿诺·彭齐亚斯（Arno Penzias）和罗伯特·威尔逊（Robert Wilson）——最惊人的一项发现，是宇宙微波背景辐射（cosmic microwave background），他们因此获得了1978年的诺贝尔物理学奖。

宇宙大爆炸约38万年后发出的光，迄今充斥着宇宙。受空间扩张的拉伸和冷却影响，这种光如今只在微波无线电光谱中留下微弱的余晖。我们可以看到它就在我们周围，来自各个方向，无论我们往哪里看，它几乎都一模一样。它已经传播了近140亿年，通过研究它，我们几乎可以在时间上追溯回宇宙大爆炸本身，它是我们所能见到的最古老的光。

彭齐亚斯和威尔逊用的是一架号角式射电望远镜（看起来有点像前文故事中的冰激凌蛋筒）。这架望远镜的威力不在于它的大小，锥体宽端处的抛物面反射器直径仅为6米，它收集到的无线电波要比巨型望远镜（比如英国卓瑞尔河岸天文台直径76米的碟形望远镜）少得多。但它独特的设计和特殊的电子放大器，使它能够最为精确地测量较大天文辐射源的无线电波亮度。

对彭齐亚斯和威尔逊来说，这对他们的计划至关重要，他们想同时测量单个天体的亮度以及银河系外部的亮度。据预测，银河系的背景辐射是非常微弱的，即使采用霍尔姆德

彭齐亚斯和威尔逊使用的号角式射电望远镜

尔性能卓越的号角式望远镜，仍可能无法探测。为了探测或严格地锁定这种背景辐射，他们需要将望远镜的能力发挥到极限。

从天体到达射电望远镜的信号可能极其微弱，它们还会与各种来源——大气层、地面、射电望远镜的结构、连接电缆、放大器，以及接收器中的其他电子元件——的背景噪声混杂在一起。这些噪声跟热电阻产生的噪声看起来几乎完全相同，温度越高，电子在电阻器中振动的速度越高，产生的噪声也就越多。对于接收器电子元件里的这些随机热噪声波动，要通过将其冷却到极低的温度来减小。在彭齐亚斯和威尔逊的系统中，放大器用液氦冷却到极低的温度，大约只比绝对零度高 4 度（4K，或零下 269°C）。

为了去除这些背景噪声源，望远镜通常会对准目标物体，接着对准附近的参考位置，并希望参考位置内只包含背景，然后可以将其减去。但如果我们想要测量一个天文光源的绝对亮度，我们需要通过观测一个已知亮度的光源来校准整套系统。彭齐亚斯建造了一种特殊的“冷参考源”，用液氦将其冷却到已知的温度。接着，威尔逊把它挂接到望远镜上，这样他们就可以在到达望远镜的信号和来自冷负荷的信号之间进行切换。通过这种方法，他们可以对这两个信号加以比较，对来自望远镜的信号精确校准。在前文故事中，男孩们擅自使用冰激凌冷冻室的情节灵感，便来自为电子设备降温以减少额外噪声、使用冷负荷来校准结果的操作。

到 1964 年夏天，号角式射电望远镜产生了很好的结果，随机噪声波动的等效温度小于 0.2K。他们将望远镜对准天空，发现了一个相当于 6.7 K 的信号。这是一个令人担忧的发现。他们已经仔细计算过，天空、地面和望远镜结构贡献的温度之和应该只有 3.2 K 左右。但现在某个地方有一个相当于 3.5K（正负 1K）的额外信号。

这额外的信号不可能是来自我们银河系的射电辐射——其他观测表明，它的亮度不可能超过 0.02K。它也不可能是无线电干扰——他们将望远镜对准纽约市和地平线附近的其他地方进行实验，信号的强度始终达不到足以解释 3.5K 残留背景信号的水平。这里最著名的细节是，为了排查原因，他们把一对筑巢的鸽子从号角里赶了出去（就跟前文故事里的孩子们一样），仔细擦洗了鸽子粪（威尔逊的诺贝尔演讲称之为“一种所有城市居民都很熟悉的白色物质”）——可结果并没有差别。

他们迟迟找不到原因，直到麻省理工学院的同事伯尼·伯克告诉他们，鲍勃·迪克（Bob Dicke）的研究小组正在 40 公里外的普林斯顿大学开展一些工作，可能会对他们的研究有帮助。彭齐亚斯给迪克打了个电话，迪克给他寄去一份自己的团队成员吉姆·皮布尔斯一篇论文的预出版副本。论文预测了大爆炸残余辐射的存在——这种辐射的性质与号角式望远镜探测到的信号一致。论文还描述了迪克的团队正着手建造一台望远镜来探测信号，但尚未让它运转起来。接到彭齐亚斯的电话之后，迪克向团队宣布了宇宙微波背景辐射的意外发现，并说了一句著名的话："小伙子们，我们被抢先了。"

两个小组答应在 1965 年 7 月的《天体物理学杂志》上一前一后地刊出论文，联合发表研究结果。首先，普林斯顿大学的迪克、皮布尔斯、罗尔和威尔金森团队描述了他们对大爆炸残余辐射性质的理论计算。然后，彭齐亚斯和威尔逊用号角式望远镜描述了对它的探测。

宇宙微波背景辐射是宇宙在高温、高密度状态下起源的主要证据之一——这是大爆炸的关键特征。自发现以来，它的特性一直受到严格的观测。例如，经宇宙背景探测器和威尔金森微波各向异性探测器的观测，我们得以绘制出宇宙微波背景辐射温度的微小变化。这些波动（乔治·斯穆特将波动描述为"就像看到了上帝的脸"）是由宇宙密度的波动（正是它导致了恒星和星系等结构的形成）引起的。斯穆特和约翰·马瑟因为用宇宙背景探测器对宇宙微波背景辐射进行的观测而共同获得了 2006 年诺贝尔物理学奖。

过去的10年被称为“精确宇宙学时代”。威尔金森微波各向异性探测器对宇宙微波背景辐射的测量，确定了宇宙的年龄为137.3亿年（误差在1%以内）。我们已经能够测量宇宙的曲率，并表明它几乎完全是“平的”。也许最奇怪的是，宇宙微波背景辐射的观测和其他研究表明，普通物质只占宇宙质能的4.6%，暗物质（一种有质量也有引力的不可见物质）占23.3%，剩下的72.1%是神秘的暗能量——它无法被解释，而且，相当令人震惊的是，它导致宇宙加速膨胀，这与预期的引力影响相反。

在撰写本文之时*，我们正在等待欧洲航天局的普朗克宇宙飞船传回的结果公布。它在太空中所处的位置，消除了来自地球大气的噪声，它的一些接收器冷却到只有0.1K。经过精心设计，它能够消除来自银河系污染的前景辐射，有望制作出有史以来最精准详细的宇宙微波背景辐射图。如今的挑战是，不仅要利用宇宙微波背景辐射来研究大爆炸的后果，还要研究大爆炸是怎样发生的。

探测到宇宙微波背景辐射，并将其与大爆炸联系起来的故事，从很多方面来看都十分有趣。从某种意义上来说，你可以说彭齐亚斯和威尔逊运气很好。一开始，他们并不是想

* 本书首次出版于2011年。

要寻找宇宙微波背景辐射，而等他们发现之后，也不知道自己找到的是什么。然而，他们的确着手建造了一台射电望远镜，能够对来自太空的背景射电发射进行极其精确的测量——这正是探测宇宙微波背景辐射所需要的。这个故事揭示了谨慎的实验设计所具有的价值，以及要保持思想开放，随时准备迎接研究工作超出最初预期范围的可能性。

故事作者

## 亚当·马雷克
## Adam Marek

作家。首部短篇小说集《吞咽指南》（*Instruction Manual for Swallowing*）入围 2008 年弗兰克·奥康纳奖。2010 年，亚当入围首届《星期日泰晤士报》EFG 私人银行奖。2011 年，获得艺术基金会短篇小说创作奖。

后记作者

## 蒂姆·奥布莱恩
## Tim O’ Brien

曼彻斯特大学卓瑞尔河岸天文台副主任，天体物理学高级讲师。主要研究领域为恒星爆炸。他发表过 100 多篇研究论文，除了从事研究工作，他非常积极地参与公共科学活动，定期出现在媒体上。

# 新娘山

# Bride Hill

14

*“9 月只是夏天的余晖，是蜡烛熄灭后人们眼里的残影。”*

我的丈夫患有阿尔茨海默病，但女儿并不相信我。

如果我打电话给她说，他出去买火腿和牛奶，回来时只带着一口空袋子，她会说，“哦，我也经常这样”。

又或者，如果我说，他搭公共汽车进城，之后步行回来，她会说，“这么做不是挺健康吗”。要是我说，才不是，那是因为他不记得公共汽车站在哪了，她会笑着说，“他可是个哲学家，你对他还能有什么期望？”

我说，今天他买了两次《卫报》，明明我们的棚屋里只需要 1 卷麻绳，他却买了 6 卷。她说，“妈妈，你得想想，你们俩现在都退休了，经常一起待在家里，你只是注意到了这些事而已，这都是些正常的小事。你干吗不来我这儿住一个星期，帮忙照顾照顾孩子，也给自己一些空间呢？”但正如她所料，我没这么做。

“正常，”我女儿一遍遍地说，“寻常事儿。”当然，对他来说，走过公共汽车站很寻常，提着满满几口纸袋或是一口空纸袋，都很寻常。是的，他总是喜欢到五金店买东西。我毕竟是个唯物主义者，他会对邻居甚至对他们年纪还很小的孩子这样说，接着会详细地解释这在哲学上意味着什么。

在棚屋里，一切都井井有条，一切都很正常。只有我这唠唠叨叨、吹毛求疵的妻子，才会注意到多出来的麻绳，或是他两次把铁锹丢在堆肥堆里，一次落在了车顶上。

我想女儿认为我们的年纪还不够大，不存在这样的问题。我想这是因为杰夫68岁，我65岁；因为我们是瘦削、头发棕白、戴着金框眼镜的人；因为我们是活跃的退休人士，喜欢穿现代面料的实用风格服装，比如羊毛衫，色彩鲜艳的系带鞋，从德国产品目录上购买的步行裤；因为我们经常拄着斯堪的纳维亚的金属登山杖远足。我女儿认为，我们的大脑同样结实灵活，经得起思考的长途跋涉。

要不然就是她觉得我在瞎编。我女儿一直认为我嫉妒她。“这不是战争，”我女儿说，“没有配给制。”我女儿，从她能自己走出前门的那天起，从她的小胖手能放在热水龙头上的那一刻起，就一直在藐视我。不管我怎么说，她也会放满一缸热水泡澡，抢着吃（难吃的）帕尔马紫罗兰糖，穿廉价的衣服，找我不喜欢的男朋友，给自己买四驱汽车和宽屏电视。我相信她会跟她的朋友们讨论我打过去的电话，他们人人都知道妻子会记仇，尤其是我这一代的妻子，跟詹妮弗这一代不一样，我们放弃了一切，而她似乎什么都有。

但如果说，工作就相当于个人的事业，那么我女儿至少应该尊重我接受过的科学训练，毕竟她自己没有。她经常对我的老古董学位翻白眼，对我说现在已经距离1965年很久了。但事实上，我读过有关阿尔茨海默病领域的新认识，而且我也在电脑上查阅过资料，我是这方面的高手。我试图让女儿了解我的研究进度。我打电话问，“詹妮弗，你知道海马体是什么吗？”她叹了口气，猜想着，“是马场吗？”拉丁文是她不擅长的领域之一，我说不是，海马体就是海马。她说，“你说爸爸痴呆了？”

好吧，母女关系里包含了这种戏谑。许多母女都有这样的行为。不必感到冒犯，也不必写上一封附有图表的信，因为我女儿从来不写信，她管这些信叫蜗牛邮件。她连邮票都不会买。

所以，过了一两天，我又打了一次电话，但这次我开门见山地告诉她，“詹妮弗，海马体是大脑的一部分，它的形状像海马，大小像海马，具有原始海洋生物的光泽，想象一只海马盘绕在大脑皮层下面……”

詹妮弗说，“好吧，妈妈，我在想象海马了，然后呢？”

“海马体很古老，就跟海马一样，很原始，也跟海马一样，所有的哺乳动物都有海马体。”

“在大脑里？”

“在大脑里，在大脑的底部。”

“它是做什么的？听起来有点感兴趣。”

“它做的事情之一，是制造新的记忆。那里的细胞具有神经可塑性，它们会形成新的模式，它们有着长时程增强作用。也就是说，它们形成的模式有可能进入你的长期记忆。”

“挺好的，然后呢？”

“阿尔茨海默病通常最先表现在海马体里，斑块把神经元压住了，它们变小了，它们的蛋白质纠结到一起，医学上的说法叫硬化。”

“对，海马硬化了，缩小了，就像晒干的海马，你从意大利给我买过一个。”

接着，我说，“一旦海马体硬化，无法激活神经元，就不能建立新的记忆，就没法把新的经历转化为长期记忆”。

“嗯。”

“詹妮弗，你父亲，火腿，牛奶，公共汽车站，空纸袋……”

詹妮弗发出一声嘲弄，就像在揉纸袋，她说，“维基百科真可怕”。

但第二天，她给我打回电话。她问，“他玩数独游戏吗？这对大脑有好处”。

我说，“他当然不玩，他是搞哲学的”。

接着，她说，“孩子们下星期就回学校了，我下星期一过来，我们带爸爸去新娘山”。

当然，这是个可爱的想法。

但在下星期一前的5天里，我想到詹妮弗对野餐地点的选择，又回顾了以海马体为主题的现有网络文献，我意识到——一如给我孙子举办的洗礼聚会，野餐是我女儿设计的一个“陷阱”，目的是让我显得多疑、刻薄。因为新娘山不仅仅是附近一处适合家庭出游的古迹，它还是一座迷宫，一座在白垩上开凿的仪式性迷宫。我敢肯定，詹妮弗已经读到了老鼠在迷宫中的表现，以及由此发现的海马体形成地图的功能，她凭借自己惯常的、模模糊糊不科学的方式得出结论，哪怕她的父亲——杰夫——的确随着年龄的增长变得胡子拉碴、鼻子长长，但把他放到迷宫里，他仍能成功地找到通往中心的小路（这是他多年前为女儿设计的游戏），她，詹妮弗，便能向我——她有着过时科学学位的愚蠢母亲——证明，他的海马体没有硬化，他也没有患上阿尔茨海默病。

察觉了她的意图，有整整3天，我曾强烈地想过要给女儿打电话，告诉她我已经明白了她的打算，以及她的测验完全不科学，建立在错误的原理上。海马体的确为我们构建地图。初次到访新娘山的游客会把他们眼里弯弯曲曲的白色小路、白垩粉尘和草皮的味道，以及他们借助太阳和长长阴影产生的方向感，在思维里转化成一幅地图，一个如何进入迷宫中心的概念，但海马体只是一种工具，一种处理工具，而不是存储地图的仓库。更何况，这也不是我们唯一能辨明方向的方法，我们还可以利用自己的长期记忆来确定方向，这就是为什么杰夫仍然能够顺利地走进五金店。反过来说，如果公共汽车站今年搬了位置，他就无从下手了。我相当肯定，在杰夫的长期记忆中有一幅新娘山的地图，因为我们过去经常去那里，哪怕他的海马体不怎么灵光，但在下星期一，他仍然能够提取出这幅地图。公共汽车站是公平的测试，而迷宫不是。但我该怎么打电话告诉詹妮弗这一点呢？她只会全盘否认。星期天，我发现割草机被丈夫拿出来了，草坪才剪了一半就将它扔在了外面。我还是没有打电话。

就这样，到了星期一，我把一些已经印在杰夫长期记忆里的东西放到桌子上，不需要经过海马体和它的长期增强作用细胞，杰夫也能识别它们、喜欢它们：格纹热水瓶，用防油纸包起来的三明治，他的红色风衣，野餐垫。接着，詹妮弗来了，胖乎乎的，40 岁，脸上长着雀斑，微笑着，她也安安稳稳地存在我和丈夫的长期记忆里。如果杰夫看起来有点吃惊，如果他忘记了我已经跟他说了一遍又一遍的短期野餐安排，好吧，我们并没注意到。大家不都会因为快乐而惊讶吗？这不就是快乐吗？

詹妮弗开着车，杰夫戴着太阳帽坐在前面，我坐在后面的婴儿座旁。詹妮弗戴着墨镜，时不时地瞟一眼左边，查看导航。我说，“我还以为你认识路呢”。她说，“现在有了导航软件，什么也不记得了”。至于杰夫，他状态真的很好，他说，“这一切真是了不起，有人认为智能机器已经成为我们大脑的一部分，我们都是半机器人，兴许早在我们发明怀表甚至手斧时就是这样了”。

詹妮弗笑着，用涂了指甲油的指甲轻轻敲打着指示灯，我看得出，她正想着，哪里有什么问题。而我想告诉她，她爸爸就是这样。他关于半机器人的谈话内容，几年前就在海马体中处理过了，它如今存储在他的长期记忆里，他可以随时提取并使用它。可关于现在的信息，进入不了海马体，没法变成长期记忆。问问他我们要去哪，詹妮弗，他会开玩笑，因为他不记得一小时前你跟他说了什么。你的现在，詹妮弗，你那些新面貌，连我都几乎认不出来，当我看到你那女性化的身材、墨镜、你皱眉时的纹路，我自己也吃了一惊——而这些，到了今天晚上，他什么也记不得。但我该怎么开口说这些呢？她看上去那么飘飘然，那么开心，那么明显的一切尽在把握。

我女儿喜欢开车。我们开着车，这一带地势平坦，我们能看见几公里外的新娘山：蛋圆形的金色丘陵，丘陵顶上的迷宫用白色勾勒出来，就像一枚拇指的手印或是指纹或一块硅芯片。这些白色其实是挖在山上很深的壕沟，里面填满了白垩。新石器时代的人肯定花了很长的时间来修建它，他们用它做了什么，它是用来干什么的？一条神圣小径？一种仪式的助记手段？一个部落的标志？没有人知道，确切地说，尽管周围遍布着古冢，可这个设计，就像杰夫一会儿会说的（他一看到它就会这么说），“仍保存着独有的力量”。

“妈妈，你看，”詹妮弗说，“红风筝。”

我用手遮挡着阳光往上看，它们就在那里，许许多多的风筝，在我头顶盘旋，就像树叶在排水沟里打旋。

接着，我们停好车，来到室外，阳光金灿灿的。

杰夫说，“好极了，简直好极了”。

詹妮弗说，“是啊，爸爸，是啊”。然后像往常一样崇拜地看着他，她没有看我。突然，我感觉很生气，我看着他们穿过英国国家名胜古迹信托机构设立的栅栏门，到了迷宫，坐在老弱病残人士专用的长凳上。

这里总是有风。我听着它卷过高高的草丛发出干燥的声音，闻着干草和白垩的气味。长期以来，他们认为海马体是嗅觉组织，处理嗅觉信息，但这不是真的，或者说基本不是真的。嗅觉是海马体制造的记忆的一部分。

这座山的气息穿过我的海马体，并将它与我和孩子们到这里的数百次出行旅行联系起来。而现在，这气息再次为我释放了许多关于孩子们的画面：穿着老式套头衫的少年，懒洋洋地倚靠在栅栏门上；10来岁的孩子，在迷宫中彼此追逐打闹；蹒跚学步的婴儿，胖嘟嘟地裹着尿布……这些孩子全都跟着詹妮弗和杰夫往山上走，走过迷宫狭窄的白色小径，年纪还轻的杰夫一边走一边说着这些图案可能会是什么含义，说着他计算出的通往迷宫中心的最简单路线。慢慢地，不情不愿地，这股气息启动了我对他的爱的复杂机制。

通过我绘测的失灵表，我知道杰夫都发生了些什么：铲子没有挂在钩子上，草坪没有修剪，空空如也的袋子……我一直在告诉詹妮弗这些事，好让她能把这些事累积起来，同时我也在不断地进行确认，因为每一次的失灵都是那么小的事。如果她愿意听，我会告诉她海马体也是因为失灵才被发现的。在美国，20世纪50年代，有个年轻人叫亨利，也就是患者HM。他患有癫痫，一发作就没法工作，很可能会死。1953年，也就是我做了扁桃体切除术并被送去上学的那年，一位名叫斯科维尔的外科医生给HM做了一次实验性的手术。斯科维尔切除了HM的大部分海马体，剩下的部分萎缩了。这的确治愈了HM的癫痫，但当他手术后醒来时，他患上了健忘症，他的健忘症很特别，是海马形状的。

有个研究患者 HM 的女医生，叫布伦达·米尔纳。她耐心、稳定地盘点着 HM 做不到的所有事情。HM 能很清楚地记得自己生命中最初的 25 年，但不记得手术前的两年。他能认出过去认识的人，但新认识的人一个也认不出来，他认不出米尔纳医生，也认不出 20 年来他每天都见得到的护工。他不能记住新的信息，每次告诉他新上任的总统或人类登上月球一类的事情，他都会感到惊讶，但他可以在不知道自己正在学习的情况下学习新东西。他的程序性记忆在运转，陈述性记忆却失灵了。于是，米尔纳医生要 HM 只看着镜子，将一张纸上的点连接成一颗星星——这是一项棘手的工作。HM 照做了，他用了 3 天时间学会更快更好地完成这项任务，但始终不记得自己之前做过这项任务。

詹妮弗和杰夫现在接近迷宫的中心了。杰夫走在前面，詹妮弗在后面，两人都展开双臂，努力在狭窄的小径上保持平衡，像孩子一样。看得出，如果说，杰夫一开始想着按照自己的秘密系统——他通往中心的著名破解路线——走到迷宫中心，那么眼下他分明已经忘记了。他们正走向迷宫中一个令人愤怒的曲折陷阱，它将让你绕回入口。而且我发现，我不希望詹妮弗注意到这一点，这时我宁可当个傻瓜，我希望她的实验成功，于是我开始朝他们走过去，想着该说些什么，比如哎呀，我的老胳膊老腿不中用了，但杰夫高高跃起，跳过草丛，跳到了迷宫的另一部分，就像小男孩越过一条大沟渠，接着转过身，鼓励詹妮弗也作弊。真是顽皮的老爸！我估计他在笑。

我继续走着。毫无疑问，詹妮弗会说我嫉妒像布伦达·米尔纳那样成就斐然的女性，她们用自己的大脑在世界上留下了持久的印迹，但她错了。我喜欢想起布伦达·米尔纳，她比我年长，也比我更聪明，但仍然穿着我们在20世纪50年代时穿的那种丑陋的衣服——紧身裤和长筒袜，拿着笔记本，坐在患者HM和镜子对面，而他正费力地画着星星，呼吸沉重。他拿着铅笔，她拿着钢笔，在人类知识的领域里，两人一笔一画地描绘出了海马体、颞叶、陈述性记忆、程序性记忆的功能，稳定地、平静地填充着隐藏的线条和路径，就像用黑色的蜡把黄铜纪念币的画像摩擦到纸上，香蕉形状变成了脚、散乱的上半身、腿，等等。再说了，布伦达·米尔纳做的事对我有好处。在镜子（我把它想象成我母亲的红木框梳妆台镜）里，从他皱着眉头、苍老得出乎他意料的倒影里，HM笨拙（所有按着镜中倒影书写的人都会这样笨拙）地为阿尔茨海默病患者描绘着一幅小小的地图，这幅地图上有空白，但它是我们唯一拥有的一幅地图。

詹妮弗和杰夫现在玩起了游戏。他们抛弃了规则，甩着胳膊，放肆地从一条小径跳到另一条。我能听到他们远远传来的笑声。但等我走到迷宫的入口，我的陈述性记忆如同管家般跳了出来，告诉我怎样解开这个迷宫，“今天你想跟着杰夫的路线走吗？杰夫的陈述性记忆今天失效了。他的这位管家喝醉了，休假的时间越来越长，经常半夜出现，衣冠不整，胡言乱语”。

为了尊重杰夫，我选择了他的路线，从右边违背直觉的长长下坡小路继续走。手术后，HM 的母亲陪他一起生活了 20 年。20 年的岁月，一步一步、一天一天的累积，离他认识的一切越来越远，仿佛他停靠在了 1953 年，而他的母亲正乘着一艘大船离他而去。也许，他的母亲染了头发，或是穿着 40 多岁时穿的套装，更多的只是为了让自己更像那个他在生命前 27 年里认识的母亲吗？会不会有一个早晨，他认不出她来，甚至问起她的名字呢？

现在，詹妮弗和杰夫坐在迷宫的中心，一块四周围着白垩的破旧草地。詹妮弗抬起头，从我的角度看过去，她的侧影和她的身体像是脱节了，她看上去就像个小姑娘。杰夫在说话。这条下坡小路带我离开他们，接着又绕回来。我跟着它走。HM 在他孤独的站台上，被冲到他的时间之岛，将近 80 年。杰夫不会。在阿尔茨海默病患者中，等海马体萎缩之后，整个大脑也会不停地萎缩下去，额叶、长期记忆、程序性记忆，一个接一个，只有脑干还记得怎样呼吸。

等我到达中心时，没有人恭喜我解开了迷宫。杰夫还在说话，一直都没有停。我听出了这段话——天堂和本质的自我。这说明了我的观点，你看，人格只存在于对他人的反应中，也就是说，是记忆的一部分结果，但总是在时间的前进轨迹中存在。就像我对学生说的，你们在天堂里会谈些什么？在一个完美的世界里，你们会做些什么？从来没有人给过我一个像样的回答！

突然，我看到詹妮弗在哭。我坐在她旁边，拍着她的后背，那是你想表现得友善时才会去触碰的地方。事实上，我讨厌自己竟然是对的。詹妮弗抽抽着鼻子说，“我想现在是在天堂了，你说呢，妈妈？”

我们在阳光下坐了一会儿，杰夫又说了一遍，真是太暖和了。的确，如果你闭上眼睛，你可以把它当成真正的热量，春天万物萌生的热量。你兴许会忘记，9 月只是夏天的余晖，是蜡烛熄灭后人们眼里的残影。

## 后记——
## 1971年：布伦达·米尔纳、HM和海马体

就像作家一样，我们的大脑会一丝不苟地收集信息，勾勒出自传的轮廓。跟一切正在进行中的作品一样，这些故事有开头、中间和结尾；此外，我们可以翻看之前的文本（或记忆），并常常对接下来要写些什么冒出点子来。在《新娘山》这个故事中，作者凯特描绘了一幅清晰的画面，阿尔茨海默病（Alzheimer's disease）就像一块橡皮擦，起初掩盖新写的章节，接着慢慢地往回扩散到自传体时期，直到只剩下遥远的记忆、令人困惑的当下和不确定的未来。

与阿尔茨海默病最早期阶段相关的记忆障碍，可以追溯到我们大脑中一块被称为海马体（hippocampus）的区域。这一结构在19世纪末首次受到科学关注，在此期间，一些著名解剖学家率先对该区域的整体结构和细胞排列进行了详细研究。这些研究产生了大量关于海马体功能的理论，认为它在注意力里扮演角色，还与我们的嗅觉有关。然而，直到20世纪中期，海马体才首次与记忆有了确定的关系。这一突

布伦达·米尔纳

破源于对海马体严重受损的患者心理缺陷的研究。这些患者对自己受伤前些年经历的事件表现出不同程度的失忆，更明显的是，在将新获得的信息转化为长期记忆方面存在重大缺陷。这些研究扮演了重要角色，揭示海马体在事实和事件形成长期记忆的过程中发挥着特殊作用，这一功能叫作“陈述性记忆”（declarative memory）。

海马体是由许多独立的处理单元组成，它们像机器上的齿轮一样协同运转。阿尔茨海默病会导致无用的物质在这一系统内堆积，就像在机器里一样，干扰齿轮的运转，使之减速，最终导致整个系统失灵。有趣的是，阿尔茨海默病在早期阶段造成的损害，似乎特别针对特定的海马体区域，而其他区域相对不会受损。因此，为了更透彻地了解阿尔茨海默病怎样干扰整个记忆系统，首先需要了解这些独立的海马体区域是怎样为整个记忆形成过程作出贡献的。因此，尽管我们可以通过显微镜观察阿尔茨海默病所造成的损害，记录它对细胞通信的影响，但在我们得以分辨受影响的单个海马体区域怎样促进记忆形成之前，我们不能说完全了解了这种疾病。

我的工作重点是研究健康人的一个特定海马体区域，据信该区域是阿尔茨海默病的病理目标。来自不同源头的不同类型的信息汇聚在这一区域的细胞上。这意味着，这些细胞

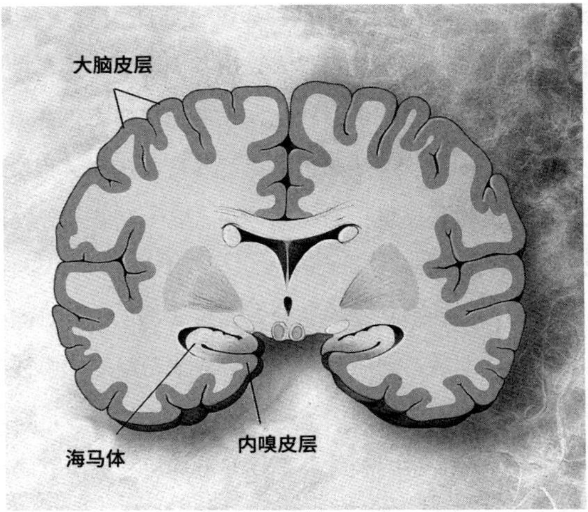


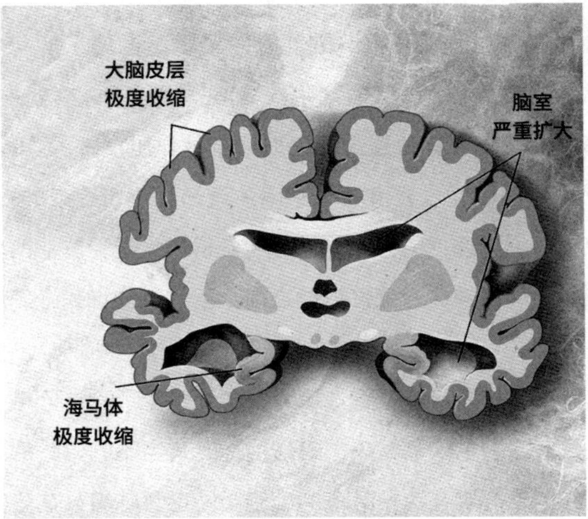


正常大脑（上）与阿尔茨海默病患者大脑（下）对比

占据了一个理想的位置，可以将这些不同的输入组合成单一的记忆事件。因此，这个区域有着双重的整体功能，首先，它“在线”工作，将当前的体验结合成新的记忆；其次，它可以将这些最近形成的记忆存储在回路当中，便于以后访问。在这个系统中，这两项任务必须保持分离，确保新记忆不会干扰旧记忆。

例如，如果你每天开车去上班都把车停在不同的地方，你肯定想要记住今天把车停在了哪里，不希望这些信息并入之前的出行记忆，要不然，你恐怕就要走路回家了！我正在通过实验检验一种理论，即新记忆的形成和对之前储存的记忆的检索，在时间上是依靠健康海马体中存在的细胞活动的起伏规律节奏分开的。就像潮汐一样，海马体不同区域的活动模式也会有节奏地振荡，或许是将信息片段“捆绑”到一起，以形成一起记忆事件。具体来说，在记忆形成过程中，脑电波会在 θ 频率范围内（每秒 3 到 10“拍”）显示出明显的振荡。我的工作分析了这种振荡在不同相位上的输入，量化细胞活动在整个周期中的变化。我希望，随着我们更好地了解海马体各个独立区域怎样共同形成记忆，我们也将更好地理解像阿尔茨海默病一类毁灭性疾病的影响，为治疗它们做好准备。

故事作者

凯特·克兰奇

Kate Clanchy

作家。曾出版诗集《懒婆娘》(*Slattern*)、《撒马尔罕》(*Samarkand*)和《新生儿》(*Newborn*)。2009 年，她的短篇小说《没死的与得救的》(*The Not-Dead and the Saved*)获得 BBC 国家短篇小说奖。

后记作者

萨拉·福克斯

Sarah Fox

曼彻斯特大学记忆神经基础博士。她的研究重点是海马体内网络活动的自然变化如何影响该区域细胞形成记忆的方式。

# 那会怎么样？

# What If?

# 15

*“但在那一天，一个曾遭受过严重破坏的世界，灾情会变得小一点。”*

想象有两串珠子，每一串都穿着 15 亿颗珠子。想象这两串珠子拧在一起，形成双螺旋。这些珠子是分子，或者叫核苷酸，也就是你的 DNA。它是独一无二的（除非你有个同卵双胞胎），你身体里每一个细胞都含有它。如果把这两串珠子拉直，每一串各有一米长。30 亿颗珠子微小到连用显微镜都看不见，只能用 X 射线晶体学检测出它们的存在。

想象在这两串珠子的某个地方，有一段基因存在缺陷。这部分大约有 400 颗珠子那么长。它是小得几乎难以想象的微小事物的极小一部分。

想象你想知道某人是否携带镰状细胞病、囊性纤维化，或者任何其他遗传疾病的基因。你会需要大量如此微小的 DNA 片段，比从标准血液样本中提取的数量多得多。你必须把它插入活细菌的细胞中，后者将把它连同自己的 DNA 一起复制。为获得足够的 DNA 完成诊断，你需要几个星期的时间，如果你想要扩增 DNA 来作研究或解决犯罪悬案，也是一样的。

想象有一种炼金术能在一夜之间完成这项工作。

1983 年 5 月，一个星期五的晚上，凯利 · 穆利斯离开自己位于加州伯克利的家，与女友詹妮弗驱车北上，前往他在门多西诺县的小屋。

他在实验室已经忙碌了一个星期，而且，那是酷热的一天。他很高兴能开车到山里去。落日的余晖透过巨大的红杉，他的手在方向盘上操控着，顺着弯弯曲曲的道路左右小幅调整。詹妮弗已经在他旁边睡着了。

他的思绪信马由缰地徘徊着。也许，他想到了等会儿到了小木屋要打开的那瓶安德森谷赤霞珠红酒。也许，他想到了自己的孩子们（他在之前的一段婚姻中生了一个女儿，在另一段婚姻中又生了两个儿子），又或者想知道未来会发生些什么。这一年，他 38 岁，拥有生物化学博士学位，此前的 4 年，他在一家小型生物技术公司工作。他做得很好，但还没有轰动世界。

当然，到了某一时刻，他的思路转向了一个困扰多时的问题。他主持的实验室专门合成寡核苷酸，即短串的核苷酸。这些分子，就是 DNA 链上的小珠子，分为 4 种类型：腺嘌呤、胸腺嘧啶、鸟嘌呤和胞嘧啶（A、T、G 和 C）。穆利斯和他的团队可以将其任意组合，生成 20 到 30 个核苷酸长的链。这就好像他有一串仅有 20 颗珠子的链条，但他可以把它们按 4 种颜色的任意顺序排列。多亏了海湾对面马林县生物搜索公司（Biosearch, Inc.）研制的一台新机器，该实验室的工作效率变得极为高效，核苷酸串的产量超出了使用所需。他要么不得不损失部分员工，要么就得想出别的办法来利用这些核苷酸串。

他打了个呵欠，摇下窗户，让加州夜晚干热的空气吹进来。路边簇拥着加州七叶树，树上白色和粉色的花尖在暮色中闪闪发亮……

几年后，在英国中部一座多雨小镇的一间办公室里，一名男子放下电话，对着空气舞动拳头。20 年前，他还只是个巡警，负责一桩年轻女子遭强奸后被遗弃等死的案子。没有人被绳之以法。这么多年来，他每隔几个月就会给她打电话，让她知道案件仍在调查中，他没有忘记，也永远不会忘记。他很佩服她重建了生活，现在有了丈夫和孩子。

在他的内心深处，他从未想过自己会看到这一天。这么多年来，那一丝精液的痕迹，原本太少，根本没有任何用处，只好放在一间尘土飞扬的证据室里。几个月前，一项新技术让法医从中获得了足够的 DNA，并输入了数据库。接着，一个月前，有人匹配上了。那是一桩普通的闯入案，但窃贼在锯齿状的碎玻璃上留下了血迹。血液里的 DNA 和精液里的 DNA 相吻合。他刚刚在电话里听说，目前已经拘捕了这名男子。

这并不是他第一次听说 DNA 扩增技术的应用。几个星期前，一名男子走出了肯塔基州的死囚牢房。他曾因现场留下的血迹被判犯下3起杀人案。他跟真正的罪犯拥有同样罕见的血型，但DNA分析最终证明血型属于另一个人。

这名警察的脑海中浮现出一段童年时去卫理公会教堂的记忆——是有关《旧约》里的一些内容，他已多年不曾想起，“唯愿公平如大水滚滚，使公义如江河滔滔”。

他凝视着灰蒙蒙的天空，思考着这对那位严重受伤的年轻女子意味着什么。他们叫它什么？结案？不，那太轻松了，太肤浅了。但在那一天，一个曾遭受过严重破坏的世界，灾情会变得小一点。至少他可以这么说。

他拿起电话，拨出了她的号码。

加州七叶树的气味从敞开的车窗飘进来。车流越来越稀少。偶尔，一栋孤零零的房子，透过树林闪烁着灯光。DNA链展开，在穆利斯的眼前飘荡，仿佛投射到前方的道路上。腺嘌呤对胸腺嘧啶，胞嘧啶对鸟嘌呤，A对T，T对A，G对C，一对又一对……

穆利斯想知道，能不能把获得过多核苷酸的问题跟复制DNA这一更大的问题挂上钩。万一他能用一个问题解决另一个问题呢？DNA 复制的问题实际上是两个问题：怎样选择你想要的 DNA 片段，以及当你有了这个片段，怎样扩增它。后来，他承认，站在化学家的角度，他并没有真正意识到，相较于自己所研究的小规模基因，人类基因组有多么庞大。如果构成人类 DNA 的 30 亿个核苷酸是单词的话，你将拥有一本厚度大约是《圣经》4000 倍的书。而在那本书里，穆利斯的 20 个核苷酸串仅相当于一行内容。

即便如此，如果穆利斯将这些核苷酸串与完整的 DNA 链一同放入试管，它们会搜索整个基因组，并与它们的匹配序列结合到一起，这也是核苷酸的特性之一。假设你想要复制一段疑似携带错误基因的特定 DNA 序列，比方说，400 个核苷酸长。如果你知道在它之前的序列是什么，你就可以设计你的小核苷酸链，让它们到那里结合，作为错误基因序列开始的标记。但它们也可能找到上千个其他相似的地方，你无法知道哪个才是错误基因序列的开始标记。你只是缩小了范围。穆利斯认为，如果能准确地锁定错误序列，就可以使用一种天然存在的酶来进行复制。

他突然想到，要是他再制造一串不同的 20 个核苷酸，让它寻找错误基因序列后面的一串并与之结合，那会怎么样？这样就能把范围缩小到基因组上的某一个地方。这两条核苷酸串就像方括号或挡书板一样，会互相指向对方。

这就意味着，在数十亿个核苷酸中，他能够选择一个 DNA 序列，并且……

“天哪！”

穆利斯把车停到路边，从汽车杂物箱里找出一个信封和一支铅笔，狂热地计算起来……

黑白黑白。它们被打印出来。这通常看起来像条形码，是黑白相间的窄条。但这一次不是。

通常情况下，他热爱自己的工作。他从病人的基因芯片中发现的东西可以提供诊断，指明治疗的诊断建议，但也有像这样的时候，他看到的东西会让他心寒。

他叹了口气。

坐在旁边长椅上的同事说：“怎么了？”

“你来看看。”

她站起身，走了过来，越过他的肩膀看了看。

“噢，天哪。”她说。

“的确只能说‘噢，天哪’了。”

他们不需要再多说些什么。他们所看到的可能有助于临床医生的诊断，也可能不会立即产生影响。但不管怎么样，在病人的医疗记录里记下这些信息，都等于安装了一枚定时炸弹。这段 DNA 打印结果——不折不扣的白纸黑字——告诉他们，这个孩子是直系血亲的产物，是父亲和女儿，或者兄弟和姐妹，甚至母亲和儿子乱伦的结果。

十有八九，除了亲生父母没人知道。但等孩子成年后，他可能要求看看自己的医疗记录，如果他这么做了……

实验室还在制定这种情况下的伦理政策。或许，他们会决定不必正式记录下这些信息。

“好在我们不需要做决定，”她说，“出发前想喝点什么吗？”

“这是你今天最好的主意。”

那天晚上晚些时候，他躺在床上，身边是熟睡的妻子，正怀着他们的第 3 个孩子，他想知道在自己和孩子的 DNA 中隐藏着什么秘密。我们都是接到密令出海的。撕开信封，知道你从哪里来，要到哪里去——这是一件了不起的事情。

那天晚上，过了好长时间他才睡着。

穆利斯用力过猛，铅笔尖折断了。他在汽车杂物箱里翻来翻去，想找支钢笔。

他身旁的詹妮弗动了动身子，低声抱怨着。

他说，“我刚想到了一件不可思议的事”。

“好吧，好吧，我们可以走了吧？”

“稍等一下。”

她打了个呵欠，又睡着了。

穆利斯继续潦草地往下写。

他意识到的是这样：

如果你把DNA加热到90到100摄氏度，双股螺旋链之间的氢键就会断裂，两股链便将融化分解。但它们并不想分开。DNA有一种天然的配对倾向。加入一条核苷酸短链，它们会在核苷酸长链中找到匹配的序列，将自己附着其上。如果你再加入DNA聚合酶——一种负责复制的酶——它会锁定那些核苷酸短链。DNA聚合酶就像个看护者。它会坐到成对的部分上，沿着DNA移动，寻找只有单链DNA的缝隙。等它发现缺口，就会加以修复，制造出一条新的链来匹配融化掉的那条。关键是它会修复双股DNA链，最终，你将得到原始双链的两份拷贝。如果你再做一遍同样的事情，把DNA融化成单链，再让聚合酶修复，你就会得到4份拷贝。如果你做了10次……

如果你做了10次，你就会……你就会……

没错，你就会得到1000份拷贝。

做20次，你就会得到100万份拷贝。

一下子，穆利斯解决了两个问题：怎样选择DNA序列，怎样扩增它。现在复制DNA所需的时间从几个星期缩短到了几小时。当然，加热会破坏聚合酶，所以你必须在每轮循环之间手动添加新的聚合酶。这会拖慢速度。你必须找到某种自动化的方法：加热，冷却，添加聚合酶，加热，冷却……但是，总会有办法的，当然会有……

在曼彻斯特的一间实验室里，一名年轻女子正在准备PCR仪，好让它通宵运转。其他人都回家了，实验室里静悄悄的。这是一项非常简单平凡的任务，但在10年前，它还是一项新技术，她在牛津大学的期末论文里甚至还针对它提了一个问题。发明聚合酶链式反应的人获得了诺贝尔化学奖——他当之无愧。PCR仪已经成为标准设备，她和老板建立实验室时买的第一台设备就是它。

在设置机器的时候，她想的并不比过滤咖啡或者搅拌意大利面酱更复杂。与此同时，她必须一丝不苟。DNA非常稳定，破坏它很难，但它很容易受到污染。她专心致志地做着手头的工作。她将包含聚合酶、引物、核苷酸等的主混合物，分到塑料小试管里，再将老鼠的DNA加入每一支试管。

她正在研究一组名为黏多糖症（MPS）的代谢紊乱疾病。它们是由人体细胞内分解长链糖类碳水化合物（以形成骨骼、软骨、肌腱、角膜、皮肤和结缔组织）所需的某些酶缺失或功能失调造成的。DNA 密码里的一个小小故障，足以带来毁灭性的后果。它可能会让孩子智力障碍，患上心脏病，或听力丧失，骨骼畸形……这样的例子不胜枚举。患有这类疾病的儿童很少能活到成年。

她把试管插入 PCR 仪，设定机器运转 30 次。到了早上，DNA 将被复制 10 亿次。明天，她就能发现哪些老鼠携带有缺陷的基因，从而可以用于她的实验，移植骨髓治疗黏多糖症。骨髓细胞是健康的，它们的基因密码是完整的，它们可以将缺失的酶供给缺陷细胞。总有一天，这些夺取过无数孩子生命、让他们的父母伤透心的疾病，会像小儿麻痹症和天花一样成为历史。总有一天，诊断结果将不再是“死刑”。

她按下按钮，机器开始发出轻轻的呼呼旋转声。

她今天已经做得够多了。她的丈夫在等她吃饭。她耸耸肩，脱掉白大褂，把它扔进洗衣袋，接着往家走。

当然，穆利斯想，这肯定行不通，一定还有哪里存在问题。他好像并没有发现什么新东西。人人都知道一串核苷酸会在基因组中寻找匹配的序列；人人都知道如果你加入 DNA 聚合酶，它就会复制 DNA；人人都知道如果加热 DNA，可以把它剥离成单链。怎么可能没有人把所有这些放到一起，得出和他一样的结论？它为什么不会奏效一定是有原因的，要不然早就有人这么做了。

然而，它是这么简单，这么优雅，所以肯定是正确的。

他知道，未来还有很多艰苦的工作要做，一定会出现他没预料到的问题。让它真正发挥作用兴许并不容易，可能需要一段时间才能说服他人。这个过程还需要改进，其他科学家也会参与进来。必须设计和开发出能让整个过程自动化的机器。兴许，他能找到一种不会受高温破坏的聚合酶……

他继续开车。现在，天已经黑了，但这是个晴朗的夜晚，繁星布满天际。

等穆利斯把车停到门多西诺县的小木屋外，距离他从伯克利出发只有两个半小时。但这段时间已经足够让他想到一些东西，引发生物研究革命，触及数十亿人的生活。

# 后记——
# 1983 年：凯利 · 穆利斯和聚合酶链式反应

虽然曾有许多科学家的工作或生活给我带来过启发，但要是说到“尤里卡时刻”的话，在我看来，很少有哪件事能与聚合酶链式反应（Polymerase Chain Reaction，以下简称 PCR）的发明相提并论。那是一道真正的闪电，一个豁然开朗的瞬间。但它真正让人这么激动人心的地方在于，PCR 成为生命科学的无价之宝。我还从没见过有哪间实验室没有至少一台 PCR 仪，通常都有好几台，而且是不同的类型。故事中临床遗传学家使用的机器与基础研究人员使用的机器是不同的，所提供的信息也不同。临床遗传学家需扫描数百个可能发生突变的基因，而研究人员则是要检查是否存在一种特定的、已知的突变基因。从技术上讲，法医科学家鉴定罪犯时并不是在寻找基因，而是在寻找散落在我们基因组上的非编码“垃圾”DNA 短段。没有人知道为什么会有这些明显没用的 DNA 片段，但我们知道它们是由父母传给孩子的，我们也知道它们长什么样。它们就像图书里的藏书戳，它们并

凯利·穆利斯

没有改变图书的内容或意义，但可以让你识别出不同的副本，并知道它们来自哪里。

还有另一种是定量 PCR，它不仅能告诉你一个基因是存在还是缺失，还能告诉你有多少个副本。这种类型的 PCR 对基因治疗来说极具价值，也是故事中实验室的人试图为黏多糖症所做的事情。基因治疗的理念是，如果疾病是由一个缺陷基因引起的，比如黏多糖症、囊性纤维化或血友病，你可以提供正确的基因，从而治愈疾病。我们可以通过将基因植入病毒来做到这件事。一些病毒能够将自己的基因插入人类细胞的基因组中，因此可以被改造为插入治疗基因。考虑到这些遗传信息的移动，需要一种追踪基因的方法，来观察有多少细胞获得了副本，以及每个细胞得到了一份还是若干份副本。定量 PCR 可以在几个小时内完成这一任务。虽然听起来像科幻小说，但这种实验性疗法已应用于临床，为许多目前无法治愈的遗传疾病带来了真正的希望。

你也可以用 PCR 来判断一个基因是否开启。当细胞开始以不应该的方式活动时，这对于理解癌症等疾病非常重要。你身体里的每一个细胞都包含了你的整个基因组，也就是你的“完整说明书”。但你肘部的皮肤细胞只需要使用针对皮肤细胞的指令——它不需要知道怎样变成血细胞或神经元。因此，它会在一种叫作“静默”（silencing）的过程中，将所有

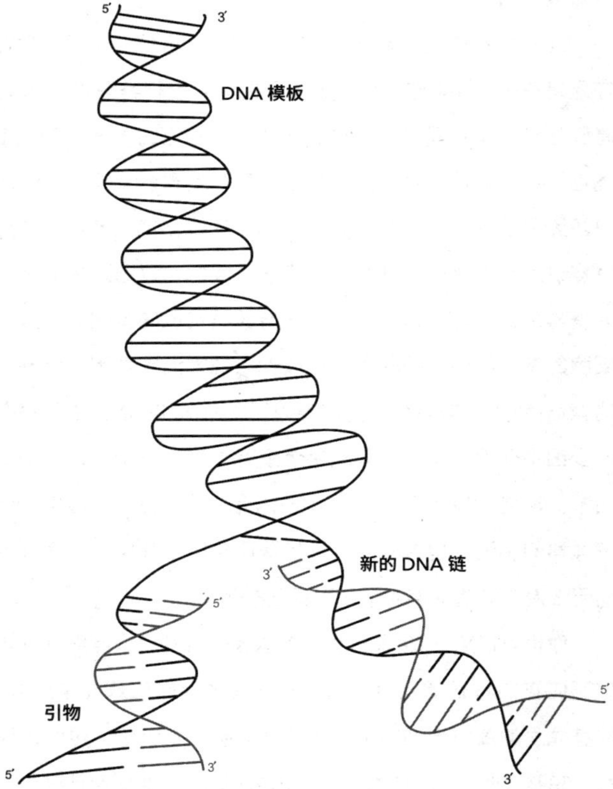


通过特异引物结合合成新的靶 DNA 链，
体现 PCR 技术中 DNA 扩增的概念

不相关的信息关掉。在癌细胞中，一些本应关闭的基因打开了，而其他对正常功能至关重要的基因却“静默”了。反转录 PCR 可以区分静默基因和活跃基因。这意味着可以将癌细胞与正常细胞进行比较，以了解哪些基因错误地关闭或打开，从而开始理解癌症怎样形成。这类分析已经带来了新型的针对癌症的靶向治疗方法。

然而，每一种 PCR 都依赖的是穆利斯的引物，即他意识到可以用来发现并“括出”特定 DNA 片段的短序列。这一发现解锁了基因组，彻底改变了生物化学。在穆利斯的发现之前，识别特定基因序列的唯一方法是“南方印迹法”(Southern blotting，也称作 DNA 印迹法)。该方法以埃德·萨瑟恩（Ed Southern）教授的名字命名，萨瑟恩教授因其技术获得早期诺贝尔奖。在今天的实验室里，“南方印迹法”仍占有一席之地，但因为这一方法依赖用放射性同位素对 DNA 作标记，对研究人员来说比使用 PCR 更危险。不过，它们特别的地方在于同时用 3 种技术让发明家永垂不朽：为了向萨瑟恩教授致敬，相关的 RNA 和蛋白质检测方法，被异想天开地命名为“北方印迹法”和“西方印迹法”(但如今尚未出现“东方印迹法”)。PCR 虽说没有像“南方印迹法”这样有一个有特色的名字，却在很大程度上改变了 DNA 密码的可及性，一如印刷机的发明改变了书籍的可及性。这个比喻或许有点过于简单化了（我承认，这么说也是对“南方印迹法”有失公允的批评），但它确实让我们对 PCR 带来的巨大变化有了一些概念。对我们这一代的科学家来说，生活里没有 PCR 仪，就像没有手机或互联网一样——甚至有过之而无不及，因为我还记得没有手机或互联网的生活，但我做的第一次实验就是运行 PCR。

在 PCR 的故事中还有一点值得一提，那就是一种不起眼的细菌，叫作水生嗜热菌（Thermus aquaticus）。在前面的故事里，穆利斯必须在每轮循环后加入新鲜的聚合酶，但当代研究人员却只需打开一台机器，让它自动运行，而她便可回家过夜。怎么做到的呢？靠的是使用来自水生嗜热菌的聚合酶。这种小生物生活在海底的热液喷口，因此进化出了不会受热破坏的特殊蛋白质。这类来自极端环境下的不寻常生物的酶，以各种方式出现在我们身边，比如在极高或极低温度下使用的生物洗涤剂中。如果没有热稳定的聚合酶，PCR 或许不会成为应用如此广泛的技术。想想看，你不能只是打开机器让它运行就好，还要坐在旁边好几个小时，每隔五六分钟就得添加新材料——“我可不敢肯定丈夫会等我吃晚饭等那么久”。

每当我告诉别人我是一名生化学家，人们常常会问：“这么说，你是要寻找治疗癌症（或者阿尔茨海默病、艾滋病，甚至可能是我正在研究的黏多糖症）的方法？”发明一种需要生化专业大一学生才能理解的新技术，在晚宴谈话中不会给人留下太多的印象，但在现实中可能更重要、更鼓舞人心。任何研究我所提到的疾病（或是你能想到的任何疾病）的科学家，都会以某种方式使用 PCR 来推进自己的研究。如果没有它，许多发现就不可能出现，至少，也会推迟数年或数十年才问世。对沙漠夜行途中的灵光一现来说，这可真是个不错的结果。

故事作者

克里斯汀·波尔森
Christine Poulson

艺术历史学家，策展人、作家。她写了大量关于 19 世纪艺术和文学的文章。她的关于亚瑟王传说的非虚构作品在 2002 年入围美国神话奖。

后记作者

安加拉德·沃森
Angharad Watson

曼彻斯特大学博士，现为曼彻斯特大学博士后研究员，研究黏多糖症。

# 有样学样

# Monkey See, Monkey Do

16

"我看到里斯的眼睛里闪烁着他一贯特有的兴奋。
可怜的里斯，易受影响，一如既往。"

不知道从什么时候开始，我怀疑朋友里斯可能患上了一种叫作“极端男性大脑”的疾病。我感到担心是因为他的行为，尤其是对我的行为，在很短的时间内发生了极大的变化。坦率地说，这把我吓到了。

里斯是我最亲密的同事，年龄跟我差不多。在我们这支实验室团队里，总共有 4 个人（还包括露西和黛安）。整个大学兴许有好几百号像我们这样的辅助人员，全都从事着极其重要的研究。就我个人而言，露西和黛安都不怎么吸引我，但我觉得里斯喜欢露西。看看他以为没人在看时盯着她的眼神就知道了。但里斯总是盯着每个人看，所以这也许并不是我想的那样。

管他呢，我说到哪儿来着？哦，是的，这个发现，我想告诉你们，这是有一天在实验室里发生的，纯属偶然，出乎意料。我自己就是那个星期二早上的目击者，我能回忆起发生的一切，就像是在昨天。

里佐拉蒂教授指导的神经学家小组正在研究大脑中控制手部运动的部分：伸出、抓取、捡起，等等。实验的目的是记录猴子伸手拿花生时大脑中单个神经元的活动。这是例行公事，之前已经做过无数次了。但那天发生了一件完全出乎意料的怪事。猴子明明什么都没做，设备却突然记录了大脑中神经元刺激的触发。它只是一动不动地坐着，平静地观察着实验室里发生的一切，而它观察到的是一名技术员从笼子前的餐盘里拿出一颗花生。

这可能意味着什么呢？猴子看到一只手拿起一颗花生激活的神经元，就是猴子自己做这一动作时激活的神经元？科学家们说，从最基本的角度看，这就是老话里说的猴子有样学样，“看到什么学什么”——不过，我必须承认，这说法对我来说毫无意义。

说实话，我对这一切意味着什么完全摸不着头脑。我在学术研究食物链的最底层，做的是实验室里相当琐碎的工作。没人指望我能理解我们所做的事情背后有什么样的理论，我只是尽自己所能履行职责。

除了里佐拉蒂，团队里还有朱塞佩·迪·佩莱格里诺、卢西亚诺·法迪加、利奥纳多·福加塞和维托里奥·加莱塞。我之所以提到他们，是因为我拿不准是他们中的哪一个想出了“镜像神经元”这个词。这是个简单的描述，但简单的描述往往就是最好的。这些神经元似乎是在模仿或“反映”另一种生物的感知行为，但与此同时，这些行为本身，大脑的主人并未执行……

我希望大家能理解这个解释。它来自我观察到的和无意中听到的身边发生的事情，然而，我又缺乏研究人员接受过的学术训练。里斯和我一样一无所知，但他不愿承认——他生性好胜，总是不安分，喜欢插手别人的事，招惹麻烦。实际上，他招惹到我了。

“你能弄明白这些东西的意思吗，麦克？”有一天，在实验室里，他问我。

时近傍晚，周围很安静。我记得那是特别辛苦的一天，我头疼得厉害。

“嘿！”他弹出一颗花生，差点击中我的眼睛，“你不想理我吗？”

“我正在努力。”我说。

“为什么，怎么了？有什么烦心事吗，老弟？”

“我累了，仅此而已。别再叫我老弟了。”

“你不喜欢吗？”

“你知道我不喜欢。”

“别这么敏感，这只是个绰号。这玩意儿是怎么回事？”我疲惫地闭上眼睛，里斯瞪了我一眼，又弹出一颗花生，“醒醒！”

“别理它。”我咬着嘴唇，“我不懂你的意思。”

“我是说这个……这些东西，这些垃圾。”他朝堆满了设备的长凳和金属架挥了挥手，那儿的屏幕闪烁着，一排排表盘上的指针都在颤动。“你说它们这些大脑袋整天打算干些什么？一定有些什么。一个原因，那会是什么呢？”

“我怎么知道？我和你一样，别人怎么说，我就怎么做。没必要理解它，我们又没受过训练。”

里斯挠了挠下巴，环顾四周，似乎是在决定要不要去问问露西和黛安的想法，接着，他打消了这个念头。反正他也不看重她们的想法。“想知道我是怎么想的吗？”事实上，我并不想。但不管我怎么说，也阻止不了他。“它们不是在想什么好事。我就是这么想的。”

“你是怎么盘算出来的？”

“因为我不像你那么笨，我在观察一切。”

虽然我没有表现出来，但有时里斯真的要把我逼疯。他突然的情绪波动，愚蠢的问题和他恼人的习惯，让我很烦。我只是想一个人待着，而不是和一个白痴玩愚蠢的猜心游戏。这也许就是“极端男性大脑”现象的开始，要不然就是，他一直都是这样的，只不过我没有注意到？

镜像神经元的发现并没有引起太大的轰动。它似乎没有实际应用，甚至没有任何值得研究的地方。当猕猴看到一只手伸出来拿起一粒花生并把它放进嘴里时，就算它大脑中的特定细胞群兴奋起来，那又怎么样呢？没什么大不了的。而他们开始研究人类镜像神经元的活动时，一切都改变了。当然，他们没有通过外科手术将电极插入额叶系统。他们使用电磁成像扫描来精确地定位镜像神经元的位置，它们是如何被激活的，以及被什么激活。而关键就在这儿。不光是看到实验室技术员吃花生，或是其他物理刺激能激活它，对情绪行为的反应同样能激活它。

这显然是个突破。同一组镜像神经元受他人情绪（别人的快乐、恐惧、失望、悲伤、狂喜）所刺激，就像实验对象自己感受到这些情绪时一样。人类（也许还有其他生物）分享和传达着同样的痛苦、同样的快乐、同样的绝望和同样的愤怒。

他们与自己观察到的东西感同身受。

实验室的气氛发生了变化。研究人员兴奋起来，他们开始建构一种理论，多种理论，数十种理论。这难道不能解释为什么人们观看舞台上或电影中的戏剧表演时，会那么沉浸其中，通过演员间接地体验同一种强烈的情绪吗？又或是为小说中人物的动荡和剧变迷失自我，承受他们的痛苦，为他们的胜利而欢欣鼓舞？理论提出，这些都是镜像神经元在发挥作用——在观察者的头脑中模拟、模仿，然后重复这些相同的感受。

人类从观看身体运动的力量和优雅中获得欢愉。看到专业的舞者或训练有素的运动员，会刺激所有人都做过相同动作（舞蹈、跑步、跳跃）的相应镜像神经元，同时增强并提升感受，这样，被动的观察者得以分享舞者和运动员的卓越成就。

根据理论，这种感同身受的特质，比单纯的模仿更重要。它让人类，甚至所有有知觉的生物，形成友谊和依赖他人的纽带。当人类感知到幸福，他们自己的快乐神经元会做出反应，并在他们自己的头脑中重现幸福的模拟。他们从自己的幸福存储库里知道幸福是怎样一种感觉。一如它们知道，手伸向花生，就期待品尝到它、咀嚼它、吞咽它并驱走饥饿的快乐。

因此，人类彼此感同身受，他们可以感受到共同经历带来的温暖、亲密和安慰。他们感到自己并不孤单。

实验室里的情况却似乎正好相反。最明显的迹象就是里斯开始对露西做出奇怪而可怕的行为：前一分钟还对她很好，几乎有些顽皮，对她微笑，但毫无征兆地变成了皱眉，所以她明显地退缩了。我猜到了，事实上，我知道这是怎么回事。

嫉妒。

里斯不知怎么，脑子里产生了这样的念头：露西和我在他背后搞鬼。但这绝非事实。我对这样的关系毫无兴趣。

如果担心里斯还不够的话（这已经让我头疼得更厉害了），有传言说我们的小团队要解散了。我们中的一个，或许是两个，会被派到另一个部门去执行一项新任务，研究灵长类动物的声音和面部模仿一类的事情。我对现在的生活很满意。我的几个朋友过去也曾被派往其他部门工作，那对他们的工作前景没有任何好处。他们最终变成实验室花名册上“面目模糊的数字”。

与此同时，研究继续进行着。一些新的研究结果出乎所有人的意料——女性大脑中的镜像神经元比男性的反应更强烈。女性的反应更强烈、更积极，这意味着她们更能识别他人的情绪状态。换句话说，同理心更强。

与此对应的是另一种极端情况，情绪没有完全投入，镜像神经元没有反应，就好像大脑的一部分被铅罩封闭隔离起来。这种缺乏同理心的现象被称为“极端男性大脑”。

这就是我对里斯的印象。里斯不就是“极端男性大脑”的突出人选吗?

几天后，在实验室里，一位教授和一群学生进行了一场有趣的讨论。到现在，我已经掌握了足够多的术语，几乎可以理解他的论证思路了。他一边说话一边走来走去，抚摸着胡子，仿佛陷入了沉思。“‘极端男性大脑’的特征与自闭症患者的相同或类似，即无法理解他人的手势和表情。对这些人来说，身体语言是个谜。他们缺乏社交技能，很难结交朋友。他们往往回避亲密的个人接触。这种行为与精神病态人格障碍有相似之处。痛苦，或者其他任何形式的哭闹，”教授继续说着，挥舞着手像是在拍打苍蝇，“对精神病患者来说没有任何意义。因为他的镜像神经元系统没有发挥功能，他有可能伤害别人，甚至杀死他们，自己却完全无动于衷，对自己行为的后果毫不在乎。”

甚至杀死他们……

我越来越警惕了。如果里斯患上了“极端男性大脑”，他可能会在任何时候做出暴力行为，因为他不知道对与错，既不知道也不在乎，对任何人都有可能做出暴力行为。

这当然令人担忧，但也让我思考。第二天，实验室里非常安静。我想验证一下里斯的情况。

里斯正处于他那种神经质、易激动的情绪中，这正是一个理想的机会。我知道，哪怕是最微不足道的事情也能激怒他，甚至不必是一件真正发生的事情，可以是一件想象出来的事情。

我从对露西表示友好开始。用不着太明显，就是碰碰她的胳膊、拍拍她的肩膀一类的。因为我平常不怎么理她，所以里斯马上就注意到了这种行为上的变化——我知道他会注意到的。我暗自想着，“奏效了，他的脸有点抽搐了，他疑心越来越重了”。我以前见过他这样的反应，从平静到疯狂。里斯一直盯着我，或者更确切地说，是瞪着我，好像要跟我决斗似的。然后，他的视线从我身上转移到露西身上，又转回我身上，来来回回，大概是在想象他转过身来时我们会做什么。我没有反应，我保持冷静，控制住自己。我越冷静，里斯就越激动。

露西当然对这一切毫不知情。她和黛安正安静地处理着自己的事情，当里斯毫无预兆地突然扑向露西时，这更是让人震惊。她简直要被撕碎了，可怜的露西。这是里斯的大错。实验室的监控拍下了整件事的经过。为了避免日常工作受到更多的干扰和破坏，里斯被临时调离，后来被安排到另一个部门去工作了。两个问题同时解决了！真是我的幸运日！

等一个星期后他回来时，情况有了明显的不同。里斯更安静了，更孤僻了，他也不再问问题了，哪怕只是为了惹人烦。他不再盯着我看，也不再取笑我，不再用花生弹我的眼睛。很明显，他已经收到了警告，不要与女同事亲昵。事实上，他已经被下了最后通牒——表现好点，否则，研究人员就给他安排另一桩任务。看来里斯并不想再重复这种经历。

正如露西当时对我说的那样，“麦克，你和我，我们非常幸运，在神经科学领域有这么长的职业生涯，还能在这里讲述这个故事”。

的确如此。我们比里斯和黛安都更幸运，他俩最终的命运是，腹侧前运动皮层被切成薄片，放到显微镜下进行检查。腹侧前运动皮层是大脑组织里很小的部分，比猴子的小指甲盖还小，被烙在像晶体管一样的电子设备上，这样单个的神经元细胞就可以分离出来，在屏幕上放大以供仔细观察。我很确定，这一切十分有用。

至少，这解决了里斯和他的“极端男性大脑”的问题。到最后，这愚蠢的家伙没有了大脑，不管它极端还是不极端。

至于我们两个，露西和我——好吧，移除了电极和4根不锈钢固定针之后，毛发重新生长，只在头皮上留下了淡淡的疤痕，我们被放到了一个温暖、干燥、安全的环境里，定期供应充足的食物和水。虽然有很多机会，但我们之间没有发生什么。老实说，什么也没发生。说实话，我对露西的感觉，跟对铁笼外整天来回走动的那些苍白面孔也差不多，他们永远在忙着自己神秘的活动，探测这个，测量那个，在他们以为没人在看时，用苍白的爪子偷偷捏我们的食物。

我的镜像神经元不为所动，里佐拉蒂教授可能会这么说。

然而，一想到我们4个——露西和黛安，里斯和我——我就会回想起实验室技术员伸手去拿我们餐盘里的花生的那一刻，我看到里斯的眼睛里闪烁着他一贯特有的兴奋。可怜的里斯，易受影响，一如既往。

## 后记——
## 2003 年：贾科莫·里佐拉蒂和镜像神经元

特雷弗·霍伊尔关于发现镜像神经元（mirror neurons）的故事，出自一个“学术研究食物链的最底层”者之口，它“做的是实验室里相当琐碎的工作”。故事相当准确。至少对一些读者来说，从研究链另一头“某人”的视角来讲述这一发现是很有趣的。

那么，我们是怎样发现镜像神经元的呢？主要是靠运气和时机。靠运气是因为我们从没料想过会发现这些行为奇怪的神经元；靠时机是因为我们是在一种相当独特的条件下发现它们的。在上文描述的事件发生的几年前，我决定用一种所谓的“自然主义”方式来测试猴子。大多数运动神经生理学家认为猴子相当于能执行精确任务的小型机器人，与之相反，我认为我们可以通过与之“玩耍”，对其运动系统获得更多了解：给它们食物，观察它们吃，检测哪些刺激能够触发它们的运动反应。它们的行为（经常被录下来）与记录的神经元放电相关。这种方法让我们（我当时的同事是马西

贾科莫·里佐拉蒂

莫·马泰利和毛里奇奥·真蒂卢奇）对运动神经元的特性给出了新的、更丰富的描述。例如，我们发现位于腹侧前运动皮层（ventral premotor cortex，也就是后来发现镜像神经元的地方，F5 区）的许多神经元，是对运动行为的目标（如抓握）进行编码，而非形成运动行为的动作（如弯曲手指、伸展手臂）。我们还发现，位于运动前皮层（premotor cortex）邻近区域（F4 区）的其他神经元，对猴子周围的空间进行编码。我们称这个空间为“近体空间”（peripersonal space，“peri”是希腊语词根，表示附近，“persona”是拉丁语词根，表示“个人”。不过，有评论者认为我们不能同时用来自两种语言的词根创造名词。我们以“television”为例，赢得了这场争论，因为“电视”的词源也是混合的）。

当时，经常有人批评我们的实验过于“定性”。这种批评的确是对的。实际上，在自然条件下对猴子进行测试与把它关在小隔间里对着电脑屏幕进行测试，前者的精确度显然比不上后者。所以我决定更量化一点，用一台特别的仪器，这台仪器是酒田英夫给我们的，他是一位极富创造力的日本科学家，当时我们曾合作过。该装置能让我们更好地控制刺激与猴子的行为。使用这一装置需要不时地在里面放些食物。猴子们看着我们，当然，也看到了我们先抓起食物，再放到装置里。

令我们惊讶的是，我们注意到当我们抓起食物时，一些神经元（当然也属于“运动”神经元）会被激活。有很长一段时间，我们都认为，这是因为猴子做了一些我们没有注意到的动作。

然而，考虑到我们的行为偏差，我们并没有忽视这一现象。相反，我们对它越来越感兴趣。有一天，我们发现，只有当我们以特定的方式抓取食物时，一个神经元才会放电。猴子完全静止不动。而等我们把食物喂给猴子，同样，只有当猴子用同样的方式抓取食物时，该神经元才会放电。就是那一天，我们确信这种现象是真实存在的。这说不定就是“老弟”在他的故事中提到的情节。镜像神经元就是这么被发现的。我们非常兴奋。几个月后，我们向《自然》杂志投稿，写了一篇简短的、初步的通讯。文章没有通过初审。根据《自然》杂志编辑的说法，该发现无法引起普遍的兴趣。因此，我们的第一份报告发表在了《实验大脑研究》（*Experimental Brain Research*）上，这是一本相当好的刊物，但属于严格意义上的神经生理学杂志。幸运的是，随后的文章顺利地得到了各类知名刊物的接受。

“老弟”还提到镜像机制（mirror mechanism）的发现，是到后来我们发现该机制也存在于人类大脑的情绪中心时，才引起了巨大的关注。就公众和记者而言，他是对的。实际上，公众在会议上向我提出的绝大多数问题，都与此有关。情绪、同理心，以及如何控制或改善它们，都是非常重要的问题，会引起人们的极大兴趣。不过，就我个人而言，我乐于并且仍然乐于思考镜像机制对认知和意识知觉造成的更广泛后果。

最后，我想感谢“老弟”的帮助，也感谢它的朋友特雷弗·霍伊尔这么生动地描述了我们的发现。

故事作者

特雷弗·霍伊尔
Trevor Hoyle

演员，创意写作讲师，作家。出版作品包括《最后一口气》(*The Last Gasp*)、《图7往下》(*Down the Figure 7*)。霍伊尔还为电视台撰写剧本，他的剧作《*GIGO*》获得广播时报戏剧奖。

后记作者

贾科莫·里佐拉蒂
Giacomo Rizzolatti

帕多瓦大学人类生理学教授和神经科学系主任，欧洲大脑与行为学会前主席，"镜像神经元"研究小组高级科学家。曾获得高尔基生理学奖、认知神经科学学会乔治·米勒奖、费尔特内利医学奖和赫利兹卡生理学奖。

# 就是这样的一天

# That is the Day

17

“突然间，他的怒火爆发了，血涌进喉咙里。通货膨胀率翻倍，生命却如此廉价。”

早晨7点，查尔斯开着老旧的白色皮卡车从夸祖鲁健康中心接到他，接着两人动身前往马科威。他们开车经过时，镇上似乎很安静。街上和市场里，人流寥寥无几，邮局也没人排队。

查尔斯今天话不怎么多。他重重地靠在驾驶室的门上，典型的宿醉样子，一只拳头放在方向盘的底部。他穿着一件褪了色的夸祖鲁健康中心的T恤，胳膊肘看起来很苍白。星期天晚上是克瓦梅塞恩烧烤之夜。他跟查尔斯一起去过郊外那地方几回，打打台球、喝喝啤酒，只是第二天工作就会很辛苦。

卡车的悬架撞在坑坑洼洼的路面上，起起伏伏。空调仍然是坏的，通风板打开时散发出一股霉味儿。他一路摇下车窗，热空气吹进驾驶室。整个星期都感觉酷热难耐，几乎是凝固住了。就连早上突然下起倾盆大雨，也没能让它稍微散开些。一连几个晚上，他从大汗淋漓中醒来，床单湿透了，床垫也湿了。筛查期间，很难向人们询问有关盗汗的问题，很难界定什么是发热，什么不是。翻译总是给出同样的答案。太热了，是的。在晚上，在白天，在天空中。

他们经过了一家小型地区医院。大门开着，门口聚着一群人。一些妇女在拍手唱歌，其他人没有发出太大响动，看起来也并不吵闹，但入口被堵住了。两名警察站在人群旁边，枪口放低，微笑着在聊天。救护车停在院子里。他看不到任何工作人员。

“这是怎么啦？”他问查尔斯。

“罢工了。这是第一天。”

“为什么要罢工？”

“涨薪。还能有什么。他们想要的不仅仅是跟通货膨胀持平，还得翻个倍。”

“好吧。”

卡车转上高速公路，加快了速度。他们超过了缓慢的后载车，乘客在货车和越野车的翻斗里或站或坐。妇女们头顶着装了一半水的罐子行走着。沿路的树林里有许多伐木工人刚清空的空地。驾驶座上不时传来低低的呻吟声。显然，查尔斯仍然很难受。

他从包里拿出一个苹果，吃了起来。吃完之后，他把果核扔到灌木丛里。他看了一会儿一闪而过的树林风景。他打开 iPod，浏览着笔记，扫视了一篇同事发来的关于潜伏感染、静息的 CD4+T 细胞的论文。接着他拿出了书。到马科威有一个小时的车程。如果查尔斯的状况没有改善，他会继续阅读。小说以英格兰东部的沼泽地区为背景，描绘了广阔的天空、泥沙淤积的沟渠、啤酒厂和生锈的挖泥船。核心的浪漫爱情因前几代人的罪行而注定失败。这足够让人消遣了。

“你们英格兰经常罢工吗？”

这时传来拉环发出的金属撕裂声和气泡的嘶嘶声。他抬起头。查尔斯一只手揉着脸，另一只手拿着一罐可乐，膝盖卡在方向盘下，坐得更直了。

他合上小说，把它放回包里。

“有时候会，这取决于是不是保守党在执政。”

“医生罢工吗？”

“如果改革继续进行，他们可能很快要罢工了。这是个麻烦的局面。通常，只有碰到非常糟糕的情况，医务人员才会集体抗议，这是把人们的生命置于危险之中。”

“对呀，对呀。”

“你怎么想的？”

“我觉得我的薪水不够高，但今天我还是会开车。”

他决定唱反调，让对话更长些。

“A.J.库克说，罢工是唯一的武器。也许公共部门的工人没有其他方法向政府施压。”

“他是谁？”

“20世纪20年代的英国工会领袖，他是个矿工。”

“挖金子的？”

“挖煤的。”

“那不是一回事。”

两人谈论了一会儿劳工行动的优点和局限性，接着又聊到了民主。他们经常谈论时事。查尔斯喜欢辩论，喜欢知道英国发生了什么，经常在两人一同外出的路上问他，英国人在特定情况下会怎么做。有一次，他试图在开车路上给查尔斯播放一段关于全球化的播客辩论，但查尔斯并不喜欢。如果不能加入辩论，光听别人讲毫无意义。有时他们听音乐。在就下一首歌曲的播放问题发生轻微争执后，他们同意设置为随机播放。

他们驶离高速公路，前往狩猎公园。诊所位于这个地区最偏远的地方，随着海拔的升高，风景变得异常开阔美丽。这里有成群的斑马、长颈鹿、犀牛。到了河谷，卡车减速，他看向右边。

一头大象站在两丛灌木之间，它那乌黑的耳朵向前折叠，为自己遮挡阴凉。虽然时间还早，但路上已经停了好几车的狩猎观察员，车窗摇下，双筒望远镜在阳光下闪闪发光。他们开车时，大地变得更红了。道路变窄，在群山之间蜿蜒走高。查尔斯拐出了公园，朝马科威走去。小路上没有铺柏油，车辙很深，卡车颠簸着，身后留下了一团红色的尘土。

他喜欢这片灌木丛。它并不是真正的荒凉。雨后的大地总是更明亮。妇女们来到诊所，脸上涂着泥土，就像涂了防晒霜。它是怀孕期间吃的，他的病人经常说自己渴望吃这个。有时，门诊结束后，等着查尔斯来接自己的时候，他会出去散个步。总有一些有趣的东西可以看。各种各样的鸟，前腿粗壮的螳螂，就连蜣螂也呈现出一种奇怪的吸引力——它们站在后面，扬起盔甲，露出优雅的翅膀和脉动的背部。

他们经过了几处混杂着泥土和混凝土建筑的定居点。人们沿着小路慢慢地走着。孩子们向自己熟悉的汽车招手，他也向他们招手。查尔斯又喝了一罐可乐，嘴里哼着歌。他向窗外望去。红色的土堆上到处都是雪白的斑点。他努力想看个清楚。或许是花。是某种植物开花了？还是火熄灭后的灰烬？

“嘿，你能开慢些吗？”

查尔斯刹了车，把卡车停到路旁。在一起相处的几个星期里，他们形成了一种相互理解的默契。开慢些意味着停下来，意味着满足来自异域的好奇心。他打开门，爬了出来，走下马路。蝴蝶，数十只蝴蝶，乌泱泱地散布在泥土上，扑闪着翅膀。他想，它们一定是在孵化。等他走近，它们优雅地从地面升起，飞走了。他回到卡车上，他们继续赶路。两英里后，查尔斯又放慢了速度。诊所的一名护士——蒂利维——正沿小路走着。

“你想捎她一程吗？”

“当然，为什么不呢？”

查尔斯停了过去。他们用祖鲁语互相打了招呼。她朝着诊所做了个手势，说了几句话，然后耸了耸肩。查尔斯询问了她点什么。两人谈了一会儿，他一句也听不懂。接着，查尔斯转过头来。

“可能进不去了，那边也有一些人在抗议。”

“真的吗？都是工会来的？”

“你想怎么做？回去？”

“会有问题吗？”

查尔斯耸耸肩。

“有可能。”

“那我们上去看看。”

查尔斯对护士说了几句话。她爬到卡车的车斗里，车开动时，她抓住固定在驾驶室后面的栏杆。在离马科威约一英里的地方，他们开始看到病人正朝与他们相反的方向走着。

诊所坐落在村庄旁一块尘土飞扬的洼地里，用混凝土和瓦楞铁板修成。前面的墙上挂着一张真人大小的部落首领的照片，照片下面写着“在此检验”，旁边是一组卡通画——一个男人病恹恹地躺在床上，接受护士的治疗照料，然后微笑着从床上站起来。他第一次来到马科威的时候，根本不相信这个地区会有那么多的病人来到这个诊所。但他们来了之后发现，有好几百人，步行数英里，来到诊所，大多数人的检测结果呈阳性，有资格接受抗逆转录病毒治疗，大部分人还必须接受结核病筛查。他已经习惯了这套常规操作。漫长而艰难的车程，门卫向他敬礼（这个年轻人整天坐在门廊的木椅上，听着收音机里播放的南非说唱乐，看着人们进进出出）。他会走进去和已经在院子里排好队的病人们打招呼。

“Sanibonani”（祖鲁语“日安”的意思）。

众人会齐声回答，“Yebo”（祖鲁语“是的”的意思）。早晨，护士们唱着赞美诗开始工作，而病人们则焦虑不安地走来走去，他则把自己的设备放在桌子上——牛津手册、药物处方、检眼镜、文件袋，还有他的三明治。他会检查最严重的病例，必要时叫来救护车，然后填写蓝色的政府表格，公布疾病。没有氧气，但他可以开始静脉输液，开出抗生素。然后他会接诊其他病人，问翻译他们今天怎么样、发烧多久了、是像这样还是那样疼，检查是否咳嗽、体重减轻、脖子肿胀，查看病历中的血液检查结果。他会订购抗逆转录病毒药物。

诊所有4个房间，一间摆着检查床，上面通常堆放着文件夹和其他杂物，他有时会给病人拍照保存记录；一间咨询室，护士在里面解释病毒的运作原理，怎样服用药物，必须服用哪些药物，为什么必须采取预防措施，以及如何让丈夫或者另一位妻子过来；旁边的一个小房间，是他吃午饭的地方，里面带有图书室（如果说，两个书架，堆满了过时的课本、往期的医学杂志、之前的医生留下的杂物，也能叫作图书室的话）；此外还有一个总是锁着门的储物间。

他了解到，他的病人仍然会去看巫医，但对此，他们要么就不说实话，要么就含糊其词。在开始一个疗程的治疗之前，通常需要暂停用药一阵，以确保他们服用的各类药物已经从身体系统里排清了。他见过被送来的婴儿出现了明显的黄色腹泻，这是不明毒性的灌肠导致的结果。有一次，他在一位老妇人的背上叩诊，以测试她的肺部情况，他一敲打，她就大叫一声，跳了起来。他以为她很痛。翻译解释说，那是祖先住在她的肩膀上。诊所会开到很晚。查尔斯会来接他，在他爬进卡车时，说了同样的话。

这一天就是这样了。

他会被送回医生的住处。如果他需要补给，也可以把他放在镇上。他已经习惯了这里的日常生活：不断重复的疾病、太多的孩子、农村药品配送慢得恼人、文化障碍，但总有一些不同的东西会出现，一些新的东西。

查尔斯驶离小路，沿着斜坡开向诊所，他看到门外聚集了一小群人。没有人像在姆图巴的警戒线那儿一样鼓掌唱歌，但他能听到门廊里传来南非说唱电台的声音。他们基本上是男的，有18到20人左右，他一个也不认识，尽管有些人可能是病人。他们全都板着脸。有几个人一直蹲着，好像只是闲逛到这儿来的，但等卡车停下，他们站了起来。翻译和另一名护士站在旁边。一个女人坐在他们旁边，怀里抱着裹着的婴儿。音乐砰砰地响着。门卫显然没有把大门上的挂锁取下来，但收音机还是照常播放。查尔斯停好车，踩下刹车。卡车发动机呜呜地熄了火。

“你想去试试吗？”查尔斯问。

他不想显得犹豫或害怕，所以他打开车门，走了出去，反手去拿自己的包。

“我可以进去了。”

“有必要吗？”

“嗯，我想有吧。”

查尔斯打开车门下了车。他身材高大，腰身粗壮。他在夸祖鲁健康中心工作快10年了。他的女儿和妻子在医生住宅区工作。他们一起朝人群走去。

他试图迎接他们每一个人的目光，但没能抓住任何一道视线。

“Sawubona，Sawubona”（祖鲁语“你好”的意思）。

没人回答。蒂利维从卡车后面爬了下来，走在他们后面。查尔斯没有停顿，径直走到人群中间，透过铁栅栏指了指门卫。

“孟席斯，打开它，医生现在来了。”

门卫从凳子上站了起来，但没有往前走。

“他们今天不来了，”他说，“我们必须关门。”

人群中有个人，大概不到25岁，穿着沃达丰的黄色T恤，把手放在大门上，握着它。查尔斯转向他。他们用祖鲁语进行了尖锐的交谈。查尔斯再次呼唤孟席斯，语气更为坚定了，这一次孟席斯走上前来。握着大门的人摇晃着大门，门上的铰链咣当作响。

他能感觉到其他人的目光在他身上游走。他感觉很蠢，手里拿着包站着，却没有言语来缓和局势。查尔斯与抗议者之间的争执还在继续，查尔斯说话时指着门锁，而那个人则用空着的手在半空中做了个砍切的姿势。一切尚在控制之中，但却发出敌对的、不怀好意的噼啪声。双方似乎都没有让步。孟席斯又慢慢地走向自己的凳子。收音机仍在播放。

蒂利维加入了另一名护士和翻译的行列，他们轻声交谈。坐在那里的女人抬头看着他，盯着他。其他病人显然已经被送走了，或是认为诊所不会开门，但她留了下来。他走到她跟前，放下包，跪在她身边。她把婴儿递给他。孩子被包裹在一条棉毯里。他轻轻地动了动襁褓。这宝宝营养不良，个头很小，几乎动弹不得。宝宝眼皮半张着，在喘着气，但并没有真正的知觉，鼻子和嘴巴都结了痂，还有一股粪便的酸臭味儿。他看着她。她已经知道了。她只是在等待能做主的官员来。他听到查尔斯显得有些沮丧的声音，听到脚在地上蹭来蹭去的声音。他站起来，拿起包，把婴儿抱在胸前，穿过人群。他走近大门。那群人松动开来，让他过去。他知道他们并不怕他，他作为西方医生的身份充其量算是不明不白，但他也认为他们不太可能挑战他。她和护士们跟在后面。查尔斯看了他一眼，点了点头。

“你能打开门吗？”他对孟席斯说，“我得到里面看看这孩子。”

孟席斯坐在凳子上，跟着音乐点着头，紧张地看着把持大门的人。那人用另一只手拍了拍自己的臀部以示威胁。他等着会发生些什么。他抱着孩子。什么也没发生。对峙仍在继续。说唱乐继续播放。查尔斯叹了口气，从大门后退了一步。他感到衬衣里面，一股汗水正顺着腰部往下流。突然间，他的怒火爆发了，血涌进喉咙里。通货膨胀率翻倍，生命却如此廉价。他想说，别蠢了，这个国家完蛋了，他正抱着一个垂死的婴儿，外面还有两百万个。但他知道他无非是个过客，他的工资虽然存入了南非的银行账户，却与在英国的薪水相当。

于是，他看着孟席斯的眼睛说，“这孩子病了，病得很重”。

门卫从凳子上站起来，从口袋里掏出钥匙。

“好的，好的。”他说。

他把钥匙穿过门上的栅栏递给查尔斯，接着坐了下来，没有看那个穿黄色T恤的人。查尔斯解开挂锁，把它从铁栅栏上拿下来。抗议者把手拿开，查尔斯打开了门。他走了进去，穿过院子，进了检查室。他把婴儿放在桌子上。

在他们确定情况已得到控制后，查尔斯离开了诊所。

他把自己的工作台搭建起来。他仔细检查了婴儿。食道呈白色，伴有念珠菌，上腭有病变。活不了多久了，恐怕只能活几个小时了。他告诉护士，护士又告诉翻译。母亲与翻译交谈后，抱着孩子离开了。整个上午几乎没有病人。有几个人来到诊所，他看见了他们，尽管他走出去喊了一声，但一些人走到门口就离开了。抗议者们徘徊不去，一会儿离开，一会儿又回来。穿黄色T恤的人消失了，这让他最为紧张。那人朝着自己的臀部拍了拍，也许他有武器，也许他会离开，然后带着枪回来，他们并不难找，虽然这肯定有些妄想症了。他不时地出去检查孟席斯是否又把门锁上了，是否一切都好。他让蒂利维回家，并感谢她能来。

“明天我就不来了，”她说，“现在这样来不了。”

“好的，这是你的选择。打电话给夸祖鲁健康中心，让他们知道。森古普塔医生明天会来。”

“我猜他不会来。”她说。

午餐时间，他离开诊所，走了一小段路，爬上一座小山，去寻找手机信号。几只白色的蝴蝶从远处的公路上飞过。他打电话给夸祖鲁健康中心的另一位医生，询问其他地方的情况。割礼诊所关了，姆图巴的医院也关了。该地区的其他地方还派了军队维持急救医疗中心的运转。在德班，警察向抗议者发射橡皮子弹。一人死亡。罢工预计在短时间内不会结束。他试着给在英国的女朋友打电话，但打不通。他周围热得惊人，热浪淹没了地平线，他必须得换件衬衫。

他在休息室吃了三明治，并和另一个护士聊了一会儿。

她说，他们的复合维生素存量又不多了。他读完了发给他的避难所遗址研究论文，关掉了 iPod 以节省电量。等大家都感觉不会再有病人来了后，翻译和护士离开了。他给查尔斯发了一条短信。他把小说从包里拿出来，但他不太想读，它似乎无关紧要，而他感到心绪不宁。于是，他开始整理房间，翻看图书室的书架。架子上有旧的日记本和成捆的纸张，文件夹里有几十年的笔记。诊所并不是一直专门治疗热带病，只是在过去几年，随着新的政府运动，这才成了主要焦点。

有一些旧的轮值表，表里的名字大约每 12 个月改变一次。美国和欧洲的医生空降到这里，负责管理诊所，开展研究并存档，然后离开回国。他也会这样。有好多年前的文件，美国食品药品监督管理局许可药品清单可追溯到 20 世纪 80 年代末，还有世界卫生组织的统计数据。他翻了翻一本厚厚的环形活页夹，里面整理好的信息属于某位狄金森医生，他把它放回了书架。然后，他从一摞书最底下抽出一本《柳叶刀》。1981 年 12 月 12 日。他开始读第一封读者来信。

**同性恋危险综合征**

先生，美国今年报道了男性同性恋者中机会性肺部感染以及卡波西肉瘤的大暴发。补充文件的第一份报告涉及5名卡氏肺孢子虫肺炎患者。

他读完了信，把杂志放了回去。1981年，爱尔兰梅兹监狱绝食抗议和皇室婚礼那一年。那年，以色列轰炸了巴格达的核反应堆，南非的种族隔离还没结束。那年，在他，也在新南非诞生之前。真叫人难以置信。这种疾病一直在不断蔓延。就在他的有生之年，感染地图就发生了天翻地覆的变化，感染患者密密麻麻地填满了这片大陆的下半部分。撒哈拉以南地区的数据令人震惊，即使是现在，即使是他已经花了几个月目睹这些证据之后。

他仍然感到焦躁不安，他想做一些实际的事情，他想伸伸腿。查尔斯大概20分钟后到。他会让孟席斯锁上大门，然后回家。等待期间，他要出去散散步。他把装备收拾好，把包背到肩上。他穿过院子。收音机正在播放。孟席斯坐在凳子上，背靠着混凝土门廊的墙壁。他看到医生走近，站起身来，关掉了收音机。他们穿过大门，把大门锁好。孟席斯向他行了个礼，走了。

诊所上方的斜坡上停着一辆老式的大众高尔夫。油漆斑驳，都看不清原来的颜色了。发动机还在运转，排出的废气是黑色的，看起来油腻腻的。副驾驶座位上坐着那个穿黄色T恤的男人。孟席斯走过那辆车，向车上的人点了点头。但那人正顺着斜坡朝下看他。因为太远，看不清那人的表情。他紧张地一动不动地站着，回瞪了那人一眼，头始终抬着。那人把手伸出窗外，平放在车顶上。接着，汽车掉了个头，顺着小道往上开，它的发动机堵塞了，无法点火。他松了口气，松开了抓着书包带子的手。管它是什么，他想。他转身走进了几百米外的灌木丛。

热气已经稍稍消散，灌木丛和蚁丘的阴影拉长了。那儿有更多的白蝴蝶，它们落在树枝和红土堆上，在空中，从他身边蜂拥而过。它们落在他的黑裤子上，一会儿合上翅膀，一会儿又打开。他又往前走了一小段路，直到看不见马科威，接着便往回走。沿着路走了大约 0.25 英里，他看到一团红色的尘土。白色小卡车慢慢地从尘土里开出来。他看着它靠近，拐下斜坡。雨刷在来回移动，挡风玻璃上有很多污迹。查尔斯把车停在他旁边。雨刷的黑色橡胶条下面，有被压碎的昆虫残骸。还有一两只卡在引擎盖上，扑扇着翅膀。查尔斯从窗口探出身子。

“看看这些东西，”他说，“它们干吗不让个道呢？”

## 后记——
## 1981 年至今：艾滋病的发现和治疗

伴随着一种新疾病的发现，卫生研究人员的职责是追溯和确定疾病的源头，尽可能努力找到治疗方法。目前，我们无法确定艾滋病（AIDS）是在什么时候第一次传染给人类，但目前最早的数据涉及 1959 年的刚果。据信，人类传播可追溯到 19 世纪末或 20 世纪初，但该病毒的大部分历史仍难以确定。

在《柳叶刀》发表上文医生所读信件的 8 个月前，亚特兰大疾病控制中心的药物技术员桑德拉·福特（Sandra Ford）注意到用于治疗卡氏肺孢子虫肺炎（pneumocystis carinii pneumonia）的药物五胺络物（pentamine）需求增加。广泛认为，这就是艾滋病的尤里卡时刻，因为它促使疾控中心对洛杉矶和纽约的男同性恋群体进行进一步调查，这些人经常患上通常发生在老年患者身上的机会性感染（opportunistic infections）。这些报告导致了在 1981 年 12 月发表在《柳叶刀》上的那封信，引起人们对美国同性恋和双性恋男性中这种罕见现象的关注，并将其与免疫系统受损联系起来。当时它被称为同性恋危险综合征（gay compromise syndrome），但人们很快就发现，这种疾病并不局限于与男性发生性关系的男性。

正如我们从这本书虚构的其他一些尤里卡时刻所看到的，科学上的许多重大突破都来自预感，或对不寻常事物的观察。艰辛严谨的研究，往往跟随在某件自然而然发生（或是意外发生）的事件之后。如果桑德拉·福特没有注意到对一种药物的反常需求，如果其他人未能重视这一发现并展开调查，很难说我们现在会身处何处。可以说，这种病毒正等着被发现，但正是一个人的初步观察，开启了过去 40 多年里我们所见到的大规模的调查。

各类小说经常把 20 世纪 80 年代描绘成一个人们开始害怕性的时代，对艾滋病的恐惧导致每个人都在反思自己的性行为。幽默的段落详细描述了父母的歇斯底里，以及与这种流行病相关的普遍偏执。小说可以从对待艾滋病的态度已较为温和的时代来回顾这一点，说明事情是如何发展的。在英国，我们很幸运，我们可以识别并关注高危人群，而不是整个人口。我们可以研究丙型肝炎的并发症风险，以及病毒的不同毒株。由于这种流行病，性健康已成为人类的基本关切。据此，个人获得了保护自己健康的能力，卫生专业人员可以就人们如何照料好自己提供建议、鼓励和支持。

自从桑德拉·福特的早期发现以及解释这些疾病群集的最初尝试之后，医学界已经在确定传播途径、预防和治疗手段、努力寻找至今仍难以捉摸的疫苗等方面取得了许多进展。到 1983 年，科学家们发现了一种存在于艾滋病患者身上的新型逆转录病毒，从这里开始，知识继续飞跃。

因此，虽然尚未找到治愈方法，但我们在 2011 年已经掌握了艾滋病主要传播途径的知识，以及传递预防信息的能力。自发现艾滋病以来，在大多数发达国家，对输血用血液的筛查已成为法律上的现实，随着时间的推移，更多的低收入和中等收入国家纷纷效仿。和其他大多数高收入国家一样，在英国，安全性行为的信息已深深扎根到公众意识当中。这种流行病的一个“副作用”是人们对所有类型的性传播疾病都更为关注了，如果还要说它有什么特别的地方，那就是它的“知名度”比其他性传播疾病更广。在英美等发达国家，使用安全套作为保护措施，已经成为一种基本的行为规范，它不再只是希望避免意外怀孕的人使用的东西；使用一次性针头（且用完即换）是减少感染的途径，这一点已经得到越来越多的人的接受。

发现艾滋病的这 40 多年里，这一主题已成为全球关注的一个重大公共卫生问题。人们对艾滋病的认识提高了，全世界每年都通过“世界艾滋病日”了解到这一疾病的影响，也了解到有必要进一步预防、提高对它的认识。提及对艾滋病及艾滋病病毒的污名化，消除“病毒主要影响男性同性恋者”的观念，似乎变得越来越没有必要了。

在发达国家，我们现在拥有所有的预防工具——广泛的避孕措施，强有力的公共卫生信息，以及对所有担心自己可能面临风险的人进行筛查的能力。因为还无法治愈，预防是遏制艾滋病蔓延最强有力的策略。当然，在世界上许多地区，这一流行病也基本上得到了控制。2009 年，北美报告了大约 7 万例新病例，西欧和中欧报告了 3.1 万例。我们能够监测新的感染情况，并观察感染病例增加的亚组。例如，近年来，学界注意到东欧地区艾滋病病毒感染的增加，并认为这是该地区注射吸毒者增多带来的结果。这类知识使地方、国家和国际政府在面对疾病发病率出现不利变化时能采取应对措施。

萨拉写的故事以撒哈拉以南非洲为背景，是很恰当的。在全球 3300 万艾滋病病毒感染者中，三分之二以上来自撒哈拉以南非洲地区，其中包括 230 万儿童。其中，仅 2009 年一年，就有 180 万人遭感染。同一时期，有 130 万成人和儿童死于艾滋病。非洲也是世界上唯一一个女性感染艾滋病的人数超过男性的地区。

就世界范围而言，不安全性行为是导致健康不良的第二大风险因素，衡量标准是过早死亡和残疾。2004 年，非洲地区的预期寿命为 49 岁，如果没有艾滋病，将上升到 53 岁。不安全性行为带来的过早死亡和残疾，近四分之三与撒哈拉以南非洲有关。

好消息是，对安全性行为的认识，已经让撒哈拉以南非洲地区艾滋病感染率出现下降。对该疾病的监测意味着可以识别出该流行病在哪里正处于高峰，进而思考撒哈拉以南非洲与世界其他地区之间存在差异的原因。现在的目标是继续推进这项工作，让性健康成为每个人的权利，并减少撒哈拉以南非洲与世界其他地区之间的健康不平等。

预防是最好的治疗，这是一句老生常谈的话，但它适用于公共卫生的大部分领域，艾滋病 40 多年来的发展过程就是它的缩影。再过 40 年，人们在读萨拉的故事时，会不会摇着头，不相信曾有一段时间，染上这种病毒的患者无法治愈？未来，撒哈拉以南非洲地区的医生会不会回想起古老的时代，一个女人带着病重的孩子去治疗，却只能看着孩子走向死亡？

艾滋病的故事还在进行，朝前看未来，是开发疫苗，朝后看历史，是追溯确定人类最初是怎样被感染的。最后，请听一听大自然的声音。来自南非的证据表明，一个携带艾滋病病毒的女性亚组在接受治疗的情况下已经生活了 10 多年。据信，这些女性与其他艾滋病患者的区别在于，她们身上存在一种人类白细胞抗原（human leukocyte antigen），可以减缓疾病的恶化。由于这些女性可能活得更久，并将这种基因优势遗传下去，这一亚组在感染人群中所占的比例正慢慢地越来越大。似乎，在数十年与病毒的斗争中，这种进化终于重新获得了发言权。此外，研究这些女性和其他没有这种免疫力的女性之间的差异，有可能迎来真正的曙光——一个人人都在祈祷的圆满结局。

故事作者

萨拉·霍尔
Sarah Hall

作家。曾出版多部著作,《电子米开朗基罗》(*The Electric Michelangelo*)2004年入围布克奖,《死亡画像》(*How to Paint a Dead Man*)2009年入围布克奖,《屠夫的香水》(*Butcher's Perfume*)2010年入围BBC国家短篇小说奖。

后记作者

詹姆斯·希格森
James Higgerson

曼彻斯特大学曼彻斯特城市健康合作组织博士。他的研究着眼于欧洲城市的酒精政策和健康后果。

# 注释

### *心跳*

① Alan Chapman. Jeremiah Horrocks, William Crabtree, and the Lancashire Observations of the Transit of Venus of 1639. Proceedings IAU Colloquium No. 196, 2004.

② Matthew Stanley. An Expedition to Heal the Wounds of War: The 1919 Eclipse and Eddington as Quaker Adventurer. Isis, Vol. 94, No. 1, 50th Anniversary of the Discovery of the Double Helix (Mar., 2003), p. 57-89 (University of Chicago Press).

### *斯万，1914*

① From Swan's Electric Lamps in The Engineer, 21st January 1881.

② C N Brown, BSc. J W Swan and the Invention of the Incandescent Lamp (Science Museum, London, 1978, ISBN 0901805238), p. 63.

③斯托尼年轻时，曾是爱尔兰奥法利均比尔城堡罗斯伯爵三世威廉·帕森斯的第一位正式天文助理。帕森斯建造了当时世界上最大的望远镜。威廉·帕森斯和乔治·约翰斯通·斯托尼各育一子，分别是查尔斯·帕森斯和乔治·杰拉德·斯托尼。两人在泰恩赛德共同经营了一家具有国际影响力的工业企业，开发和制造用于发电和船舶推进的汽轮机。

*丈量天空的女人*

① Solon Bailey. Obituary notice. Popular Astronomy 1922.

②人们对亨丽爱塔·勒维特的家人所知不多，但她的父亲乔治·罗斯威尔·勒维特是一位公理会牧师，这个关于赫歇尔的故事，是他 1885 年在一次布道中提到的。

③ Obituary notice Reports of the President 1921-2 Harvard University。塞西莉亚·佩恩-加波施金是下一代重要的女天文学家，她认为勒维特"遭受了极大的错误对待"："这是一个残酷的决定，把一位杰出的科学家安排到了不合适的工作上，有可能拖了变星研究数十年的后腿。"不过，我们只知道，勒维特从未抱怨过。

*什么样的狗*

① Dickinson, A. Contemporary Animal Learning Theory (Cambridge University Press, 1981).

② Eysenck, H.J. The Biological Basis of Personality (Thomas, 1967).

③ Gray, J.A. Pavlov's Typology (Elsevier, 1964).

*形态发生*

① Ian Stewart, Mathematics of Life, p.198. Profile Books (2011).

② A. M. Turing, The Chemical Basis of Morphogenesis, Phil. Trans. Roy. Soc. London B, 237：641 (August 1952), p. 37-72.

③ Ian Stewart, Mathematical Recreations. Scientific American (November 2000).

④ B-Z 反应及科学界对它持怀疑态度的故事，本身就是一个很好的主题。别洛乌索夫对自己的发现受到抵制深感沮丧，甚至直接退出了科学研究工作。见 A.T. Winfree, 'The Prehistory of the Belousov-Zhabotinsky Oscillator'. Journal of Chemical Education 61: 8, p. 661-663 (August 1984)。

⑤ S. Kondo and T. Miura, 'Reaction-diffusion Model as a Framework for Understanding Biological Pattern Formation'. Science 329, p. 267-275 (2010).

⑥ Andrew Hodges, Alan Turing: The Enigma (Vintage, 1992).

⑦ Andrew Hodges, Turing (Great Philosophers series, Phoenix, 1997).

*丹尼斯·诺布尔的心*

① Bassingthwaighte JB, Hunter PJ & Noble D. (2009). 'The Cardiac Physiome: Perspectives for the Future'. Experimental Physiology 94, p. 597-605.

② Hutter OF & Noble D. (1960). 'Rectifying Properties of Heart Muscle'. Nature 188, p. 495.

③ Noble D. (1960). 'Cardiac Action and Pacemaker Potentials Based on the Hodgkin-Huxley Equations'. Nature 188, p. 495-497.

④ Noble D. (2006). The Music of Life. OUP, Oxford.

⑤ Noble D. (2011). In Journey toward Enlightenment (Editors, Auffray, Chen, Noble & Werner). Imperial College Press, London.

# 致谢

虽然本书中收录的故事均为虚构作品，但作者还是要感谢以下传记，为相关科学家提供了宝贵的信息：

安德鲁·霍奇斯，《图灵传》（Andrew Hodges, *Alan Turing: The Enigma*, Vintage, 1992）

凯利·穆利斯，《心灵裸舞》（Kary Mullis, *Dancing Naked in the Mind Field*, Vintage, 1998）

露丝·森，《莉泽·迈特纳传》（Ruth Sime, *Lise Meitner: A Life in Physics*, University of California, 1997）

还有很多科学家在这本书的早期阶段提供了帮助，包括 David Kirby 博士、Felicity Mellor 博士、Andreas Doering、Tara Shears 博士、Marieke Navin 博士、Vinod Dhanak 博士、Gregory Radick 教授、Susan Greenfield 男爵夫人、Felicity Mitchell 博士、Melissa Baxter 博士、Justyna Sutula、Chris Knight 博士、Ceri Harrop、Penny Lewis 博士、James Baldini 博士、David Gelsthorpe、Oliver Jones 和 Sohail Siadatnejad。

出版商还想感谢以下各位：Nancy 和 Kary Mullis；曼彻斯特科学节的 Natalie Ireland 和 Emily Wiles；物理研究所的 Catlin Watson 和 Dayna Mason；惠康信托基金会的 Poppy Bowers 和 Rosie Tooby。此外，还要感谢 Kay Easson、Andy Darby、Will Carr、Trudi Shaw，以及在翻译方面提供帮助的 Licia Arcidiacono。

萨拉·霍尔要感谢 James Garvey 博士和非洲健康与人口研究中心（夸祖鲁－纳塔尔）对自己撰写故事的支持。

**图书在版编目（CIP）数据**

尤里卡时刻：科学灵感的诞生 /（英）拉·佩奇编；闫佳译 . —
北京：中国工人出版社，2022.11
书名原文：Litmus：Short Stories from Modern Science
ISBN 978-7-5008-7843-8

Ⅰ . ①尤… Ⅱ . ①拉… ②闫… Ⅲ . ①科学故事—作品集—世界 Ⅳ . ① I14

中国版本图书馆 CIP 数据核字（2022）第 237078 号

著作权合同登记号：图字 01-2022-0060



**尤里卡时刻：科学灵感的诞生**

| | |
|---|---|
| 出 版 人 | 董　宽 |
| 责任编辑 | 陈晓辰　董芳璐 |
| 责任校对 | 丁洋洋 |
| 责任印制 | 黄　丽 |
| 出版发行 | 中国工人出版社 |
| 地　　址 | 北京市东城区鼓楼外大街 45 号　邮编：100120 |
| 网　　址 | http://www.wp-china.com |
| 电　　话 | （010）62005043（总编室）（010）62005039（印制管理中心）<br>（010）62001780（万川文化项目组） |
| 发行热线 | （010）82029051　62383056 |
| 经　　销 | 各地书店 |
| 印　　刷 | 北京盛通印刷股份有限公司 |
| 开　　本 | 880 毫米 ×1230 毫米　1/32 |
| 印　　张 | 13.625 |
| 字　　数 | 320 千字 |
| 版　　次 | 2023 年 2 月第 1 版　2023 年11月第 2 次印刷 |
| 定　　价 | 78.00 元 |